LE MARIAGE

DOROTHY WEST

LE MARIAGE

Présenté
et traduit de l'américain
par Arlette Stroumza

belfond
12, avenue d'Italie
75013 Paris

Titre original :
THE WEDDING
publié par Doubleday, a division of Bantam Doubleday Dell Publishing Group, Inc., New York

Ce livre est une œuvre de fiction. Les noms, les personnages, les endroits et les faits sont fictifs ou utilisés fictivement. Toute ressemblance avec des personnes, des événements ou des lieux serait pure coïncidence.

Si vous souhaitez recevoir notre catalogue
et être tenu au courant de nos publications,
envoyez vos nom et adresse, en citant ce livre,
aux Éditions Belfond,
12, avenue d'Italie, 75013 Paris.
Et, pour le Canada, à
Édipresse Inc., 945, avenue Beaumont
Montréal, Québec H3N 1W3.

ISBN 2.7144.3310.3

Je dédie ce livre à la mémoire de mon éditeur, Jacqueline Kennedy Onassis. Jamais couple aussi mal assorti ne travailla mieux ensemble.

L'amour prend patience, l'amour rend service,

Il ne jalouse pas, il ne plastronne pas, il ne s'enfle pas d'orgueil,

Il ne fait rien de laid, il ne cherche pas son intérêt,

Il ne s'irrite pas, il n'entretient pas de rancune,

Il ne se réjouit pas de l'injustice, mais il trouve sa joie dans la vérité.

Il excuse tout, il croit tout, il espère tout, il endure tout.

Première épître de saint Paul
aux Corinthiens, chapitre XIII

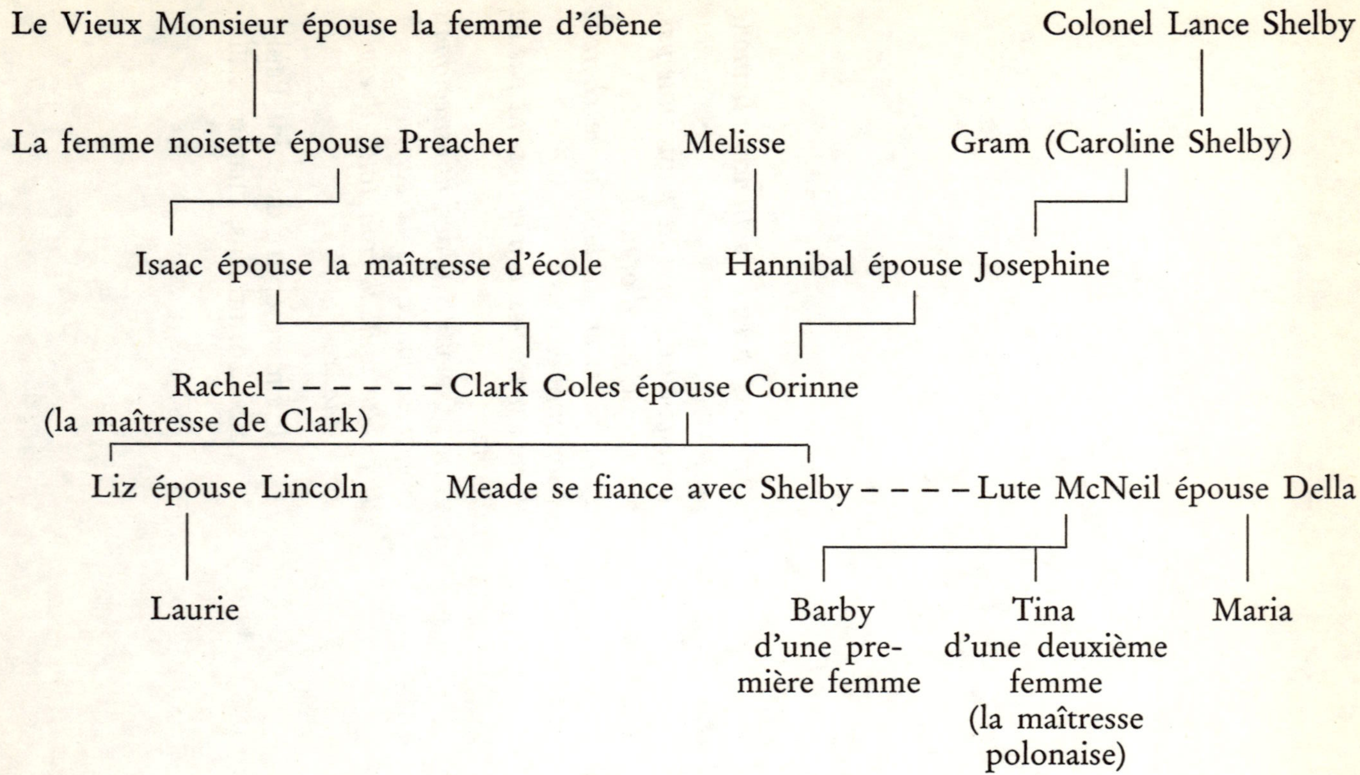

Le Vieux Monsieur épouse la femme d'ébène
Colonel Lance Shelby
La femme noisette épouse Preacher
Melisse
Gram (Caroline Shelby)
Isaac épouse la maîtresse d'école
Hannibal épouse Josephine
Rachel – – – – – – Clark Coles épouse Corinne
(la maîtresse de Clark)
Liz épouse Lincoln
Meade se fiance avec Shelby – – – – Lute McNeil épouse Della
Laurie
Barby d'une pre-mière femme
Tina d'une deuxième femme (la maîtresse polonaise)
Maria

PRÉFACE

Au début de ce siècle, dans l'aristocratique ville de Boston, une petite fille de sept ans demanda un jour à sa mère la permission de fermer la porte de sa chambre. « Pourquoi ? interrogea cette dernière. — Parce que je veux réfléchir », dit l'enfant. Quatre ans plus tard, la même enfant suppliait qu'on l'autorisât à fermer cette même porte à clé. « Si tu veux, dit sa mère, mais pourquoi ? — Parce que je veux écrire. »

Quatre-vingts ans plus tard, Dorothy West ne fait toujours que ça. Elle écrit.

Un beau jour de 1926, totalement inconnue, âgée de dix-huit ans seulement, elle force la porte du plus prestigieux des rassemblements d'intellectuels noirs américains de l'époque, le mouvement appelé *Harlem Renaissance* [1], et partage avec une de ses étoiles, Zora

1. Le mouvement prit le nom du « Casino Renaissance », un cabaret de Harlem où avaient l'habitude de se réunir certains poètes et écrivains.

Neale Huston, le Premier Prix de la nouvelle du magazine *Opportunity*.

Écrivains, poètes, dramaturges, nés à la fin du siècle dernier ou au début de celui-ci, ils formaient la première constellation d'artistes noirs aux États-Unis. Leur mouvement était résolument avant-gardiste, politisé, combatif. Ils publièrent tout d'abord des articles et des nouvelles, dans quelques magazines financés par des ligues engagées dans la lutte pour les droits civiques des Noirs. Les livres viendraient plus tard : leur prix était trop élevé pour atteindre le large public auquel ils voulaient s'adresser.

Héritiers des grandes figures de la communauté afro-américaine, ils furent les premiers à revendiquer la spécificité de leur culture. Et leur influence ne s'est toujours pas démentie, bien qu'ils soient, pour la plupart, ignorés et souvent méconnus aujourd'hui. Alors que Dorothy West voyageait en Union soviétique pour les besoins d'un film qui ne fut jamais tourné, le mouvement s'étiola avant de disparaître ; elle se reconvertit assez rapidement, et élargit son audience grâce au magazine qu'elle fonda en 1934, *Challenge*, plus ouvertement politisé que les journaux très littéraires où elle avait fait ses débuts d'auteur. Lorsque Richard Wright la rejoignit, et qu'ensemble ils lancèrent *New Challenge*, en écho à ces *News Negros* qui avaient marqué l'entrée des intellectuels noirs dans la vie culturelle des années vingt, se doutait-elle que son combat ne durerait que quelques années ?

Sur ce point, comme sur bien d'autres, elle est muette. Et son exil sur l'île de Martha's Vineyard, qui date du début des années quarante, n'éclaire pas davantage sur son parcours. Comprit-elle alors que cette société noire qu'elle appelait de ses vœux ne serait pas meilleure que la société blanche qui rejetait et méprisait les siens ? A lire *Le Mariage*, un livre qu'elle commença d'écrire à la fin des années quarante et abandonna en cours de route, car, pensait-elle, aucun éditeur n'accepterait jamais de le publier, on le croirait volontiers. Son premier roman, *The Living is Easy*, une ode à sa famille, et surtout à son père — ancien esclave affranchi à sept ans —, avait pourtant remporté un grand succès. Mais Dorothy West ne fut jamais dupe, ni des Blancs, dont elle ne souhaitait pas cautionner la politique par ses écrits, ni des mouvements noirs, dont elle n'approuvait ni l'idéologie ni l'agressivité. Est-ce dans ce désir de ne pas être récupérée qu'il faut chercher la clé de l'exil qu'elle s'imposa ?

Toujours est-il qu'elle se contenta d'écrire des nouvelles, publiées deux fois par mois dans un grand quotidien new-yorkais, et de vivre à l'écart du tourbillon social, entourée de quelques amis sûrs, éternelle célibataire ayant refusé toutes les propositions de mariage qu'on lui fit parce qu'elle se sentait incapable d'être une bonne épouse…

Cette très vieille dame mince et frêle feint aujourd'hui de n'avoir guère de mémoire. Pourtant, dès qu'on l'interroge, et qu'elle plisse les yeux pour évoquer ses souvenirs, ils affluent, en un cours tumultueux, sans amertume ni nostalgie. Elle privilégie l'anecdote plutôt que l'introspection, et laisse parler à sa place les personnages torturés de son dernier livre, enfin achevé. Enfin publié. L'époque serait-elle plus tolérante ? Ou l'âge des illusions serait-il à ce point dépassé que l'on accepte aujourd'hui d'un écrivain noir une critique aussi virulente des tares, des préjugés et du « racisme » de son propre peuple ?

Car si, comme l'ont écrit certains critiques américains, sa prose résonne des accents de Faulkner et de ceux de la Bible, ce n'est certes point d'angélisme ethnique qu'il s'agit ici, mais d'une épopée violente et contrastée de l'ambition qui, pendant un siècle, anima les meilleurs éléments d'un peuple et leur permit d'accéder aux privilèges qu'ils défendent aujourd'hui jalousement.

Le chemin qu'a parcouru, en une centaine d'années, la communauté noire américaine a, en effet, de quoi laisser pantois ses ressortissants eux-mêmes. Né esclave, fils d'esclave, l'un des personnages du *Mariage* devient président d'université. Fils d'esclave, un autre étudie la médecine et se dévoue aux populations des ghettos pendant que son épouse, fière de son statut d'épouse mais frustrée en tant que femme, fait fortune sans même le désirer en exploitant les malheureux que soigne son mari. Dans le même temps, d'arrogants aristocrates du Sud assistent, impuissants, à la fin de leur monde et se laissent mourir de faim plutôt que d'accepter de mêler leur précieux sang bleu à celui des héritiers de leurs anciens serviteurs. Mais certains trahissent leur caste, et donnent ainsi naissance à une société métissée qui, considérée comme « de couleur » par les tenants de l'ordre et de la ségrégation, instaurera dans ses propres rangs des règles aussi strictes que celles qui la séparent des Blancs. Jeunes ou vieux, les personnages de ce roman sont des fils de l'Amérique, de ses contradictions, et de cette religion de la réussite sociale qui a évangélisé un peuple tout entier. Hommes et femmes noirs sont dénigrés par leurs frères et sœurs de couleur, impitoyablement rejetés lorsque leur peau trop foncée risquerait de déparer sur les photos de familles où l'on se targue parfois de pouvoir « passer » pour Blancs.

Bourgeoisie blanche, bourgeoisie noire, vos principes sont dépassés et mortifères, dénonce Dorothy West, en cela bien représentative de tous ceux qui ont considéré la lutte des classes comme le fondement du fonctionnement, ou plutôt des dysfonctionnements, de la société industrialisée.

Loin du lyrisme d'une Toni Morrison, Dorothy West épingle les mesquineries d'une bonne société noire, au faîte des honneurs, mais incapable d'inventer ses propres règles. Le modèle blanc a imprimé les siennes, et ce qu'elle dénonce avec le plus de virulence, pour sans doute l'avoir vécu et en avoir souffert, c'est la haine de soi que la population noire a héritée des préjugés des blancs. Qui ne trouvent guère plus de grâce aux yeux de la romancière, qu'on se rassure. En fin de compte, constate amèrement Dorothy West, seuls les attraits dont la tenace légende pare le *tempérament* des Noirs permettent de franchir, à la faveur de la nuit complice de toute noirceur, les barrières entre les races.

Lui fallut-il vivre dans ce splendide isolement pour rassembler le courage de le dire ? Fallut-il qu'une célèbre éditrice, Jackie Onassis, résidant elle aussi à Martha's Vineyard, forçât sa porte et la convainquît de terminer ce livre pour qu'elle fût, à quatre-vingt-six ans, couverte d'éloges par une presse unanime qui avait oublié jusqu'à son existence ? Pour le public français, en tout cas, c'est une découverte. Nous ne connaissons ici que les écrivains de la cause noire, du « Black Is Beautiful », de la lutte pour les droits civiques et l'égalité des chances.

Avec Dorothy West, c'est la maturité d'un peuple qui s'exprime et qui ose une autocritique salutaire. Et c'est un message d'espoir : après des siècles d'esclavage et un siècle et demi d'une miraculeuse ascension sociale, les Noirs d'Amérique ont acquis, chèrement, le droit de se regarder en face sans avoir à dissimuler leurs défauts de crainte de trahir leur cause.

Subtile, parfois violente, souvent épique, Dorothy West rend ainsi sa vérité à une communauté marquée, parquée, et qui sut, à force d'intelligence et de persévérance, forcer, elle aussi, les portes du « meilleur des mondes »...

Arlette STROUMZA

1

Un matin de la fin du mois d'août, le matin de la veille du mariage, le soleil en se levant sur la mer tranquille rendit sa dimension et ses contours à l'Oval, plongé jusque-là dans une torpeur floue.

Les insulaires étaient déjà sur le pied de guerre. Il fallait livrer le lait aux estivants, ouvrir les boutiques pour qu'ils puissent satisfaire leur frénésie d'achats, tondre leurs pelouses, laver leurs voitures ; une interminable chaîne de petits boulots à exécuter en priorité, surtout dans l'Oval, dont les habitants étaient des gens de couleur, et s'attendaient qu'on les traitât avec des égards très particuliers.

L'Oval était un long ruban de buissons fleuris et de grands arbres appelé Highland Park sur les vieilles cartes de la ville. Un étroit chemin de terre, Highland Avenue, en faisait le tour. Mais, de mémoire d'insulaire, aucun panneau indicateur n'avait jamais officialisé ces ambitieuses dénominations et on avait toujours désigné le quartier par le vocable imagé qui lui convenait le mieux.

Une bonne douzaine de villas formaient un anneau autour du parc. Certaines étaient petites, et leur façade banale, d'autres plus grandes, et plus élégantes (l'une, celle des Coles, méritait même le nom de demeure). Briquées avec amour pour l'été, elles se détachaient sur d'impeccables pelouses carrées, d'un vert vif.

Elles constituaient une forteresse, la citadelle de la société de couleur. Leurs occupants étaient fiers d'affirmer qu'eux-mêmes, ou mieux encore leurs ancêtres, étaient propriétaires d'une seconde résidence depuis l'époque où quelques hommes et femmes à la peau sombre, s'étant élevés au-dessus de leur traditionnelle condition de domestiques, avaient élu ces lieux pour leur exode estival.

Bien que de nouveaux arrivants possédassent des villas dans d'autres quartiers de la petite ville de bord de mer, et même, parfois, de splendides maisons dans des zones considérées par l'usage comme réservées aux Blancs, les Ovaliens jouissaient de la préséance. Ils avaient été l'avant-garde. Maintenant, ils formaient une vieille garde. Il faudrait avoir le caractère bien aigri pour dire : « Et alors ? »

A l'étiquette d'« Ovalien » s'attachait désormais une connotation opposée au sens d'origine. Car ceux qui en avaient goûté le suc amer avaient depuis longtemps déserté ces lieux, témoins de leur échec à s'imposer dans la société en place ; et peu à peu le temps et l'accent adéquat avaient sanctifié l'épithète jadis péjorative et profane.

La maison des Coles dominait l'Oval. Avec sa spacieuse véranda dont les vitres avaient subi l'assaut de tant d'oiseaux venus s'y écraser et mourir, avec sa salle de bal dont les petites chaises dorées alignées le long des murs depuis des années étaient maintenant disposées pour le mariage comme celles, plus sobres, de l'entreprise de pompes funèbres, avec ses vastes pelouses qui tenaient les villas de moindre envergure à distance respectable, elle était le joyau de l'Oval.

Derrière la maison s'étendaient plusieurs hectares de friche luxuriante qui dépendaient de la propriété à l'époque de la splendeur féodale du premier maître des lieux. Désormais, en arrière-plan de la demeure, ils formaient écran et barraient aux voitures l'accès de cette extrémité de l'Oval en transformant la petite route en une voie sans issue.

On ne pouvait entrer ou sortir de l'Oval que par ce chemin sinueux, creusé d'ornières, bordé d'épais buissons et trop étroit pour que deux voitures pussent s'y croiser. L'une d'elles devait reculer jusqu'à son point de départ. Cette progression lente et tortueuse éraflait de longues cicatrices le flanc poli de toute automobile un peu trop large qui sortait de son sillon.

Les Ovaliens auraient pu se conformer aux usages et exiger de la municipalité qu'elle fît élargir le chemin. Mais cet accès rebutant leur donnait le sentiment de faire partie des vrais privilégiés de ce monde — les vraiment riches, les vraiment puissants — qui, eux aussi, habitaient à l'extrémité de très mauvaises routes pour décourager les curieux.

Les Coles ressemblaient à s'y méprendre à leurs homologues. Ils avaient beaucoup d'argent, assez pour en dépenser et en économiser. Ils faisaient leurs études dans de prestigieuses universités. Leur famille était respectable et leur train de vie agréable. Deux domestiques déférentes les servaient fidèlement depuis des années, preuve vivante qu'ils étaient habitués à en avoir. Et si Clark et Corinne ne couchaient plus ensemble depuis des années, leurs propres filles n'auraient pu exiger d'eux plus de discrétion dans leur comportement en société.

Liz, leur fille aînée, mariée, et Shelby, à la veille de convoler, étaient toutes les deux jolies. Avec un léger avantage pour Shelby, le portrait craché de Gram sur cette photo coloriée de Gram jeune fille avec sa carnation de rose, ses cheveux d'or et ses yeux d'un bleu de crépuscule.

Que Liz eût épousé un homme à la peau foncée et mis au monde une fille au teint sombre comme son père avait fait lever les sourcils dans l'Oval. Mais au moins elle avait choisi un médecin, conformément à la tradition familiale selon laquelle tout homme était destiné à devenir un « docteur » pour simplifier ainsi, grâce au titre qui précédait son nom, la cérémonie des présentations.

Mais que Shelby, qui n'avait eu qu'à se baisser pour choisir la fine fleur de son propre milieu, se mariât hors de sa race et de la profession de son père, se fourvoyât avec un Blanc anonyme et falot qui composait de la musique de jazz — une activité frivole, sans bureau, sans titre et sans avenir —, cela dépassait l'entendement de l'Oval.

Entre l'homme à la peau noire qu'avait épousé Liz et le musicien auquel Shelby s'apprêtait à lier son sort, il y avait un vaste échantillonnage d'hommes acceptables, de la bonne couleur et de la bonne profession. En se mariant ainsi à l'opposé de l'attente générale, Liz et Shelby transgressaient tous les principes subtils qu'on leur avait inculqués.

Shelby avait joué les fortes têtes, mais elle s'était au moins laissé convaincre par sa mère de ne pas suivre l'exemple de Liz, qui s'était enfuie avec son promis. Son mariage serait célébré dans l'Oval, comme Corinne l'avait assuré à Miss Adelaide Bannister par un bel après-midi d'été, lorsque ses filles étaient encore adolescentes. Addie, le souffle raccourci par le corset qui tourmentait et comprimait des chairs mal assorties à sa mince existence, immobile sur sa chaise dans la véranda qui concentrait les rayons du soleil et accentuait la chaleur, s'éventait en agitant une main molle devant son visage lorsque rien d'autre ne provoquait le moindre courant d'air.

Elle accepta un cognac, recommandé par la Faculté, et le soleil, son corset trop serré et l'alcool lui donnèrent des palpitations ; sa poitrine montait et redescendait, à un rythme rapide et toujours agaçant pour les couards qui redoutaient de la voir mourir sous leurs yeux. La main pressée sur son cœur de crainte qu'il ne lui échappât, elle confia à Corinne que son vœu le plus cher était de vivre assez longtemps pour assister au mariage de Liz, non qu'elle préférât l'aînée des deux sœurs, mais parce qu'elle n'osait espérer être encore de ce monde lorsque viendrait le tour de la cadette.

Émue par ce simple et triste aveu, et par un dry martini corsé, Corinne s'engagea : pour éviter à Addie le désagrément d'un voyage à New York, cette ville éprouvante peuplée d'inconnus pressés, où elle risquait effectivement de trépasser avant l'heure au beau milieu de la gare de Grand Central, Liz se marierait dans l'Oval.

Née à Boston, Addie ne s'était jamais aventurée au-delà de cette petite île de la côte du Massachusetts : un bref et monotone trajet en train, une traversée paisible, plus brève encore. En hiver, elle ne voyait presque personne et sortait rarement de la vieille maison familiale de Cambridge, où elle s'emmitouflait dans des chandails et des peignoirs pour lutter contre le froid pénétrant qui réduisait à l'impuissance ses vieux poêles poussiéreux. Elle hibernait jusqu'à l'été dans un univers suranné, encombré de vieilleries et d'antiquités, sans jamais rendre visite à ses amis, qui habitaient pourtant des maisons mieux chauffées ; ses moyens ne lui permettant ni de circuler en taxi ni de s'offrir les vêtements appropriés, elle se sentait incapable d'affronter les rigueurs de la saison.

Addie économisait ses forces et ses sous pour ses étés dans l'Oval, où sa vie sociale se limitait à la fréquentation de vieux amis, chez qui elle constatait combien les enfants avaient grandi en un an. L'Oval représentait son univers tout entier. Jamais elle n'avait accepté une invitation chez des gens n'y résidant pas.

Les jours qui lui restaient étaient trop précieux pour les gâcher avec des nouveaux riches aux antécédents douteux qui affichaient une fortune sans doute mal acquise. Chaque année, Addie se demandait si elle vivrait assez pour en barrer le dernier jour sur le calendrier que le marchand de charbon lui offrait pour Noël. Ses parents avaient quitté cette terre sans atteindre la cinquantaine, et Addie était persuadée d'avoir hérité de leur prédisposition à mourir jeune. Tout l'Oval savait qu'Addie était née avec un cœur malade qui braconnait désormais chacun de ses battements. Elle était leur invalide. Ils la traitaient avec tendresse, comme si chaque été devait être le dernier. Et lorsque la saison l'avait épargnée, chacun y voyait un signe de la volonté divine. Avec le temps, il se forgea dans l'Oval une légende : Dieu l'épargnait pour qu'elle pût assister aux noces de Liz.

Lorsque Liz s'enfuit à Greenwich, des semaines avant la date de son mariage, Addie, la conscience et la bourse plus légères, avait déjà rangé une robe neuve dans sa valise et déposé un mot dans son coffre pour aviser ses exécuteurs testamentaires de sa volonté d'être enterrée dans cette même tenue. L'Oval considéra comme un véritable miracle que le cœur malade d'Addie eût résisté au choc.

Corinne ne put faire moins que de proposer le mariage de sa cadette en échange, dès que Shelby cesserait de renâcler et se déciderait à choisir parmi les nombreux prétendants parfaitement acceptables prêts à l'épouser sur l'heure.

Dans l'Oval, les sentiments se divisèrent : les plus solvables regrettant de perdre une occasion de montrer leur splendeur à New York, les autres soulagés que le charme d'un mariage à la campagne résidât justement dans sa simplicité.

L'argent avait beau être aussi important dans l'Oval que dans toute communauté des classes supérieures, la fortune n'était pas le critère déterminant qui différenciait les citoyens de première ou de seconde classe. La distinction était si subtile, les gradations si précisément dessinées qu'il fallait être ovalien pour savoir à quel niveau l'on appartenait ; un étranger pouvait perdre tout un été à sonner aux mauvaises portes.

Il était arrivé, depuis quelques années, qu'un Ovalien assez en fonds pour passer ses vacances à l'étranger, ou trop gêné financièrement pour partir où que ce soit, louât sa villa à une famille bien introduite qui, vaillamment, tenait les promesses de sa réputation. Chaque Ovalien avait strictement respecté ce principe jusqu'au plus mauvais moment possible, en cet été du mariage, où toutes les villas sauf celle d'Addie Bannister participaient aux préparatifs.

Que la contrevenante fût Addie, une Ovalienne de haut niveau, Addie dont le cœur affaibli avait posé la première pierre de cette célébration, qu'elle eût renversé les barrières de classe et ouvert sa porte à quelqu'un que personne ne connaissait, mais dont tout le monde avait entendu parler, était un symptôme si manifeste de mauvaise santé qu'il fallait lui pardonner, car, après toutes ces années de fausses alertes, cette fois-ci elle allait certainement mourir.

Les plus sceptiques eux-mêmes n'en doutaient plus : elle avait vraiment le cœur malade. Les rares Bostoniens qui l'avaient vue pendant l'hiver disaient qu'elle avait une mine épouvantable, était maigre comme un coucou et fragile comme un brin de paille. Ils n'étaient pas étonnés qu'elle eût loué sa villa. Ils considéraient même comme une bénédiction de ne pas l'avoir sur les bras, tous les bras disponibles étant réquisitionnés pour aider aux préparatifs.

Néanmoins, Addie avait failli à son propre code, qui déniait à l'argent toute valeur de critère social. Alors que tant de gens charmants, des amis de ses amis les plus proches, auraient volontiers loué sa villa pour l'été du mariage, elle l'avait bradée au plus offrant, un individu à qui personne n'aurait confié sa maison, même pour un million de dollars.

Mais personne n'était dans la peau d'Addie. Elle était criblée de dettes : envers son médecin et son pharmacien, pour leurs seringues et leurs potions, inopérantes d'ailleurs ; envers son patient épicier, pour des nourritures guère plus efficaces que les potions. C'étaient des dettes d'honneur qu'elle ne pouvait envisager de laisser impayées en s'en allant. Puis il y avait son enterrement, sans doute à l'automne prochain. Sa petite assurance n'en couvrirait pas les frais, et Dieu sait qu'elle ne voulait pas reposer, à jamais déconsidérée, dans un cercueil payé avec les deniers récoltés par un importun bien intentionné qui aurait passé un chapeau parmi ses amis.

Louer sa villa représentait son unique planche de salut. La première offre qu'on lui fit était si extravagante qu'elle l'accepta sans se soucier, trop angoissée pour s'en soucier, de la signature figurant au bas du chèque, à partir du moment où la banque l'honorait.

2

La signature était celle de Lute McNeil, tracée d'une main hardie de semi-analphabète. Cette main maniait cependant les outils de sa profession avec une élégance certaine. Lute, fabriquant de meubles à Boston, était en passe de devenir un homme riche. La demande excédait ses capacités de production et il s'apprêtait à acquérir l'immeuble de quatre étages où il avait, d'abord, dormi dans la cave puis, un peu plus tard, loué un atelier.

Réussir en affaires n'était pas le rêve d'enfant de Lute. Il était entré dans une école professionnelle et avait appris un métier parce qu'il était un incorrigible cancre, renvoyé de tous les établissements scolaires. Dès sa rugissante puberté, il n'eut plus qu'un but : les succès féminins. Et, jusqu'à l'été du mariage, il croyait l'avoir atteint. Jusqu'à l'été du mariage, jamais ses désirs ne s'étaient cristallisés.

Lute McNeil — encombré de sa nichée de petites filles, toutes de mères blanches mais aucune de la même mère blanche ; de son défilé de gouvernantes, parfois de simples gouvernantes et parfois bien plus que ça ; de son épouse du moment, Della, qui lui refusait le divorce bien qu'il la menaçât de révéler leur union secrète à sa sélecte famille de Beacon Hill[1] —, Lute McNeil l'intrus, qui n'avait jamais mis le pied dans la villa des Coles, qui n'avait même pas reçu de carton d'invitation, avait décidé d'empêcher ce mariage car il avait jeté son dévolu sur Shelby.

Dans la villa d'Addie Bannister, une porte-écran s'ouvrit et claqua avec fracas. Une chienne épagneul au pelage couleur de miel, vieille et grasse, traversa la terrasse d'un pas lourd, renifla plusieurs fois l'odeur du matin et s'aplatit sur le sol pour l'étudier plus attentivement. Un instant plus tard, la porte s'ouvrit et claqua bruyamment à nouveau. Trois petites filles aux cheveux couleur de miel, pieds nus, en T-shirt et short, l'aînée tenant un peigne et une brosse, sortirent en file indienne, rejoignirent la chienne couleur de miel sur la plus haute marche où toutes les quatre entreprirent d'attendre tranquillement, gravement, que Lute donnât le coup d'envoi du nouveau jour.

Lute jaillit sur la terrasse avec une soudaineté qui niait l'existence même de la porte. La chienne et les enfants levèrent la tête comme un seul homme et le regardèrent, la queue de la chienne balayant joyeusement les lattes du plancher. Dans leur perspective lilliputienne, Lute, debout, les jambes écartées, stature de géant, bouchait l'horizon du monde qu'il avait dessiné à leur intention.

C'était un homme de haute taille, bras et jambes nus dans son T-shirt et son short, mince, souple, la peau brun noisette, les traits bien dessinés, le front large

1. Le quartier le plus élégant de Boston, habité par les grandes familles de la ville.

sous une crinière épaisse et crêpue, les yeux profondément enfoncés dans les orbites. Son regard retenait et troublait.

McNeil était un nom de circonstance ; sa mère l'avait emprunté à l'homme qu'elle supposait être le père de son enfant. Car c'était une fille fruste et facile, qui fut la première surprise de se retrouver grosse. Elle prénomma l'enfant Luther, comme son père qui l'avait mise à la porte à cause de ses mœurs dépravées et dont elle appréciait finalement assez la rigidité morale. Le bébé fut confié à la garde d'amis qui vivaient à la campagne, qui à leur tour le confièrent à des amis à eux, puis, personne ne retrouvant plus trace de sa mère, il finit à l'Assistance.

Lute poussa gentiment la chienne du bout de sa sandale : « Allez, Jezebel, va faire ce que tu as à faire, ma vieille. Si personne ne t'y obligeait, tu ne bougerais pas d'un pouce du matin au soir. »

Jezebel, qui avait effectivement des choses à faire, se leva et descendit lentement les marches, en lançant à Lute un regard noyé d'un désespoir hypocrite. La queue basse, elle s'éloigna sur la route à la recherche d'un buisson où elle pourrait dissimuler ses traces, en regardant une fois encore derrière elle, l'œil plus mouillé que jamais.

Sur la terrasse, on faisait semblant de ne pas la voir et, comme prévu, la queue de Jezebel oublia sa langueur. La truffe au vent, elle se lança en zigzag à travers le parc, où les lapins avaient gambadé au clair de lune, troqua son dandinement affecté contre un trot d'allure respectable et s'abandonna à la joie du matin.

Tel un faucon, Lute s'abattit sur sa fille aînée, et, d'un seul mouvement, la saisit à bras-le-corps, s'assit à sa place et l'installa entre ses genoux écartés. Elle lui tendit le peigne et la brosse, et Lute entreprit avec précaution de libérer les cheveux de Barby, tout emmêlés de sommeil.

Une chevelure magnifique, longue, d'un or plus pâle que celui de sa peau bronzée. Avec ses grands yeux verts et ses traits délicats, Barby était une ravissante fillette de huit ans ; ses sœurs, pourtant, n'avaient rien à lui envier.

Assises de part et d'autre de Lute, Tina, six ans, et Muffin, trois ans, qui avait elle-même perverti ainsi son prénom de Maria, attendaient leur tour d'être brossées et nattées. Les cheveux de Tina étaient brun doré, striés de mèches argentées qui tombaient sur ses yeux gris-bleu ombrés de longs cils. Muffin avait des cheveux châtains ; le brossage leur donnait un éclat de bronze poli. Ses yeux ronds et curieux étaient violet foncé.

« Papa, dit Barby, comblée, tu brosses mieux que personne.

— Papa, répéta Muffin, tu brosses mieux que personne. »

Lute avait la main : il lissait les ondulations, écartait et démêlait une à une les mèches qui bouclaient sur le front de Barby.

« C'est que personne ne le fait depuis aussi longtemps que moi, dit Lute. Mais les mères s'y prennent encore mieux. Vous seriez étonnées, si vous saviez à quel point les mères se débrouillent bien.

— GiGi n'est pas notre mère ? demanda Muffin, qui n'avait aucune idée de ce qu'était réellement une mère.

— Bien sûr que non, soupira Barby, consternée par l'ignorance de Muffin. C'est notre gouvernante. »

Et Mme Jones était une simple gouvernante, Lute s'étant débarrassé de la précédente, qui était plus que ça, peu après avoir vu Shelby pour la première fois.

« C'est notre gouvernante, répéta docilement Muffin, bien qu'elle ne sût toujours pas la différence.

— Est-ce que j'ai eu une mère, un jour ? » interrogea Tina d'une petite voix timide. Elle craignait que ce ne fût une question idiote, dont elle aurait dû connaître la réponse. Mais quelque chose l'intriguait depuis le début de l'été : tous les enfants de l'Oval parlaient de leur mère comme s'ils en avaient toujours eu une.

Lute tressait maintenant les cheveux de Barby en deux nattes serrées. Avant la fin de la journée, ses cheveux et ceux de ses sœurs cascaderaient en liberté, ajoutant encore à la beauté de leur visage, mais Lute essayait de leur inculquer la modestie.

« Vous avez toutes eu une mère, dit-il à Tina de son ton le plus prosaïque.

— Où sont-elles ? demanda Muffin, tout étonnée et jetant autour d'elle un regard inquisiteur, au cas où elles seraient cachées quelque part.

— Elles sont divorcées, dit calmement Barby qui ignorait que, pour un enfant, c'était une chose triste à énoncer.

— Elles sont divorcées, répéta joyeusement Muffin, contente d'avoir appris un mot nouveau.

— Qu'est-ce que ça veut dire ? insista Tina, qui refusait que cela pût signifier qu'elles étaient mortes alors qu'elle venait juste de découvrir que tout le monde pouvait en avoir une.

— Ça veut dire que papa nous voulait et pas elles », dit Barby avec indifférence.

Lute tira sur les tresses de Barby, indiquant ainsi qu'il en avait fini avec elle et que c'était au tour de Tina. Les fillettes changèrent de place en rampant sur Lute comme des chiots.

Il installa Tina entre ses genoux, et, pensif, se frotta

le nez avec le dos de la brosse en réfléchissant à la meilleure façon de leur expliquer.

« Ça ne veut pas dire qu'elles ne vous voulaient pas, les mères veulent toujours leurs enfants. Cela veut dire que lorsqu'un père et une mère divorcent ils ne peuvent pas couper le bébé en deux, donc ils le jouent à la courte paille. Et j'ai toujours eu la chance de tirer la paille la plus longue.

— On a eu combien de divorces ? » demanda Tina. Et sa voix trahissait une nuance de reproche.

« Bientôt trois, dit Lute du ton dont il aurait annoncé l'événement le plus banal.

— Trois, répéta Tina, songeuse. Trois divorces, et trois mères. »

Chez les voisins, il y avait trois enfants et une seule mère pour tous les trois : cette situation ne lui déplaisait pas. Elle savait qu'elle aurait détesté qu'elle, Barby et Muffin aient trois pères, un chacune. Il valait mieux n'avoir qu'un parent de chaque. Sauf qu'elles, elles n'avaient pas de mère du tout, même si en fait il y en avait eu trois en tout. Elle se demanda si Barby voulait une mère. Muffin ne voulait que des poupées, pour les gronder comme la grondaient les gouvernantes. Mais si Barby voulait une mère, papa y songerait peut-être. Papa disait toujours que c'était Barby la plus raisonnable.

Mais Barby ne voulait surtout pas de mère. Elle savait ce que c'était. Les mères, ça pleurait. Si elle ne se souvenait pas du visage de la sienne, elle avait clairement dans l'oreille le terrible bruit de ses sanglots et de ceux, plus déchirants encore, de la mère de Tina. Et maintenant il y avait celle que papa appelait Della et qui était sans doute la mère de Muffin puisqu'elle aussi sanglotait la nuit.

Le visage fermé, Barby intervint avant que Tina ne posât la question. « Je n'aime pas les mères. Elles m'énervent, elles pleurent trop. Elles se mettent en colère. Elles traitent papa de sale Nègre. »

C'était un gros mot, un mot affreux, que personne ne l'avait jamais entendue prononcer. Mais il fallait le dire, pour le bien de Tina. Muffin ne soulèverait pas le problème, elle n'avait pas spécialement envie d'une mère. Mais Barby se méfiait de Tina, qui fréquentait un peu trop la mère des petits voisins. Tina ne savait pas à quoi ressemblaient les mères lorsqu'elles pleuraient comme des folles. Elle était trop petite, à l'époque, pour s'en souvenir — et Barby trop petite pour comprendre.

Lute dit prudemment : « Quand les mères sont en colère, elles disent des choses qu'elles regrettent après, quand elles se calment. »

Mais cela ne consola pas les enfants. Pendant que Barby parlait, Muffin s'était agrippée à son bras et Tina, bien que lovée contre Lute, s'agitait anxieusement. Le mot interdit leur avait fait peur. Barby avait entendu leurs mères le prononcer. Il ne fallait pas s'étonner si Barby n'aimait pas les mères. Muffin tordit le visage pour exprimer son dégoût absolu de ce genre de femmes. Tina essaya d'en faire autant, mais n'y parvint pas. L'image de la mère des voisins interférait.

La mère des voisins ne pleurait jamais. Lorsqu'elle regardait Tina, elle lui souriait. Lorsqu'elle parlait, c'était pour dire des mots tendres. Elle embrassait Tina tous les jours, et certains jours plutôt deux fois qu'une. Pendant tout ce bel été, Tina avait retenu son souffle dans l'attente extasiée de ce rituel.

Les petits voisins n'étaient qu'un prétexte pour aller dans la maison d'à côté. Barby les dédaignait parce que c'étaient des garçons, qui tiraient sur ses nattes. Muffin les frappait de ses petits poings quand ils lançaient ses poupées hors de sa portée, et qu'ils l'obligeaient à dire s'il te plaît avant de les lui rendre. Mais Tina faisait semblant de trouver les garçons amusants, bien qu'elle mourût de peur quand leurs jeux devenaient violents.

La porte du paradis était étroite, mais y entrer valait bien des plaies et des bosses. Parce que la mère des voisins venait la consoler. Elle était douce et ronde. Se serrer contre elle donnait une sensation très différente de celle que procurait papa. On se sentait en sécurité, et on avait une seule envie : s'enfoncer profondément dans cette douceur, dans cette chaleur vivante, et y rester pour toujours à l'abri de tout ce qui faisait peur.

La mère des voisins disait que Tina était la petite fille qu'elle avait toujours désirée, jusqu'au jour où elle avait cessé d'essayer. Manifestement, les garçons ne lui convenaient pas. Quand elle les prenait dans ses bras, ils gloussaient bêtement, et se libéraient en gigotant. Pas Tina. Tina ne bougeait pas, ne disait rien, s'amollissait. Et Tina bénéficiait jour après jour de ces doses d'amour méprisées par les garçons.

La mère des voisins avait trouvé Tina après avoir cessé d'essayer. Comme c'était bizarre, tout ça. Comme c'était merveilleux ! Aucun été n'avait jamais tenu tant de promesses.

3

Soudain, Muffin éclata de rire. « Regardez Jezebel ! » s'exclama-t-elle, pliée en deux par la joie.

Ils regardèrent Jezebel. Elle traversait le jardin, d'un pas lent et solennel, une grosse crêpe accrochée à ses babines. Elle s'arrêta bientôt, leva une patte et scruta les environs pour s'assurer qu'on ne la voyait pas. Puis elle posa doucement la crêpe par terre et creusa un trou à côté.

Tous les matins, elle faisait sa tournée des villas. Unique femelle de tout l'Oval, elle pouvait patrouiller sur les pelouses et gratter aux portes sans craindre d'être chassée par les mâles dont elle envahissait le territoire. Qu'elle fût vieille, châtrée et indifférente à leurs avances ne les empêchait pas d'apprécier sa présence. Elle les distrayait de leurs chamailleries quotidiennes et distribuait avec équanimité ses maigres faveurs.

Jezebel prenait tout ce qu'on lui donnait, et enterrait la totalité de son butin, sauf les os. Elle mangeait sur place ce qui satisfaisait son palais, et rapportait le reste dans le jardin. Par gloutonnerie, elle acceptait, et même quémandait ce dont elle n'avait aucune envie. Par prévoyance, elle gardait une petite place dans son estomac pour un mets qui exciterait son appétit sur-le-champ.

La maison des Coles était sa dernière étape, et sa préférée. Leur chien était mort pendant l'hiver, et ils avaient un faible pour Jezebel. Ils ne se contentaient pas de lui donner leurs restes ; ils lui offraient de gros morceaux de viande, meilleurs que ceux que Jezebel se voyait octroyer chez elle. Une bête qui vit avec des enfants, on mélange souvent d'improbables vestiges à ses pâtées quotidiennes.

Jezebel, sa tâche accomplie et le sol aussi impeccable que si elle ne l'avait pas fouillé, le souffle court, se rendit droit chez les Coles de son pas fatigué.

Lute avait fini de tresser les cheveux de Tina. Il tira dessus et le visage de sa fille lui apparut, renversé, empreint d'une innocence auréolée par l'intensité de son amour pour la mère de la maison d'à côté, dont les bouffonneries de Jezebel n'avaient pas effacé la marque.

Pour rendre cet amour au visage levé vers lui, Lute embrassa Tina si fort que les dents de la fillette se fichèrent dans sa lèvre intérieure et qu'une petite goutte de sang coula dans sa gorge, lui donnant un haut-le-cœur. Au moment où elle escaladait la cuisse de Lute pour laisser sa place à Muffin, il la prit dans ses bras et la serra avec tant de violence qu'elle en eut le souffle coupé. Elle hoqueta de douleur, les côtes écrasées.

« Papa, tu me fais mal », sanglota-t-elle.

Barby s'empourpra. « Arrête, papa, dit-elle farouchement, pendant que Muffin lui tapait sur le bras, car elle avait la main plus leste que la langue.

— Tu sais bien que je ne ferais de mal à Tina pour

rien au monde, dit-il en saisissant Muffin par les poignets et en la soulevant très haut au-dessus de sa tête pour la faire rire. Tina sait combien je l'aime. »

Mais en vérité personne ne le savait. Son amour était incommensurable. Tout homme a un enfant d'élection. Pour Lute, c'était Tina, la fille de sa deuxième femme, une serveuse d'origine polonaise, chaste et fraîche émoulue de sa campagne natale. Un soir, elle n'avait pu détacher son regard de la sombre beauté de Lute qui ressortait sur la rangée de visages blancs et amorphes alignés de l'autre côté de son bar minable.

Lute lui fit l'amour dans son atelier. Il n'eut pas à ruser pour l'y amener, elle n'avait nulle part où aller dans cette grande ville indifférente, il ne perdit pas de temps à la séduire, c'était un expert en séduction, et elle une tremblante novice, qui en apprit avec lui plus qu'elle ne supporterait jamais d'en savoir, aima Lute et se détesta de l'aimer.

Il l'épousa, non par devoir mais pour donner un père légitime à l'enfant qu'elle portait. Le vocabulaire de Lute abondait en obscénités en tous genres, mais on ne l'avait jamais entendu traiter quelqu'un de bâtard. Et cette Polonaise, à qui il ne manifesta aucune tendresse, qu'il trompa, qu'il ne reconnut jamais comme sa femme malgré les papiers officiels, la traitant comme une servante et ignorant comment traiter une servante convenablement, raillant ses façons polonaises, ne lui adressant jamais un mot qui ne puisât sa racine dans l'obscénité, cette fille de rien, poussée dans ses derniers retranchements par les vices de Lute, l'avait appelé « sale Nègre, sale Nègre, sale Nègre », et lui avait enfin accordé le divorce qu'il exigeait depuis que seule Della excitait ses sens aux aguets, Della, la froide et méprisante héritière de Beacon Hill, aussi étrangère à son mode de vie que la plus lointaine des étoiles.

Pour atteindre Della, il avait visé très haut, et il réussit à la tirer vers le bas, vers son niveau de débauche. Il voulait divorcer pour l'épouser, parce qu'il avait par miracle obtenu son consentement et qu'elle portait, cette fois sans la moindre intervention miraculeuse, leur enfant.

Pour quelle raison Della, forte de l'expérience d'un premier mariage peu satisfaisant et ruineux — elle avait dépensé une fortune en avocats pour conserver la garde de son petit garçon —, hasardant cette victoire, le bonheur et l'équilibre d'un fils qu'elle adorait, qu'elle n'oserait plus jamais regarder en face le jour où il saurait, et elle savait que ce jour arriverait, pour quelle raison, n'ayant rien à gagner et tout à perdre, laissa-t-elle Lute l'entraîner si loin que la catastrophe finale était inéluctable ? Parce que, à l'instar de la Polonaise dont elle était si dissemblable, et de la précédente épouse de Lute dont elle était plus dissemblable encore, elle portait en elle le germe de l'autodestruction.

La première de ses femmes avait traîné en attendant que Lute, ou quelqu'un dans son genre, se présentât. Elle séchait les cours depuis l'école primaire, vagabonde au visage d'enfant, le sang chaud, et jolie comme un cœur. N'importe quel garçon de son âge l'aurait volontiers courtisée mais elle, la perverse, préférait le vice à la vertu, le noir au blanc. C'était une Mlle Je-sais-tout qui jouait la blasée mais n'en savait guère plus que ce qu'elle avait lu dans des livres cochons.

Elle s'imaginait que ses rendez-vous nocturnes dans l'atelier — où la menait, par des rues désertes, son pas rapide et déterminé qui se répercutait contre des immeubles que l'obscurité rendait mystérieux, son regard dardé sur les portes d'entrée, non qu'elle fût effrayée mais au contraire exaltée par l'impénétrable, et le crissement de ses souliers aussi perdu et solitaire qu'un pleur d'enfant —, elle s'imaginait que ces nuits d'extase, l'alcool qu'elle buvait comme de l'eau, et les cadeaux que Lute lui achetait dans des boutiques de prêteurs sur gages, la métamorphosaient en une audacieuse aventurière, à l'aube d'une vie d'amour et de luxure qui se terminerait de l'autre côté des mers, dans le rutilant palais et le lit en or d'un prince enturbanné.

Les jours, elle n'en tenait pas le compte, car seules les nuits s'étaient emparées de ses sens. Et lorsqu'elle ne put cocher son calendrier, elle ne sut comment avouer à Lute qu'elle était une si piètre maîtresse. Elle se tut. Il vit ses seins gonfler. Il entendit son pas ralentir dans l'escalier du grenier et son gémissement amoureux exprimer plus de révolte que de plaisir.

Il l'épousa et l'installa dans un quartier de la ville où la racaille noire et la racaille blanche se côtoyaient avec indifférence.

Rien ne lui garantissait que l'enfant était de lui, mais, révulsé à l'idée qu'un être de sa chair pût naître bâtard, il prit le risque, se préparant sans émotion, et sans plan précis, à tuer la mère et l'enfant si ce dernier ne montrait aucune trace de sang noir.

Et la fille, guère plus encline au mariage que Lute, car le mariage était un acte de moralité, promit fidélité et obéissance par haine pour son corps déformé : puisqu'elle était perdue à jamais pour l'amour, autant porter la bague au doigt et pousser un landau.

Lorsque l'enfant naquit, elle ne lui pardonna pas de vivre. Lorsque son corps se réveilla et que son sang se réchauffa, elle ne supporta pas la dépendance que lui imposait la satisfaction des besoins du bébé.

Lute essaya de lui inculquer l'amour maternel par les coups, mais ses hurlements étaient des cris de luxure qui le poussaient à redoubler de violence. Il ne la vit jamais caresser l'enfant, lui parler ou satisfaire ses besoins de bon cœur.

En rentrant chez lui, il examinait le bébé, tâtait son estomac pour voir s'il était plein, surveillait ses couches pour vérifier qu'il était au sec, enfouissait son nez au centre de son corps pour en respirer l'odeur, propre ou fétide. Et quel que fût l'état de l'enfant, hurlant de faim ou roucoulant de plaisir, sa main s'abattait sur sa femme. La nuit, il la dédaignait car il ne pouvait aimer une femme qui n'aimait pas les enfants, une femme qui lui rappelait cruellement qu'il n'avait jamais connu l'amour d'une mère.

Ils vécurent trois ans dans leur enfer, elle prenant le supplément de sexe qu'elle pouvait avec le premier livreur venu, s'il en avait le temps et l'envie, Lute ne comptant pas, perdant le compte des femmes avec qui il couchait dans l'atelier, des femmes des rues, sur qui il exerçait sa féroce sensualité, comme si chacune d'entre elles avait le visage de sa mère, ce visage dont il ignorait les traits.

Le jour où il trouva sa fille toute seule, non que cela ne fût jamais arrivé auparavant, mais il l'ignorait, l'enfant y étant si bien habituée qu'elle n'en avait jamais parlé, il la saisit dans ses bras et l'emmena chez une voisine, qu'il connaissait de vue, trouvait affreuse, grasse et répugnante à regarder, mais le genre de femme à rester chez elle sans recevoir d'autre homme que celui qu'elle a épousé, une horrible Négresse à laquelle il pouvait confier son enfant pendant qu'il rentrait chez lui pour tuer sa femme blanche.

Il rentra chez lui et il attendit, et pendant qu'il attendait, armé pour tuer de ses seules mains, des mains qui n'étaient pas faites pour tuer, il décida que sa vengeance serait plus savoureuse s'il jetait cette garce à la rue, où elle vendrait ce corps dont il ne voulait plus, où elle crèverait de faim quand personne n'en voudrait plus, où elle mourrait lentement, comme une cloche, dans l'indifférence générale, comme il espérait que Dieu avait fait mourir sa mère pour la punir.

Elle mourut sans être malade, sans longue agonie, dans une arrière-cour de Chinatown, une enfant perdue, qui se serait couchée n'importe où pour dormir et même, si personne ne la trouvait, pour mourir. Il y avait pourtant une chambre où l'attendait un Chinois, de l'amour plein les reins, mais elle était trop ivre pour aller d'un lit à un autre, et trop cernée par le destin pour échapper à son sort.

Lute la fit enterrer, car la police n'aurait eu aucun mal à remonter de l'homme jaune à l'homme noir. L'affreuse femme grasse connaissait une veuve, aussi laide et raisonnable qu'elle, qui devint la première des gouvernantes de Lute. Puis il comprit qu'une gouvernante n'était pas obligatoirement hideuse et pouvait servir au lit sans supplément de salaire.

Entre l'atelier et le lit de la gouvernante, Lute ne manquait de rien qui pût éveiller son désir pour l'innocence maladroite de la Polonaise, à moins qu'il n'y eût chez lui une sérieuse propension à engendrer des enfants qui connussent leur père.

Maintenant, il y avait la mère de Muffin, Della, sa troisième femme, épousée en secret et, Dieu en témoigne, secrètement accouchée, qui avait acheté un meuble à Lute, puis acheté Lute en lui ouvrant les portes des maisons de ses amis.

Il avait attendu devant ces portes, en secouant les épaules, pendant qu'un domestique allait vérifier qu'il avait le droit d'utiliser l'entrée principale. Quand le domestique revenait, Lute le suivait dans un boudoir où souvent Della l'avait précédé, délibérément, pour jouir de sa déconfiture en la trouvant là — au milieu de ses amis qui n'étaient pas ceux de Lute, qui ne le seraient jamais, qui parlaient au-dessus de sa tête sans se soucier davantage de sa présence que s'il était un de ses meubles —, et jamais Della ne lui lançait un coup d'œil complice.

La Polonaise encaissa les coups qu'il n'osait infliger à Della, digéra les relents de sa rage, et lorsqu'elle ne put en supporter davantage, lorsque gravir à genoux son chemin de croix pour retrouver les gens de son milieu et passer le reste de ses jours écrasée sous le poids de leur mépris lui sembla un sort plus enviable que d'être dévorée vivante, elle accorda à Lute le divorce qu'il lui avait extorqué par les coups, et la garde de l'enfant qu'il lui avait toujours interdit de considérer comme sienne ; elle se raccrocha, pour réconforter son cœur malmené, à la vaine conviction qu'une victoire si chèrement acquise ne serait source d'aucun bonheur pour son ex-mari.

Lute aimait la douce enfant de la fille douce qu'il n'avait jamais essayé d'aimer. Une seule larme de Tina lui tournait les sangs alors que les sanglots de sa mère les faisaient bouillir ; il prit l'irrévocable décision que Tina aurait ce qu'il pourrait lui donner de mieux, quoi qu'il en coûtât, à lui ou à quiconque.

Et Lute voyait que Tina n'avait jamais été aussi heureuse que dans cette petite maison louée à Addie Bannister, où les lits et les chaises étaient aussi bancals que leur propriétaire, et qui aurait tenu deux fois dans leur grande maison de Boston où il avait dessiné chaque meuble.

Tina aimait l'œil maternel de l'Oval, où tous les enfants appartenaient un peu à toutes les mères attentives ; elle ignorait qu'elle jouait dans le jardin des supplices et que l'été touchait à sa fin.

Pour Lute, l'été de Tina dans l'Oval venait de commencer. Personne ne la priverait de son bonheur d'en faire partie. Il avait essayé de lutter à la loyale.

Désormais, il tricherait. Lorsque la ligne de démarcation avait été tracée, il aurait baissé sa garde contre une place au mariage, qui eût garanti à ses yeux son droit de revenir dans l'Oval. Mais les Coles avaient attaché trop d'importance à leur sale carton d'invitation pour inscrire son nom dessus. Ils l'avaient contraint au combat. Désormais, il ne capitulerait qu'en échange de leur bien le plus précieux.

A en croire les ragots colportés d'un bout à l'autre de la place, on enterrerait Addie Bannister avant la première neige. Pourtant, malgré tout son argent, malgré tout son crédit, Lute ne pourrait acheter sa maison de poupée pour Tina. Les Coles, les tout-puissants Coles y veilleraient, ils n'auraient qu'un mot à dire à l'aristocratique avocat de Boston qui s'occupait des modestes affaires de la vieille dame.

Eh bien, il n'en voulait pas, de cette maison de poupée. Qu'ils se la gardent, et grand bien leur fasse ! L'été prochain et tous les étés à venir jusqu'à ce que l'enfer le rattrape, il enlèverait son pantalon dans la sacro-sainte villa des Coles, et coucherait dans le lit de leur sacro-sainte fille.

Shelby était mûre. Il savait reconnaître les symptômes de la reddition. Que lui offrait un Blanc, qu'il ne pût lui offrir en cent fois mieux ? Une heure seul avec elle suffirait à briser un cristal si transparent qu'il voyait clairement au travers. Elle n'était pas née, la femme qu'il ne pouvait mettre à genoux, pantelante, suppliante, prête à tout lui accorder y compris sa main.

Ses filles danseraient à son propre mariage bien avant que ces fameux Ovaliens ne dansent au mariage qu'ils avaient prévu et dont toutes les places étaient vendues.

« Qui a envie de revenir ici l'été prochain ? chantonna-t-il, triomphant, en regardant Tina.

— Moi, moi, moi », roucoulèrent les petites filles en sautant de joie sur leurs fesses rebondies.

Lute leva le sourcil. « Et si nous ne pouvons pas relouer cette maison ? Et si nous ne trouvons aucune maison à louer ?

— Oh ! Qu'est-ce qu'on fera alors ? s'exclamèrent-elles, désespérées.

— Voyons, laissez-moi réfléchir », les taquina Lute. Il s'abîma dans ses pensées, sous l'œil inquisiteur des enfants, qui osaient à peine respirer. Puis son visage s'éclaira subitement. Il hocha la tête d'un air satisfait, renversa la tête de Muffin et commença de natter ses cheveux brillants. Ils étaient encore trop courts pour que les tresses tiennent plus longtemps qu'il ne fallait pour les nouer, mais elle aurait été vexée s'il n'avait pas respecté le rite.

« Il y a une maison, ici, une belle maison, et une belle dame qui vit dedans. Elle est bien élevée, elle sait se comporter. Elle pourrait vous apprendre un tas de choses. Si je l'épousais, nous passerions tous les étés dans sa belle maison. Elle s'occuperait de vous, elle serait votre nouvelle maman. Les petites filles ont besoin d'une maman pour grandir.

— Pas moi, intervint Barby. Elles veulent toujours faire la loi. » Les mères de l'Oval avaient passé l'été à faire la loi à leurs enfants et à tous les gamins qui venaient jouer avec eux.

« Moi non plus, dit Muffin. Je préfère une nouvelle poupée ! » Elle cassait toutes ses poupées en les battant comme plâtre quand elles n'étaient pas sages.

« On pourrait en essayer une, plaida timidement Tina. S'il te plaît. Barby, s'il te plaît. Si elle nous embête trop, on pourra toujours la divorcer. »

Barby regarda sa sœur. Tina était au bord des larmes, et elle ne voulait pas que papa vît Tina pleurer. Papa tapait toujours sur les mères qui pleurnichaient.

« D'accord, d'accord, dit-elle hâtivement, et Muffin ne prit pas la peine de répondre. Qui est-ce, papa ? » demanda-t-elle par pure politesse, car au fond d'elle-même elle s'en moquait complètement. Les femmes se valaient toutes, même les gouvernantes. Tôt ou tard, elles commençaient à pleurer, et papa les battait.

« C'est ma surprise, dit Lute. Vous verrez. Mais ce ne sera pas long. »

Tina le contempla gravement. « Tu le promets ? Croix de bois, croix de fer ?

— Je le promets, croix de bois, croix de fer », dit Lute, la voix brisée par la tendresse.

Tina ferma les yeux très fort et récita une petite prière derrière ses paupières closes. S'il te plaît, petit Jésus, fais que ce soit la mère des voisins. Fais que je reste toute ma vie dans l'Oval. Amen.

4

De la fenêtre de sa chambre, au dernier étage de la maison des Coles, la vieille Gram, l'arrière-grand-mère maternelle de Shelby, contemplait l'homme sombre et ses filles à la peau cuivrée en se lamentant à voix basse contre un destin qui ne lui avait épargné aucun tourment durant les quatre-vingt-dix-huit années qu'elle avait passées sur cette terre.

Dans le temps, tous ses voisins étaient blancs, et Gram aussi impeccablement blanche qu'eux, comme tous les membres de sa famille depuis les origines de l'histoire du Sud, jusqu'à ce que sa propre fille, Josephine, croisât son sang impeccablement blanc, son sang d'aristocrate, avec du sang de couleur, et brisât le cœur de Gram.

Josephine était morte maintenant, depuis longtemps, et tous sauf Gram avaient oublié sa forfaiture. Gram, ultime vestige de l'époque révolue d'avant la guerre, n'avait toujours pas admis l'issue des combats ; mais dans l'Oval tout le monde se moquait de ces vieilles histoires ; presque plus personne ne savait qu'elle était la fille du colonel Lance Shelby, le propriétaire d'une plantation immense qui s'étendait sur la moitié d'un comté, d'une demeure d'une cinquantaine de chambres et d'une petite armée d'esclaves tout dévoués à Marse Lance et qui n'avaient accepté leur liberté que contraints et forcés.

Et Gram, l'aristocratique Gram, vivait au milieu des descendants de ces esclaves parce qu'elle n'avait d'autre endroit où vivre, mourrait au milieu d'eux parce qu'elle n'avait d'autre endroit pour mourir, serait enterrée là où ils la mettraient parce qu'aucun caveau ne revendiquerait son corps ; et rien ne distinguerait ses ossements des leurs au jour du Jugement dernier, lorsque le ciel choisirait entre ceux qui étaient destinés à s'asseoir à la table de Dieu et ceux qui étaient nés pour y servir.

Gram rêvait de reposer parmi ses ancêtres, dans le cimetière réservé aux Blancs où avaient été inhumés ses parents et amis, loin de ce Nord cruel où la terre obstinée refusait de s'ouvrir en hiver, où l'on remisait les cadavres indignés jusqu'à ce qu'il fît plus doux, rendant les morts indécents, retardant leur rendez-vous avec la poussière dont ils étaient issus, où ils avaient le droit de retourner.

Rentrer chez elle pour mourir : Gram en demandait peu à la vie. Une vie qui lui avait dispensé de maigres joies, mais de lourds chagrins. De toutes les bénédictions qui avaient présidé à sa naissance, elle n'avait sauvegardé que le sang des Shelby qui coulait si lentement, en un si mince filet dans ses veines, qu'il n'abreuvait plus son cœur épuisé.

Elle s'était éveillée à l'aube, tirée du sommeil par l'odeur de mort flottant sur les soupirs du vent qui entrait par la fenêtre, cette odeur à nulle autre semblable, si ténue que seuls ceux qui la connaissent la décèlent, si particulière qu'elle ne se peut confondre avec nulle autre mais pourtant indescriptible en ce bas monde, sauf à avoir recours à la rhétorique. Si on voulait en rendre compte, on pouvait évoquer une brassée d'œillets blancs arrachés à la terre pour se faner, flétrir et mourir en un morbide enchevêtrement.

Gram s'était levée, et agenouillée près de son lit pour prier. Cela faisait des années qu'elle ne s'était pas mise à genoux, la position étant trop pénible et périlleuse tant à prendre qu'à quitter. Mais elle voulait se mortifier devant Dieu, et lui prouver la suprématie de sa foi sur sa faiblesse.

Notre Père qui êtes aux cieux, priait Gram, les mains jointes, la mort est dans l'Oval. De ses ailes déployées elle obscurcit le ciel et projette son ombre sur la maison qu'elle a élue. Vous savez, et je l'ignore, qui sera le prochain à pénétrer dans la gloire de Votre Royaume. Faites que ce ne soit pas moi. Je ne suis pas prête. Il fut un temps où je l'étais mais Vous ne m'avez pas alors ouvert Votre porte. Vous m'avez envoyée vivre en terre étrangère. Vous m'avez installée parmi des étrangers et des barbares. J'ai porté ma croix. Je ne me suis jamais plainte.

A vivre comme les gens de couleur, mon échine s'est courbée sous la peine. Soulagez mes pauvres épaules de ce fardeau pour le peu de jours qui me restent. Faites de mon arrière-petite-fille Votre instrument. Elle épouse un vrai Blanc. Parlez à son esprit : elle écoutera ; il faut qu'elle vive en Blanche. Parlez à son tendre cœur : il s'amollira ; qu'elle me fasse transporter chez moi pour que j'y meure. Son avenir est devant elle, elle ne refusera pas cette ultime faveur à sa pauvre vieille Gram riche seulement de son passé.

Je ne prétends pas me mêler du mystère de Votre volonté, mon Dieu, mais on dit qu'Addie Bannister est condamnée. Si Vous voulez Addie Bannister, sa maison est juste à côté de la nôtre. Je sais que le choix

Vous appartient, et je parle sans outrecuidance. Mais je voulais que Vous entendiez mon point de vue. Que Dieu soit loué pour sa bonté. Amen, amen.

Gram s'était relevée péniblement par étapes opiniâtres, une main agrippée à sa canne, l'autre sur le montant du lit, se soulevant à moitié, et une main flanchant, recommençant, et un pied glissant, s'y reprenant, et sa canne s'accrochant dans les plis de sa chemise sans que Gram comprît ce qui la retenait jusqu'à ce qu'elle entendît le tissu se déchirer, puis une dernière tentative avec ce qui lui restait de force, et cette fois-ci enfin debout, le cœur battant, la tête tremblotante, les yeux cernés de noir par l'épuisement, et ses soupirs, ses grognements, mi-douleur mi-exaspération contre un corps trop vieux pour faire quoi que ce soit facilement.

Et, s'étant relevée, elle tituba jusqu'à sa chaise près de la fenêtre pour s'asseoir et récupérer, un trajet bien balisé par divers objets sur lesquels s'appuyer. Car tout dans la chambre de Gram était solidement arrimé au sol, pieds de table et de chaise recouverts de capsules de caoutchouc résistant à toute poussée, tapis consolidés par un ruban métallique qui les maintenait en place si on se prenait le pied dedans.

Comme elle regrettait son vieux rocking-chair ! Elle aimait s'y balancer, d'avant en arrière, d'avant en arrière, jusqu'à ce que le sommeil raccourcît l'attente du jour. Mais on le lui avait retiré, de crainte que son mouvement ne la fît tomber, ou qu'elle ne trébuchât sur ses bascules. Oh, que c'était dur de vivre dans ce corps de poupée de chiffon que son cerveau intact avait tant de mal à contrôler.

Les oiseaux commençaient leur chœur matinal, pas à pleine voix, ni aussi long et joyeux qu'au printemps, mais ils lançaient encore vers le ciel leur cantique estival de trilles et de gazouillis, célébré par une grande variété d'officiants, mésanges à tête noire, pinsons pourpres, rouges-gorges et geais bleus dont les deux notes flûtées qu'ils chantaient à la gloire du soleil levant contrastaient tant avec leurs deux cris rauques d'avertissement lorsqu'un danger rôdait dans le jardin. Les tourterelles du matin roucoulaient dans les plus hauts des chênes et leur litanie triste et monotone, répétée à l'infini, endormit Gram.

Un éclat de rire des petites filles de Lute la tira de sa somnolence. Elle cligna les yeux, et vit arriver Jezebel, digne comme un paon. Gram savait ce qu'elle venait chercher, et ce qu'on lui donnerait : une belle assiettée de nourriture, avec de beaux morceaux de viande qui auraient suffi à enrober de chair les os de Josephine, à une époque où avoir assez à manger aurait pu lui dicter un choix différent entre la résistance et la forfaiture.

Josephine, sa fille qui lui avait brisé le cœur, en héritant de son père la faiblesse et la résignation qui avaient tué ce dernier plus sûrement que la pneumonie dont il était mort, parce qu'il ignorait comment vivre avec cette nouvelle race de vauriens blancs qui avait dépossédé les siens ; Josephine, sa fille qui ignorait comment vivre avec sa faim, trop indifférente au passé et à la chimérique plantation de Xanadu pour se nourrir des souvenirs de Gram, cet élixir qui maintenait la vieille dame en vie.

Pour s'évader de l'horrible piège de la noble pauvreté, Josephine savait qu'elle ne disposait que d'une issue : épouser un homme qui pourvoirait à ses besoins. Mais il ne s'en présenta aucun. Les quelques hommes qu'elle connaissait, l'auraient-ils demandée en mariage, n'avaient à lui offrir que leur nom, qui ne valait pas plus cher que le sien sur le comptoir du boucher. Les hommes qui avaient de l'argent appartenaient à la racaille blanche qui avait dépouillé les siens de leur souveraineté, et elle préférait encore épouser un homme de couleur conscient de n'être qu'un peu de poussière qu'elle foulerait aux pieds.

Le choix entre ces deux maux tenait d'ailleurs de la figure de style. Josephine était convaincue qu'elle mourrait célibataire, avec juste la peau sur les os. Sa prophétie se vérifia prématurément. A dix-sept ans, elle faillit être emportée par la faim lancinante qui la ravageait comme un incendie et consumait ses sens, lesquels n'avaient rien d'autre à se mettre sous la dent.

La noire Melisse, née à Xanadu, sœur de lait de Gram, entendit dire que la fille de Miss Caroline, Miss Josephine, était alitée avec une forte fièvre. Enfants, Melisse et Gram avaient joué ensemble. Melisse appelant Gram « Ca'line » jusqu'à ce qu'elle pût prononcer le « Miss Ca'line » qui lui remplissait la bouche, ce qu'elle fit sans difficulté ni répugnance, car, comme Gram, elle respectait la volonté divine.

Après leurs mariages respectifs, elles se virent peu, surtout parce que Melisse ne voulait pas s'immiscer dans la pauvreté de Gram, guère pire que la sienne mais plus triste encore car sans issue.

Melisse cuisinait pour les nouveaux riches ; elle se lança dans la restauration à domicile et gagna de l'argent qu'elle économisa pour envoyer son fils dans une université du Nord, car elle souhaitait qu'il quittât ce Sud chamboulé, où d'honnêtes gens de couleur étaient contraints d'accepter les ordres de vauriens blancs qu'on aurait, avant la guerre, jetés hors de Xanadu à coups de fouet sous les yeux de Melisse et de Miss Caroline, cachées dans leur cabane, et mourant de rire devant la déconfiture de ces balourds aux pieds plats qui s'en retournaient dans les collines, la queue entre les jambes.

Lorsqu'elle regardait son grand fils, bel et bien nourri, Melisse aurait aimé transférer un peu de son gras sur la pauvre et chétive enfant de Miss Caroline, mais elle savait que Miss Caroline n'apprécierait pas cette couche de noir sur le blanc.

Ce fils, Hannibal, avait dix-neuf ans lorsque Melisse l'envoya sonner à la porte de service de Miss Caroline avec un grand plateau d'argent, recouvert d'une serviette blanche immaculée, plus propre que ne pourrait jamais laver Gram, et regorgeant des mets odorants que Gram n'avait plus savourés depuis Xanadu, et auxquels Josephine n'avait jamais goûté.

Melisse avait bien fait la leçon à son fils : se montrer humble et respectueux et dire les paroles suivantes : « Miss Ca'line, je suis Hannibal, le fils de Melisse. On a dit à maman que Miss Josephine n'allait pas bien. Elle vous envoie ce plateau pour la tenter. Elle dit que c'est encore meilleur que les pâtés de sable que vous faisiez dans le bon vieux temps. Elle dit qu'elle sait que vous êtes occupée à soigner Miss Josephine. Elle dit qu'elle serait fière de vous épargner le soin de cuisiner tant que Miss Josephine a besoin de vous auprès d'elle. »

Il ne vit pas Miss Josephine ce jour-là et ne songea même pas à se demander de quoi elle avait l'air. C'était une personne de qualité, et si sa mère avait décidé de la nourrir pour cette simple raison, sa gentillesse ne le gênait en rien et ne le regardait pas davantage.

Lorsque Miss Josephine eut reprit assez de forces pour pouvoir sortir, Melisse habilla Hannibal d'un manteau et d'un chapeau de cocher, l'installa sur le siège d'une calèche louée, un panier de pique-nique à ses pieds, et lui ordonna d'emmener Miss Caroline et Miss Josephine se promener à la campagne.

Ils allèrent à Xanadu. Ils s'y rendirent deux fois par semaine, car le seul chemin que Gram avait envie d'emprunter était celui qui remontait le temps. Hannibal, le dos tourné aux deux dames, ne voyant presque jamais le visage de Miss Josephine et croisant moins souvent encore son regard, sauf lorsqu'il l'aidait à monter ou à descendre de voiture, ou qu'il lui tendait les plats qu'il sortait du panier, comme un domestique, ne s'asseyant jamais, ne mangeant rien avant que les dames n'eussent terminé leur repas, Hannibal tomba amoureux.

En fait, il tomba amoureux du passé. Lui, qui n'avait eu aucune occasion d'y jouer un rôle romantique, s'éprit des contes de Gram sur Xanadu, que les Yankees avaient incendié avant qu'elle eût sept ans, et que ses récits embellissaient à l'infini.

Hannibal écoutait bouche bée, mais Miss Josephine, refusant de l'imiter, enviait Hannibal qui partait dans le Nord, car elle ne souhaitait rien tant qu'échapper à ce rêve mort qu'aucun conte jamais ne ressusciterait.

Gram aurait dû se méfier de l'incapacité d'Hannibal de prononcer une phrase cohérente en présence de Josephine. Mais elle n'y songea pas, imputa le mutisme du jeune homme à sa simplicité d'esprit, et jugea Melisse elle-même bien sotte de croire que des études le transformeraient. Ces escrocs de Yankees lui prendraient son argent et expédieraient son nigaud de fils dans le monde, le cerveau lesté du poids de livres mal compris et ne sachant rien faire de ses dix doigts.

Mais il ne restait plus personne pour enseigner aux Hannibal de cette terre les choses qu'ils étaient censés savoir. Ceux qui auraient pu leur apprendre à effectuer les tâches pour lesquelles ils étaient nés n'avaient pas les moyens de les entretenir. Qu'adviendrait-il, désormais, des Hannibal ? Les bons maîtres, qui les auraient pris en charge durant leur vie entière, comme des enfants, avaient tous disparu dans la tourmente.

Dans la voiture fournie par Melisse, Gram s'inquiétait de l'avenir du fils de Melisse. Que leurs destins fussent enchevêtrés, cela ne lui vint pas à l'esprit ; pour qu'une telle pensée l'effleurât, il aurait fallu qu'elle eût perdu la tête.

Une telle pensée mit des années à effleurer Hannibal, des années loin de Miss Josephine et de Miss Caroline, qui les passèrent à maigrir jusqu'à n'être guère plus épaisses qu'une feuille de papier à cigarette. Gram, née riche, née héritière, se nourrissait de son orgueil du passé. Miss Josephine, née pauvre, née sans espoir, n'avait que la faim pour l'anéantir.

Les lettres d'Hannibal à sa mère la sauvèrent de la folie. Melisse passait une fois par semaine pour se les faire lire, apportant à chaque visite un petit cadeau : une tarte aux noix de pécan, ou une nougatine. Elle n'avait aucun prétexte valable pour offrir quelque chose de plus roboratif, comme un bon ragoût, bien que le spectacle de la peau sur les os des deux dames fît saigner son cœur enrobé de bonne graisse. Aucun prétexte non plus pour proposer de l'argent à Miss Caroline, quoique son mouchoir en fût bien garni.

Melisse envoyait donc l'argent serré dans son mouchoir à Hannibal, après avoir soigneusement repassé les billets sur ses genoux, et Gram, qui désapprouvait ce gaspillage, écrivait la lettre qui l'accompagnait. C'était elle qui lisait à Melisse les lettres d'Hannibal. Miss Josephine écoutait, tout en feignant l'indifférence, enviait à Hannibal ses voyages de Gulliver, et pensait à Hannibal, et pensait de plus en plus à Hannibal, car rien ni personne d'autre ne lui occupait l'esprit.

Lorsque le cœur trop enrobé de Melisse la trahit, et qu'elle mourut, Gram fit un paquet de l'argent caché sous le matelas et l'envoya à Hannibal sans même songer à prélever quelques sous pour payer l'affranchissement, qui lui coûta plus cher que ce qu'elle dépensait en timbres en une année entière.

Hannibal écrivit pour remercier, puis n'écrivit plus,

car il n'avait aucune raison de le faire. Il n'avait pas osé demander de nouvelles de Miss Josephine, car il ignorait si cela était convenable. Il n'avait pas écrit un seul mot susceptible d'alimenter les rêves de Miss Josephine. On aurait dit que la fin de Melisse était la fin de tout.

Miss Josephine démissionna ; elle passait plus de temps au lit que debout. Personne ne savait ce qu'elle avait. Le minuscule revenu annuel de Gram, provenant de l'unique investissement de son père hors du Sud, passa en médicaments qui restèrent sans effet. Les 200 dollars, pas un de plus pas un de moins, qui devaient durer douze longs mois, furent engloutis dans cette maladie chagrine.

La prophétie se renouvela. Miss Josephine n'avait qu'une seule perspective en vue : la mort lente par inanition, aggravée d'un cancer de l'âme.

5

Le jour de l'enterrement de Melisse, Hannibal se présentait à l'examen de licence d'enseignement. Il priait pour le réussir, au nom des sacrifices consentis par sa mère, ignorant qu'elle avait fini par en mourir, son cœur noyé dans la graisse ne pompant plus assez fort pour qu'elle pût continuer à cuisiner pour les autres, et à remplir de billets de banque son vieux mouchoir élimé.

Pendant l'agonie de Melisse, Gram ne quitta pas son chevet, lui tenant la main comme son père avait autrefois tenu tant de mains noires entre les siennes, accomplissant son dernier devoir, son divin devoir envers ces esclaves mourants qui l'avaient si longtemps et si fidèlement servi.

Melisse envisageait la mort avec sérénité : la tâche qu'elle s'était assignée, donner de l'instruction à son fils, était accomplie. Elle énonça clairement ses dernières volontés : Hannibal ne devait pas être informé de son état, ni prévenu de sa mort avant qu'elle ne fût en terre. Il faudrait alors l'en aviser, non par un télégramme qui l'effraierait, mais par une lettre gentille, lui enjoignant de se souvenir d'elle vivante et non morte, vigoureuse et non malade, marchant sur la terre et non enfouie dessous.

Ce fut peut-être l'âme immortelle de Melisse qui guida la main d'Hannibal pendant l'épreuve écrite, elle dont la propre main n'avait jamais su tracer un mot ni l'œil en déchiffrer un seul. Elle était pourtant née pour devenir ce qu'elle ne fut jamais : une femme instruite. Elle aimait toucher les livres, flairer la page imprimée, et possédait une ardente soif de savoir.

Le jour de l'abolition, elle avait six ans. Elle sauta de joie sur une vieille souche d'arbre, riant et pleurant à la fois, et criant : J' suis lib' ! j' suis lib', puis elle s'agenouilla et pria pour que Ma'me la laisse aller à l'école. Mais la liberté la priva de maîtres et sa maman pensait que les études étaient réservées aux Blancs aux mains douces. A la place, on lui apprit à faire la cuisine et elle y excella. Elle aurait excellé en tout.

Lorsque son fils naquit, elle décida qu'il recevrait une éducation de Blanc et elle s'employa exclusivement, sans relâche, à faire entrer cette idée dans la tête du jeune garçon. Et Hannibal, ignorant qu'il s'agissait d'une ambition ridicule pour quelqu'un d'aussi peu doué que lui, réussit contre toute vraisemblance, à force d'obstination.

Lorsqu'il arriva à New York pour s'inscrire à l'université qu'il avait choisie, on lui dit, avec plus d'amusement que de colère, que jamais garçon plus mal préparé ne s'était présenté en ces murs, et on lui conseilla de retourner au lycée, si tant est qu'il eût jamais fréquenté un établissement d'études secondaires.

Il alla au lycée, le jour et la nuit, été comme hiver. Il étudiait sans répit, progressa, non point à pas de géant mais sans jamais reculer, ni oublier la moindre des choses qu'il apprenait.

Il fut enfin admis à l'université, suivant les cours le jour, prenant des leçons particulières le soir et debout dès l'aube, un manuel à la main. Il avait choisi l'histoire comme matière principale, car Miss Caroline avait éveillé son intérêt pour les mondes révolus, si différents du présent que nul encore n'avait rangé dans des livres, avec une introduction et une conclusion.

Il n'était certes pas le meilleur étudiant de sa promotion, mais, sans conteste, c'était le plus travailleur. Lorsqu'on lui remit son diplôme, nul ne le méritait plus que lui. Et nul n'était plus qualifié pour enseigner dans une école secondaire, où l'essentiel était de donner aux élèves du cœur à l'ouvrage.

Dans le quartier de San Juan Hill, Hannibal prit place sur une estrade, devant une classe de garçons obligés de le supporter jusqu'à ce que la cloche sonne. Il les enviait d'être du côté de l'apprentissage et savait que, malgré tout ce qu'il avait engrangé dans son cerveau, il lui en restait bien plus encore à apprendre.

Il retourna à l'université et suivit les cours du soir pour passer son doctorat et obtenir une chaire de professeur. Et, à sa façon, lente mais opiniâtre, s'insinua en lui un besoin biologique, induit pas à pas par la conscience qu'un homme ne travaille ni n'espère pour lui seul. Il ne touche, dans ce cas, que la moitié de son dividende. Une vie digne de ce nom se partage. L'homme naît d'un partage avec sa mère. Quand un homme n'a pas de mère, il se marie.

Et parce qu'il n'avait pas de mère pour partager sa vie, lui choisir une épouse, lui arracher des mains le stylo qu'il prenait pour écrire, lui tâter le front pour voir s'il avait de la fièvre, ou se jeter à ses pieds et le menacer d'avoir à passer sur son corps s'il s'entêtait dans sa résolution, Hannibal, obéissant à une impulsion pour la première fois de son existence, s'installa à sa table et écrivit une lettre d'amour, mi-fiche d'état civil — indiquant son âge au cas où on l'aurait oublié, son état de santé, excellent, le poste qu'il occupait, son salaire actuel et ses espoirs d'augmentation —, mi-aveu solennel de son outrecuidance à oser déclarer sa flamme à une si belle dame, et termina par la fervente affirmation que sa vie entière dépendait de la réponse à la requête qu'il formulait.

Ayant ainsi pris sa vie en main, Hannibal posta la missive qu'il adressait à Miss Josephine tout en envisageant la possibilité que Miss Caroline envoie un détachement de sudistes pour le lyncher, mais persuadé que l'expédier était une question de vie ou de mort.

Miss Josephine la reçut le jour de son vingt-septième anniversaire, dans un moment de vulnérabilité, dans un moment où elle ne pouvait se dissimuler plus longtemps qu'elle était désormais, officiellement, une vieille fille devant se raccrocher à n'importe quelle bouée de sauvetage pour éviter la noyade.

Debout devant la poste, elle lisait la lettre d'Hannibal, stupéfaite, livide, comprenant à peine les mots mais se cramponnant, se cramponnant à cette humiliante proposition parce qu'elle n'avait pas d'autre planche de salut.

Miss Josephine retourna à la poste, saisit un porte-plume à la pointe crissante, écrivit à l'aveuglette : « Pourquoi pas ? » au bas de la lettre d'Hannibal, acheta une enveloppe, inscrivit l'adresse, posta le pli, et se sentit si faible qu'elle dut rentrer chez elle appuyée au bras d'un gentleman qui le lui aurait refusé s'il avait su que ce n'était pas la faim, naturelle chez ceux de son rang, qui lui donnait le vertige.

Sur le trajet du retour, elle ne pensa qu'à une chose, n'osant pousser plus loin ses réflexions : Dieu merci, c'était toujours elle qui allait chercher le courrier, une de ses prérogatives d'enfant à laquelle elle n'avait pas renoncé, n'ayant pas d'enfant qui l'aurait faite mère, jouant donc encore le rôle de l'enfant auprès de sa mère, un enfant désormais cachottier, porteur d'un lourd secret.

Il y eut encore une lettre d'Hannibal, brève, car il craignait, s'il respirait un peu trop fort, de souffler l'incroyable miracle ; elle contenait l'argent du voyage et l'extravagant engagement de faire d'elle une femme riche.

Josephine épingla sa lettre d'adieu sur son oreiller.

Maman chérie, pardonne-moi. Je pars dans le Nord, pour épouser Hannibal. Je ne veux pas rester vieille fille, et il est le seul homme à m'avoir demandé ma main, le seul homme apte à me nourrir. Je ne reviendrai jamais, pour que ma honte ne rejaillisse pas sur toi. Considère-moi désormais comme morte.

Et, dans l'état où elle était, sans se faire belle pour le voyage, n'ayant rien d'une jeune fille qui s'enfuit pour se marier, ayant tout d'une femme sur le point de s'évanouir, une valise vide à la main, achetée *en route*[1], Josephine monta dans le train et, anéantie par la chaleur des ponts qu'elle brûlait sur son passage, s'évanouit effectivement deux fois avant d'arriver à New York.

Gram, la tête haute, le regard calme, un sourire solidement ancré sur les lèvres, raconta à ses amis que Josephine était allée à New York pour voir un célèbre médecin. Ils surent qu'elle mentait : les médecins célèbres ne soignaient que ceux qui pouvaient payer leurs exorbitants honoraires ; mais ils se turent, et Gram ne leur en demandait pas plus. Ils pouvaient

1. En français dans le texte.

penser ce qu'ils voulaient : que Josephine, folle ou alcoolique, par exemple, était enfermée dans sa chambre. Quoi qu'ils imaginent, leurs délires les plus fous ne les mèneraient pas à soupçonner la vérité.

Mais tandis que les mois passaient, assez de mois pour fabriquer un bébé, Gram était tétanisée par la crainte d'avoir à subir cette suprême humiliation. La douleur allait croissant, mais ne la tuait pas. Elle s'éveillait sur cette terre, pas au ciel, face à un monde que Dieu n'avait pas créé assez vaste pour qu'elle et un mulâtre y vécussent en même temps.

De cet enfant imaginaire, ses fantasmes faisaient un monstre. Bien qu'elle eût vu assez de mélanges raciaux pour savoir que le pourcentage de rejetons à deux têtes était rare, le mariage mixte représentait à ses yeux quelque chose d'inimaginable et, jusqu'à Josephine, de parfaitement invraisemblable.

Sans se prendre pour une Cassandre, elle savait que Josephine n'aurait pas la bonne fortune d'être stérile. Comme on fait son lit on enfante. A moins que — et le cœur de Gram s'arrêtait presque de battre à cette pensée —, à moins que Josephine ne se résolût à éliminer son enfant en se supprimant.

Mais ce fut le bébé, et non Josephine, qui mit leurs deux vies en péril. Oubliant qu'elle avait conseillé à sa mère de la considérer désormais comme morte, Josephine lui écrivit pitoyablement :

Maman chérie, je suis en train de mourir. J'ai autant de nourriture que je veux, et je ne peux rien manger. Hannibal est bon, aimable, mais sa vue m'est insupportable. Le médecin dit que j'ai le mal du pays, et de toi. Je suis enceinte de six mois, épuisée, et l'enfant me prend le peu de forces qui me restent. Comme on fait son lit on y meurt. Mais je ne peux me résoudre à mourir sans ton pardon. Viens, je t'en supplie.

Gram posa la lettre et pleura à gros sanglots incoercibles, venus du plus profond d'elle-même. La zone de douleur se délocalisa et, libéré, son cœur glacé se remplit d'amour. L'envie de voir Josephine, son enfant, grosse à son tour et près d'en mourir, fut plus forte que la honte.

Une fois encore, la tête toujours aussi haute, Gram invita ses amis décatis à prendre le thé dans ses tasses ébréchées et leur raconta un autre gros mensonge. Le docteur de Josephine l'adressait à un spécialiste de Vienne. Elle devait y aller, à tout prix, et Gram l'accompagnait, bien entendu. A Dieu de renouveler le miracle des petits pains et des poissons. Elle ignorait combien de temps durerait leur absence. Si le climat, là-bas, convenait mieux à Josephine, ce serait une folie que de rentrer.

Ses amis lui souhaitèrent bonne route et la laissèrent à ses bagages. Elle se demanda s'ils croyaient qu'elle avait tué Josephine, enterré son cadavre, et qu'elle s'enfuyait. Mais ils ne communiqueraient jamais leurs soupçons à la police. Ils n'évoqueraient même pas l'affaire entre eux, sachant qu'il y a de ces vérités qu'il vaut mieux ignorer, de crainte de s'écrouler comme des quilles. Tout comme Gram, ils étaient trop démunis pour laisser l'apostasie de Josephine anéantir leur foi en leur essence divine.

Vingt-quatre heures après, Gram prenait le train du Nord ; elle, qui n'avait jamais accepté la défaite, s'arrachait de son sol à un moment de la vie où les racines ont creusé si loin et si profond qu'aucune bêche au monde ne peut plus les extirper. C'est à la hache qu'il faut en finir, et alors la sève s'écoule et plonge comme du sang pour irriguer les entrailles de la terre. Et plus jamais le tout n'est un tout, car un tout est constitué de la somme de toutes ses parties.

Gram occupa sa place dans la maison d'Hannibal, s'assit à sa table — mais lui restait debout —, assuma la charge de son enfant, échangea des civilités avec ses quelques relations et coexista avec des inconnus de couleur, étrangère à eux, mais contrainte d'intégrer leur monde par le refus de Josephine de quitter le sanctuaire de sa chambre.

Après avoir dissimulé le déshonneur de Josephine à ses propres amis, Gram s'efforçait maintenant de cacher la nouvelle attitude de Josephine à ceux d'Hannibal. Elle s'entendit expliquer à de bienveillants voisins qui apportaient des cadeaux pour le bébé que sa fille — elle ne prononçait jamais le prénom de Josephine, incapable de l'estropier à leur façon et ne désirant pas les humilier en mettant leur erreur en évidence — se rétablissait très lentement de ses couches et n'était pas autorisée à recevoir de visites. Peu lui importait qu'ils la crussent ou non tant qu'ils ignoraient que Josephine, enfin et douloureusement consciente de sa déchéance, ne supportait pas l'idée même de leur existence.

Gram ne mentait ni pour Josephine ni pour Hannibal — ces deux-là auraient dû savoir que leur crime ne pouvait rien donner de bon —, mais pour la petite Corinne, qu'ils avaient engendrée ensemble même si Josephine refusait de la toucher et qu'Hannibal eût peur de l'abîmer avec ses grosses pattes, une enfant qui avait le sang des Shelby dans les veines, tout engoudronné qu'il fût par le sperme de couleur d'Hannibal, la petite-fille de Gram au demeurant, mais en tout premier lieu un bébé sans défense, ni blanc ni noir dans sa dépendance, dont quelqu'un devait bien s'occuper, et que Gram qui avait senti sa petite bouche affamée chercher son sein plat et maigre ne pouvait que plaindre et, le plaignant, l'aimer.

Hannibal appelait toujours Gram Miss Caroline. Mais Gram ne l'appelait plus Hannibal : dans le nouveau contexte de leurs relations, cela aurait pu passer pour une reconnaissance de son statut de gendre. Elle l'appelait professeur, à la sudiste, bénissant le bon Dieu qu'il eût choisi ce métier, abasourdie pourtant qu'il eût atteint son but.

A s'entendre ainsi flatteusement nommé, Hannibal s'obstina plus que jamais dans sa détermination de mériter un jour le titre que lui décernait Miss Caroline. Gram devint son Étoile polaire. Comme à l'époque où il n'était qu'un gamin dont la carriole remontait le temps jusqu'à Xanadu, il retomba sous le charme de la vieille imagerie romantique de sa grandeur passée et réinventa l'auréole dont il l'avait alors couronnée. C'était pour elle, désormais, qu'il était ambitieux. Il ne se contenterait pas d'obtenir une chaire de professeur. Son objectif ultime, opiniâtre, serait une présidence d'université. Et il savait laquelle. Une université noire de Washington, dont il serait le premier président noir, et qui lui détacherait, comme de droit, une armée de domestiques qui serviraient Gram, comme de droit.

Entre-temps, c'était lui qui la servait. Il faisait la cuisine parce qu'il était meilleur cuisinier et, occupé à ses fourneaux, il lui épargnait d'avoir à rompre le pain avec lui. Il montait ses plateaux à Josephine en proférant quelques remarques courtoises qu'elle ignorait délibérément en lui tournant le dos. Josephine, qui avait partagé son lit en égale et qui maintenant, de ce même lit, jouait à la supérieure. Et Hannibal, pour qui Miss Caroline incarnait l'aristocrate idéale, s'amusait en secret de sa petite comédie et jouait à celui dont l'unique fonction est de servir.

Hannibal obtint son doctorat et un poste à l'université de Washington qu'il visait. La petite Corinne était assez claire pour passer pour blanche, une marque de fabrique suffisante dans le beau monde où elle serait élevée et acquerrait ses préjugés.

Le beau monde, ainsi nommé parce que tous ses membres avaient une quantité appréciable de sang bleu dans les veines, injecté au cours des générations par un quelconque sénateur de passage, toléra la malencontreuse couleur d'Hannibal au vu de ses titres et parce qu'il n'acceptait jamais aucune invitation à des soirées mondaines, évitant ainsi de les assombrir.

Il va sans dire que Josephine refusait obstinément, elle aussi, de les honorer. Elle disposait d'une bonne et d'une sonnette pour l'appeler, et elle en abusa, comme de l'attitude impérieuse et de l'accent que cela supposait. Elle sonnait à toute heure, pour qu'on lui apportât de la nourriture. Elle ne trouva jamais aucune autre raison de sonner, ni rien qui lui donnât la même et délicieuse sensation d'oubli.

Chaque soir, elle demandait à Gram de lui raconter Xanadu, sourde à tous les petits événements quotidiens, attentive seulement aux récits de la splendeur passée, les yeux fermés pour mieux dériver sur des rêveries niant le présent et l'enfer où elle avait enfermé Gram, qui, après une longue et fatigante journée avec sa petite-fille, n'avait aucune envie de parler de Xanadu.

Hannibal fut nommé chef de son département : il eut droit à une plus grande maison et à une domestique de plus pour Miss Caroline. Il prenait la plupart de ses repas à son travail, sur le pouce. A la maison, on lui apportait un plateau dans son bureau et, ostensiblement, il écartait ses papiers pour lui faire de la place. Gram ordonna aux domestiques de ne pas dresser son couvert à table, sauf avis contraire. Et Hannibal se débrouilla pour qu'il n'en fût jamais donné.

Hannibal finit par devenir le premier président noir de son université, et s'acharna si bien à sa tâche qu'il ne démérita pas. Gram devint la doyenne des épouses de professeur, un titre qui lui fut imposé comme elle avait imposé celui de professeur à Hannibal. Contrairement à ce dernier, elle n'avait aucune envie de le justifier mais elle fut obligée, pour Corinne, de faire bonne figure devant cet honneur non désiré. Quant à Josephine, par qui tout avait commencé, elle persistait, enfermée à l'étage, à tout ignorer.

Josephine mourut à l'âge de quarante-cinq ans, dans la plénitude de sa chair. A l'instar de Melisse, l'obésité la tua. Elles ne se ressemblaient pourtant en rien, même sous la peau. Ce n'étaient que deux femmes, à des univers de distance, qui s'empiffraient, et qui moururent lorsqu'il n'y eut plus en elles de place pour ingurgiter quoi que ce fût.

Une fois Josephine enterrée dans un cimetière noir, Gram — si blanche au bord de cette tombe, nourrissant Dieu seul sait quelles déchirantes pensées — était condamnée à vivre au milieu de gens de couleur, sans personne de vraiment blanc avec qui s'identifier. Il lui était même refusé de souhaiter, comme toute mère, que la mort l'eût choisie à la place de sa fille ; car Corinne ne se connaissait d'autre mère que Gram, ni d'autre amour, d'autres caresses que les siens. Si la petite fille avait dû tenir entre les siennes la main inerte de sa grand-mère, c'eût été pour elle une perte plus déchirante encore que celle que subissait Gram.

Aujourd'hui, Gram avait quatre-vingt-dix-huit ans et voulait une main pour s'y cramponner, la main de Shelby sur le point de s'unir à celle d'un vrai Blanc. Ce mariage renouait avec les origines, il régénérerait peu à peu un sang abâtardi, le renouvellerait jusqu'à ce qu'il n'y subsiste aucune trace de la souillure dont il finirait par effacer jusqu'au souvenir.

Elle ramassa sa canne et entreprit le long, très long trajet jusqu'à la chambre de Shelby qui s'en retournait vivre avec ceux de sa race, s'aidant tant bien que mal de sa canne et de sa vieille main tremblante, qu'elle appuyait contre le mur.

6

Liz grimpa les marches de l'entrée, Laurie dans les bras. Nourrie, baignée, la petite fille sentait le bébé en bonne santé, son corps dansait sous la couverture et elle agrippait de ses vives menottes tout ce qui passait à sa portée : un bouton, une mèche de cheveux, un morceau de peau. Un gazouillis de bien-être pétillait à ses lèvres avides.

Liz allait dans la chambre de Shelby. Tous les matins, elle y amenait Laurie et la couchait dans le lit de sa sœur pour que Shelby s'éveillât à la chaleur du corps de sa fille. Si on lui posait la question, Liz prétendait qu'elle confiait Laurie à Shelby pour avoir une heure à elle avant que Corinne ne se lève et prenne les choses en main, mais il s'agissait en fait d'un acte d'amour prémédité, d'une tendre ruse pour renforcer les liens du sang entre son enfant et sa sœur et les droguer l'une à l'autre. S'il lui arrivait quelque chose, touchons du bois, Liz désirait que Shelby fût la seconde mère de Laurie. Il n'y avait pas si longtemps, c'étaient leurs poupées qui bénéficiaient de ce pacte : si l'une était malade au point de passer une journée au lit, effrayée au point de penser à la mort, l'autre s'engageait solennellement à prendre soin des poupées de sa sœur, à les aimer autant que les siennes, à les élever comme ses propres filles.

Chaque livre de chair de Laurie était évidemment plus précieuse que n'importe quelle poupée. Si Linc se remariait, Shelby devrait être la seconde mère de Laurie, et la catin en chaleur qui aurait réussi à le prendre dans ses filets et à le fourrer dans son lit n'aurait qu'à taper sur ses propres moutards. Et si le mari blanc de Shelby ne supportait pas la présence de l'enfant d'un homme de couleur, Shelby ne ferait pas de vieux os avec un type pareil. La coloration de son propre sang lui dicterait le bon choix.

Liz laissa Laurie blottie au creux des bras de Shelby et sortit de la chambre sur la pointe des pieds pour aller prendre une douche rapide au lieu du long bain chaud où son corps rêvait de paresser. Entre les soins constants qu'exigeait l'innocent bébé et l'angoisse de sa mère au sujet du moindre détail des préparatifs du mariage, Liz se demandait si elle survivrait jusqu'à la fête du Travail. Elle lava le linge de sa fille en s'avouant à regret que ce n'était pas ce qu'elle trouvait de plus exaltant dans la maternité, puis se posa un instant pour fumer une cigarette et boire une gorgée de café, du café instantané, qui ôtait invariablement toute envie d'en prendre une seconde tasse.

Ce n'était pas le genre de petit déjeuner qu'elle préférait, mais la boisson chaude lui donnait tout de même l'énergie nécessaire pour promener Laurie dans l'Oval une heure plus tard, et la maisonnée au complet pouvait alors déguster ses délicieux œufs au bacon sans avoir à supporter les cris d'un bébé. A la maison, elle laissait sa fille pleurer, sauf si elle décelait une souffrance derrière ses sanglots ; mais ici, tout le monde se précipitait pour la prendre dans les bras au moindre couinement. Tout le monde sauf Gram, qui ne se précipitait pas parce qu'elle en était incapable, et dont ce n'était d'ailleurs pas du tout le genre.

Liz rangea la poussette près de la porte de la cuisine et prit Laurie dans ses bras. Il était encore tôt. Elle monta l'escalier à pas feutrés. En arrivant en haut, elle entendit Gram frapper le sol de sa canne à tâtons, comme pour reconnaître d'éventuels pièges. Des pantoufles aux pieds, elle progressait malaisément, mais avec détermination. Que faisait-elle, grands dieux, à se balader toute seule à une heure pareille, cette femme qui avait perdu jusqu'au souvenir de la dernière fois où elle s'était levée avant midi ? Allait-elle se mettre à créer des problèmes juste avant le mariage que l'on préparait si soigneusement depuis des mois ?

« Oh, Gram..., murmura Liz d'un ton de reproche. Que fais-tu là ? Pourquoi n'as-tu pas sonné, si tu avais besoin de quelque chose ? Ce n'est pas parce que tout le monde dans cette maison de fous a perdu la tête à cause du mariage qu'on va t'oublier. Je t'en supplie, reste tranquille, pense à maman. Je vais te ramener dans ta chambre, et j'irai te chercher ce que tu veux.

— Tu ne peux pas. Tu as cette enfant.

— Gram, la reprit Liz pour la centième fois de l'été, appelle-la Laurie. Tu fais la grimace chaque fois que tu l'appelles cette enfant. A quoi bon te donner la peine d'être si mesquine avec un bébé ? »

Gram agita sa canne d'un geste menaçant. « Je te prie de me parler sur un autre ton. Il n'y a pas si longtemps que je te changeais encore tes couches. Tu m'accuses de mesquinerie, alors que c'est un simple problème de vue. Mes yeux ont mon âge. Et des yeux de cet âge-là doivent se plisser pour voir un enfant foncé.

— Tu dis foncé comme s'il s'agissait d'un mot grossier, Gram. Tu n'y vois pas si mal que ça, pourtant ; tu as des œillères, voilà tout. Regarde ma peau et regarde celle de Laurie. La mienne paraît délavée. Les générations précédentes avaient peut-être des préjugés contre la couleur, mais la mienne trouve ça beau. »

Liz tendit la fillette à Gram, qui recula contre le mur pour y trouver un appui ou une issue lorsque la petite main s'allongea vers elle.

« Touche-la, Gram. Tu ne l'as jamais touchée. Quand tu l'auras touchée, il se passera quelque chose en toi. Comme il s'est passé quelque chose en moi. Avoir un enfant ne m'enchantait pas du tout. C'était Linc qui m'enchantait. Tout ce cirque autour de la maternité, j'avais horreur de ça. J'ai détesté la lourdeur de mon corps, qui m'éloignait de mon mari. J'ai détesté mes hurlements pendant l'accouchement. J'ai détesté que ce soit une fille, et d'avoir à tout recommencer si Linc voulait à tout prix un garçon. Puis ils m'ont mis Laurie dans les bras et je l'ai touchée. Comme tu as un jour touché ma grand-mère Josephine, et maman, et Shelby, et moi. C'est là que le miracle se produit. Cette toute première fois où tu touches la chair de ta chair. Laurie est la chair de ta chair, à la quatrième génération. Touche-la, Gram. Et je te promets un miracle. »

Mais Gram ne pouvait vraiment plus voir l'enfant. Les paroles que prononçait Liz, leur impudeur, lui avaient donné le vertige. Collée contre le mur, aussi mince et fragile qu'une feuille de papier à cigarette, elle semblait avoir perdu toute substance, comme si elle avait emprunté du temps à ce bébé et qu'il lui fallût maintenant le rendre. « Ce n'est pas sa faute, si tu as épousé son père. Pourquoi as-tu donné une descendance à Lincoln ? Pourquoi n'as-tu pas laissé sa noirceur mourir avec lui ? Josephine a semé et moi j'ai récolté. »

Accablée sous le poids de son impuissance, Gram laissa tomber sa tête en avant. Ses larmes étaient aussi sèches que la poussière qu'avait soulevée son chagrin. Si vieille, si abattue que la colère de Liz changea de cible et se concentra dans son estomac, qu'elle noua.

« Arrête, Gram, arrête. Arrête. Tu me rends malade. Qu'importe que nous soyons plus ou moins blancs, les uns et les autres ? Nous sommes tous des Noirs, comme Laurie. C'est ta propre race qui l'a décrété. Laurie n'est pas différente de moi, elle est un peu plus foncée, c'est tout. Simplifie-toi le reste de ta vie, cesse de retourner le couteau dans la plaie ! »

La tête de Gram se mit à trembler, comme si elle s'était dissociée de son corps rigide. Elle cria, d'une voix où résonnait la fureur d'une époque révolue : « Ne me martèle pas le crâne jusqu'à ce qu'il tombe aux pieds de cette enfant. Ne choisis pas ce matin pour me détruire. La mort est sur l'Oval. Son odeur m'a réveillée. Cette odeur ne me trompe jamais. Peut-être, qui le sait, est-ce moi qui suis marquée. Mais peut-être pas. Ça pourrait aussi bien être cette amie de ta mère, tu vois qui je veux dire ; chaque fois qu'elle met les pieds dans cette maison, c'est pour se lamenter au sujet de son cœur.

— Comment peux-tu attirer le mauvais sort sur Addie Bannister ? Chaque fois qu'elle met les pieds dans cette maison, comme tu dis, elle demande de tes nouvelles. Elle t'aime beaucoup. Tu es la seule personne qu'elle ne critique pas. En plus, elle fait presque partie de la famille et maman n'a vraiment pas besoin d'organiser une veillée funèbre en plus du mariage de Shelby.

— Je ne jette pas de sort sur Addie Bannister, s'écria Gram d'une voix stridente. Je ne crois pas à ces balivernes. Tout ce que je dis, c'est que la mort plane par ici, et qu'elle guette quelqu'un. C'est ta mère qui pense qu'il s'agit d'Addie Bannister. C'est ta mère qui prétend qu'elle n'a plus que la peau sur les os. C'est ta mère qui affirme que si elle fait le voyage son cœur ne supportera pas le choc. Moi, je ne dis qu'une chose : si la mort m'épargne encore cette fois-ci, je veux rentrer mourir chez moi. Et si toi et ton enfant vous voulez bien vous écarter de mon chemin, je vais aller demander à Shelby de me raccompagner à la maison. »

Mais Liz fit un pas en avant, en partie pour épargner à Gram le spectre de sa propre sénilité, en partie pour ne pas gâcher la journée de Shelby par une entrée en matière aussi déprimante. Gram était éternelle ; la preuve, elle était encore là.

« Tu ne vas pas retourner à New York aujourd'hui, Gram. Shelby se marie demain. Il faut que vous soyez là toutes les deux. Tu vas attendre un peu, et tu rentreras avec maman. L'été sera bientôt fini. Dans deux semaines, on ferme la maison. Je vais te ramener dans ta chambre, et sonner pour qu'on t'apporte ton petit déjeuner. Tu as fait un cauchemar, voilà tout. Un bon petit déjeuner, et ce sera oublié. »

Elle souleva le bébé et prit Gram par le bras pour lui faire rebrousser chemin.

Gram se libéra d'un geste sec. Comme un jouet mécanique trop souvent remonté, elle pivota lentement sur elle-même, par saccades irrégulières, en frappant rageusement le sol de sa canne. Avec le peu de souffle qui lui restait, elle jeta méchamment : « Tu ferais mieux de tenir cette enfant à deux mains plutôt que de la lâcher et de prétendre ensuite que c'est ma faute. Je rentre à Xanadu, et ce n'est pas toi qui m'en empêcheras. »

Son laborieux périple prématurément interrompu ne l'avait conduite qu'à buter sur le bébé à peau foncée de Liz ; Gram s'appuya du coude contre le mur pour presser sa main sur son cœur et empêcher tout espoir de s'en échapper à jamais.

7

Les rires des filles de Lute éveillèrent aussi Shelby, leur éclat perlé traversant une mince paroi de sommeil et s'insinuant jusque dans sa conscience pour la ramener du rêve à la réalité de la matinée. Elle repoussa ses draps d'été pour se libérer de toute entrave, même légère, et se pencha en avant, les genoux au menton, repliée dans son propre cocon, dans l'odeur douce et chaude de son corps qui lui emplit les narines avant de se dissoudre dans les senteurs qu'apportait la brise de ce nouveau jour.

Jezebel aboyait rageusement, à feu continu — un écureuil devait la narguer depuis une haute branche de l'érable qui se déployait devant la fenêtre de Shelby. Elle pouvait toujours s'escrimer à griffer le sol, c'était un arbre, impossible à escalader pour une chienne aussi bien nourrie mais elle persévérait comme si, à force d'insister, il allait s'incliner et lui déposer dans la gueule le succulent écureuil, telle une pomme bien mûre.

Les aboiements cessèrent. Shelby savait que Jezebel

s'était assise sur son postérieur au pied de l'arbre, le dos bien droit, le cou tendu, le regard vif, sa queue balayant le sol d'avant en arrière. Elle soumettait sa patience à l'épreuve des écureuils ; son expérience quotidienne ne lui avait toujours pas appris qu'elle céderait la première, ses rhumatismes se révoltant contre cette atteinte à la trêve estivale et son bon sens lui conseillant de choisir l'os que lui tendrait certainement sous peu une main amicale plutôt que de s'entêter à tester sa force de persuasion sur un écureuil perché au plus haut d'un arbre et dont elle ignorait tant le goût que la fermeté.

Shelby avait eu un chien, dans le temps, pas le chien familial à pedigree, mais un chiot bien à elle, d'extraction multiple et indéfinie. Elle avait six ans lorsqu'elle se le procura, après avoir fait sa connaissance dans le bois de mûriers où elle n'était jamais censée se rendre seule. Ce matin-là, tôt levée, elle n'avait pas eu la moindre envie d'attendre qu'un adulte se décidât enfin à l'accompagner pour voir si les baies étaient mûres... Elle prit son seau, au cas où elles le seraient, et se promit solennellement de ne pas s'éloigner à plus d'un jet de pierre de la maison.

Le très distingué chien de la famille ouvrit l'œil à demi, tendit une oreille sur deux et se désintéressa de ses préparatifs. Il savait ce que faisaient les enfants armés d'un seau : des pâtés. Il referma l'œil, replia l'oreille et se rendormit, sans imaginer un instant que Shelby allait se perdre et qu'il n'aurait pas assez de sa vie entière pour oublier sa honte de l'avoir laissée partir.

Une fois arrivée à la limite de la propriété des Coles, Shelby chercha un caillou tout autour d'elle. Elle en voulait un de la bonne taille, qui prendrait de la vitesse lorsqu'elle le lancerait de sa petite main malhabile.

Son choix fait, elle le jeta de toutes ses forces et

enregistra d'un œil aussi peu sûr que son geste l'endroit où il était tombé. Lorsqu'elle l'atteignit, étonnée et ravie d'avoir réussi à lancer si loin son caillou, des buissons abondamment fournis lui tendaient les bras. Cependant leurs baies étaient incomparablement moins belles, moins mûres, moins grosses que celles qui poussaient seulement un pas, deux pas, trois pas plus loin mais qui, curieusement, rapetissaient au fur et à mesure qu'elle s'en rapprochait. Et ainsi de suite jusqu'à ce qu'elle pensât à regarder derrière elle.

La maison avait disparu, mais elle ne s'en inquiéta pas. Une maison, c'était trop grand pour qu'on la perde. Elle la retrouverait exactement là où elle l'avait quittée, et personne ne la gronderait quand elle leur montrerait les fruits de sa désobéissance.

Elle s'arrêta enfin, choisit soigneusement une mûre, la lécha pour en vérifier le goût et la fit tomber dans son seau, où elle rebondit avec un petit plouf plein de rondeur. Shelby perçut en même temps une agitation sur le tapis de feuilles mortes, résidus de la saison dernière et tombées d'un chêne si têtu qu'elles bruissaient encore en un ultime combat contre la désintégration et le retour à la poussière.

Un coup d'œil alentour, et elle vit deux yeux bruns et malicieux qui la fixaient : un chien, la tête entre les pattes dans l'ancestrale attitude de la soumission. D'étonnement, Shelby lâcha son seau : il reposerait désormais pour l'éternité dans les bois, parmi les bizarreries que l'homme abandonne derrière lui dans sa sempiternelle hâte d'aller ailleurs. Lentement, les mains tendues et ouvertes comme on le lui avait appris, Shelby s'approcha du chiot qu'elle croyait blessé et incapable de bouger, en murmurant des mots doux pour le réconforter.

En s'agenouillant à côté de lui, elle comprit qu'il n'était pas blessé, mais coincé par sa laisse emberlificotée dans un enchevêtrement de bruyères. A la vue de la laisse, elle supposa qu'il s'était enfui des mains de quelqu'un qui le tenait trop serré, pour chasser un lapin qu'il avait aperçu ou flairé, et que la poursuite de cette proie insaisissable l'avait conduit droit à la catastrophe.

Tout en babillant doucement, Shelby essaya de libérer la laisse, mais chaque fois qu'elle tirait dessus le chiot gémissait, la nuque irritée par ses propres efforts frénétiques pour se dégager. Elle s'assit à son côté, la tête appuyée contre la sienne, afin de le rassurer : elle était là pour l'aider, pas pour lui faire du mal, elle trouverait une solution. Une seconde plus tard, c'était chose faite : elle lui enleva son collier.

Enfin libéré, le chiot se leva et s'ébroua de toutes ses forces pour se débarrasser des ronces et des épines prises dans son poil. Puis il démontra sa gratitude en bondissant sur Shelby, qui tomba à la renverse sans se faire le moindre mal et éclata d'un rire que le chiot interpréta comme un signal de jeu. Il se mit à gambader tout autour d'elle et ils chahutèrent joyeusement, oublieux de tout sauf de leur explosion d'énergie.

Puis ils se calmèrent, haletant tous les deux, blottis l'un contre l'autre. Ils ne tardèrent pas à s'endormir.

Lorsqu'ils se réveillèrent — à force de bouger et mourant de faim —, les Coles allaient prendre leur petit déjeuner, et on avait envoyé Liz chercher sa sœur avant qu'elle ne commît l'enfantillage de s'asseoir à la table que toute mère de l'Oval se sentirait obligée de dresser pour elle.

Mais Liz fut retenue, elle aussi ; non par une invitation, mais par d'autres enfants, qui avaient déjà déjeuné, et qui avaient envie de jouer. Elle avait neuf ans : à cet âge, on fait au moins une partie de tous les jeux en cours. Un temps précieux passa ainsi avant qu'elle ne signalât la disparition de sa sœur.

Presque deux kilomètres plus loin, Shelby et le chiot, la perdue et le trouvé (car Shelby était bel et bien perdue, même si elle n'en avait aucune conscience), se mirent en route vers le sud, pour l'unique raison qu'il était en face d'eux.

« On va chez toi, maintenant, dit Shelby d'un ton sévère. Ta famille ne sait pas où tu es. Tu t'es enfui, tu les as perdus. Montre-moi où ils habitent, sinon ils seront furieux contre toi. »

Le chiot s'élança et Shelby gambada derrière lui, aveugle sur les talons d'un autre aveugle, n'ayant l'un et l'autre aucune idée de la direction à prendre, mais l'un et l'autre croyant son compagnon assez malin pour retrouver le chemin de chez lui.

Ils sortirent bientôt de la forêt et arrivèrent sur un bras de mer où voguaient de nombreux bateaux. Il y avait des maisons au bord de l'eau, et des gens sur les terrasses, mais le chiot ne leur jeta pas un seul coup d'œil, et personne ne l'appela. Shelby s'arrêta, imitée par le chiot qui la regarda d'un air interrogateur. « Il faut qu'on demande à des gens s'ils te connaissent. »

Ils suivirent un chemin dallé bordé d'alysses. Un couple d'un certain âge était installé dans le jardin, sur des chaises longues. L'homme et la femme se penchèrent pour mieux les voir, surtout cette petite fille de six ou sept ans, jolie comme une image avec ses boucles blondes et ses grands yeux bleus, vêtue d'un maillot jaune taché de mûres et chaussée de sandales rouges, ses petites jambes égratignées par les bruyères.

« Bonjour, ma mignonne, dit la femme.

— J'ai trouvé un chien, dit Shelby sans plus de cérémonie.

— Tu l'as trouvé, ou il t'a trouvée ? demanda la

femme qui savait que les enfants s'embarrassent rarement de ce genre de distinguo.

— Je l'ai trouvé dans la forêt. Il était tout emmêlé dans les buissons où je ramassais des mûres.

— Je n'ai pas l'impression qu'il soit d'ici, intervint l'homme en jetant un regard de doute sur le chiot qui n'avait rien des chiens de race appartenant aux familles du bord de mer.

— Mais toi, tu habites dans le quartier, n'est-ce pas ? » demanda la dame à Shelby après lui avoir jeté un regard inquisiteur qui confirma sa première impression : cette enfant avait de la classe, ce devait être une petite cousine en vacances. Shelby répondit que non, mais ne voulut pas avouer qu'elle s'était éloignée de plus d'un jet de pierre. Elle ne pouvait pas savoir que la distance qu'elle avait parcourue séparait radicalement deux mondes, et deux conceptions de la couleur.

« Rentre vite chez toi, alors, avant que ta famille ne s'inquiète. Reste sur la route, ne retourne pas dans la forêt. C'est un miracle que tu ne te sois pas perdue. Ne t'inquiète surtout pas pour le chien : il va te suivre jusque chez toi, et tes parents sauront que faire de lui. Allez, au galop, maintenant, file.

— Oui », dit Shelby, ravie de recevoir un ordre qui la soulageait de son angoisse au sujet du chien et lui enjoignait de rentrer chez elle, où, affamée et assoiffée, elle aurait bien voulu être déjà arrivée.

Shelby et le chiot retournèrent sur la route et la suivirent tout en guettant un éventuel visage familier. Beaucoup de gens les virent passer, certains sourirent, d'autres saluèrent d'un mot gentil, tous admirèrent la beauté de la fillette blonde, et remarquèrent au passage son maillot jaune et ses sandales rouges. Mais aucun d'eux ne se douta un instant, lorsqu'on lui posa la question un peu plus tard, qu'il s'agissait de la gamine de couleur qui avait disparu depuis plus de quatre horribles heures.

On avait retrouvé son seau dans la forêt et on commençait à avoir peur, sans oser le formuler, qu'elle n'eût traversé les bois jusqu'au bord de mer, ne se fût baignée, et noyée. La battue se poursuivait, avec de moins en moins d'espoir de retrouver l'enfant vivante, sans qu'on renonçât tout à fait ni qu'on se résolût à draguer la mer pour lui retirer un petit cadavre.

Le plus incroyable, c'était que plein de gens avaient vu Shelby, mais ils ne cherchaient pas ce genre d'enfant. Ils cherchaient une petite fille de couleur, c'est-à-dire, dans leur esprit, une gamine à la peau foncée, aux cheveux noirs et aux traits négroïdes.

Le mot avait fait boule de neige, un mot prononcé sans aucune intention malveillante, mais qui, en cédant à cette étrange habitude qu'ont les Blancs de toujours faire précéder la moindre mention d'une personne de couleur de l'étiquette raciale censée l'identifier, avait inutilement falsifié la description de l'enfant.

Car, à mesure que la nouvelle s'était répandue qu'un enfant de l'Oval était perdu, ceux qui connaissaient l'Oval avaient ajouté une information utile, à savoir qu'un enfant de l'Oval était un enfant de couleur. Une petite fille de couleur, en maillot jaune et sandales rouges : le stéréotype était complet.

Même la police et les volontaires qui organisèrent les pénibles recherches s'empêtrèrent dans une enquête coloriée. Eux non plus n'imaginèrent pas un instant qu'ils cherchaient une petite blonde aux yeux bleus, car, pas plus que le couple âgé dans son jardin, ils n'avaient jamais croisé un tel phénomène. Les gens de couleur qu'ils connaissaient étaient des domestiques, et ils frémissaient à l'idée qu'ils pussent sortir de ce rôle ; il leur était impossible de faire le moindre rapprochement entre la jolie fillette si bien élevée qui avait illuminé leur matinée et une petite Négresse qui s'était perdue.

Le costume jaune et les sandales rouges ? Une simple coïncidence, voilà tout. Toutes les petites filles ont une paire de chaussures rouges. Le rouge est la couleur préférée des enfants. Et le jaune va bien aux blondes. En imprimant ces deux couleurs mal assorties sur un enfant de couleur, ils ne suscitaient pas la moindre image qui évoquât leur souvenir de Shelby. Ils déclarèrent qu'ils ne l'avaient pas vue, et regardèrent s'éloigner les policiers. Leur inefficacité, qu'ils ignoraient, les arrangeait bien, ainsi que leur ignorance d'avoir croisé, avec Shelby, des mondes qui se superposaient et s'additionnaient d'une façon qui leur était intolérable.

Le vieux monsieur fut tenté de rappeler les policiers pour leur signaler qu'un chien aussi avait disparu, mais il y renonça. Ils avaient bien assez de soucis sans qu'il y ajoutât cette frivole information.

Sa femme et lui reprirent donc leur lent balancement en regardant monter la mer et en priant pour que la marée n'apportât pas une cruelle surprise. Car, même si la vie intérieure d'une fillette de couleur était hors de leur champ de connaissances, l'amour, maternel et paternel, ne l'était pas et ils espéraient de tout leur cœur que la gamine sortirait indemne du bois et accomplirait son destin, pour sombre qu'il apparût à leurs yeux de vieilles personnes compatissantes aux idées toutes faites.

Chaque heure qui passait rapprochait Corinne de l'instant qu'elle redoutait le plus, l'instant où elle devrait téléphoner à Clark et lui dire, à cet homme qui ne lui demandait qu'une chose : bien s'occuper de ses enfants, qu'une des filles avait disparu pendant qu'elle dormait plus profondément que ne devrait se l'autoriser une mère digne de ce nom, et que toute la ville était mobilisée pour la retrouver, mais sans succès. Elle savait que Clark renverrait ses patients et s'assiérait derrière sa porte fermée à clé en attendant son prochain coup de fil ou l'heure de l'avion qui rejoignait l'île, tout dépendait de ce qui se présenterait en premier. Son infirmière s'assiérait à côté de lui. Rachel, son autre moitié, son épouse sans anneau. Elle attendrait, comme elle y était habituée, privée de maternité alors qu'elle y aspirait, fidèle sans avoir à l'être, patiente par la force des choses, consciente de n'être ni la première ni la dernière à aimer un homme marié qui ne pouvait trancher dans le vif les liens qui l'unissaient à sa femme et regarder saigner ses enfants.

La main tremblante de Corinne essaya de se stabiliser afin de prendre le téléphone. Trop de kilomètres la séparaient de Clark pour qu'une intervention humaine, fût-elle miraculeuse, pût jeter un pont sur une telle distance ; pourtant, elle n'avait pas besoin d'être douée de seconde vue pour imaginer son mari, effaré par le torrent de sa panique, chercher refuge dans les eaux calmes de la placide Rachel.

L'esprit en déroute, son sang et sa chair se tourneraient vers elle et plongeraient dans l'insondable puits, jamais asséché, de son magnifique corps brun. Il se coucherait dans son lit, dans son appartement, dont il payait le loyer non pas pour la posséder à moindre coût mais pour la convaincre que là était son second foyer, là bien davantage que dans cette maison de vacances où il passait le mois d'août à se languir d'elle, le cœur réchauffé seulement par la présence de ses enfants.

Corinne avait le téléphone en main, mais la langue sèche et enflée dans sa bouche pâteuse. Elle ne se résolvait pas à composer le numéro, car une pensée subite venait de la submerger : c'était Rachel qui répondrait. Rachel qui, de son ton le plus professionnel, annoncerait que le Dr Coles était sorti et demanderait si Mme Coles souhaitait lui laisser un message. Sa terrible histoire, c'était à Rachel qu'il faudrait la raconter et les deux femmes, qui se haïssaient, seraient obligées de se parler avec sympathie. Car toutes deux étaient liées au père de l'enfant disparue, et cela jusqu'au jour encore lointain où Shelby aurait l'âge de tomber amoureuse ; alors seulement Clark pourrait épouser celle qu'il aimait. Mais l'expérience avait appris à Corinne que le premier mouvement de compassion et d'inquiétude de Rachel s'évanouirait rapidement et ferait place à l'amer ressentiment distillé par un utérus fertile où jamais une graine n'avait eu le droit de germer, car, selon les principes de Clark, jamais dans sa famille on ne mettrait au monde un enfant qu'il faudrait cacher. Elle, qui aurait donné à Clark cette absolue preuve d'amour, était obligée d'éliminer à grande eau tous les risques, tandis que Corinne — dont l'utérus avait été stérilisé afin de mieux y accueillir les hommes à la peau assez foncée pour l'exciter — ne pourrait jamais remplacer l'enfant perdu par un enfant vivant, ni donner à Clark le fils qu'avait en vain porté Rachel en son sein.

Pourtant, à l'heure nocturne des amours, Corinne, possédée, désirait la noirceur même qui lui répugnait tant le jour. Sa répulsion se fondait sur le soupçon que, étant donné ses antécédents, elle ne devait sa peau claire qu'au hasard. Lui souriant à nouveau, la chance lui avait donné deux filles qui lui ressemblaient ; mais, pour moitié, elle était fille d'Hannibal, et cette moitié pourrait bien se rappeler à son bon souvenir. Comment prendre le risque de porter un troisième enfant, ce fils que Clark désirait tant ? Elle avait trop peur de rejeter son fils comme Josephine l'avait rejetée à sa naissance ; cette obsession était trop profondément enfouie dans sa conscience pour qu'elle la déterrât, et au diable les conséquences. Elle préféra condamner son utérus et donner libre cours à ses pulsions, à sa haine, à son châtiment, en se livrant, dans les bras d'hommes à la peau noire, à une débauche sans frein dont elle émergeait purifiée, lavée — mère exemplaire, épouse crédible, pour quelques semaines ou quelques mois.

Que Shelby, son ange, la dépositaire de tous ses espoirs pour l'avenir, eût disparu, c'en était trop, elle ne le supportait pas. Soudain, ses traits s'affaissèrent mollement autour de sa bouche ouverte et elle s'évanouit, le sol lui claquant au visage comme une porte. On appela le médecin qui la mit au lit et prescrivit un puissant sédatif. Elle s'endormit, en gémissant doucement.

A l'époque, Gram avait plus de quatre-vingts ans. Elle prit son tour de garde dans la véranda, assise sur une chaise au dossier droit. Les parois vitrées lui épargnaient d'épuisantes conversations avec les voisins en silencieuse faction sur la pelouse, calmaient les enfants lorsque leur cris devenaient trop perçants, et respectaient le mutisme digne de Gram.

Dans un lotissement éloigné de l'Oval mais jouissant de la même tranquillité et des mêmes petits jardins, des mères de famille cancanaient à n'en plus finir au sujet de l'enfant disparue et des chances de la retrouver vivante : elles éprouvaient une vive sympathie pour la mère noire. Elles auraient aimé pouvoir lui venir en aide, car elles savaient que cela pouvait leur arriver à toutes et elles remerciaient Dieu de leur avoir épargné cette horrible épreuve. De temps en temps, elles comptaient leurs enfants et criaient nerveusement un nom si jamais un petit visage échappait à leurs yeux inquisiteurs. Il leur fallut un certain temps pour s'apercevoir qu'il y avait un enfant et un chien de trop dans le petit cercle monochrome des gamins du voisinage. Au début, elles laissèrent la fillette tranquille, chaque mère se rassurant en voyant son propre enfant là où il était censé être. Ce n'était pas un jour à laisser sa progéniture baguenauder.

Shelby s'était dirigée naturellement vers ce sanctuaire qui, avec ses petits jardins et ses enfants qui jouaient sous le regard attentif des mères, ressemblait à l'Oval. Elle s'appuya contre un arbre, à bout de forces. Pour la première fois de la journée, sa situation la préoccupa. Le chiot était nerveux aussi, comme s'il sentait son angoisse. Il courait comme un fou de Shelby à la route, aller et retour, et faillit plus d'une fois passer sous les roues d'un véhicule. Dans leurs voitures, les estivants klaxonnaient le chiot avec impatience, et un policier conscient de leur devoir son emploi estival s'adressa d'un ton acerbe à Shelby pour l'avertir que son chien gênait la circulation. « Rentre chez toi et dis à ta mère que les chiens doivent être tenus en laisse dans le centre-ville, sous peine d'amende. »

Shelby l'observa sans mot dire, paralysée par l'émotion : tout le monde la regardait, une douzaine de voitures s'arrêtaient dans de grands crissements de pneus et klaxonnaient, un agent de police, aussi grand que le ciel, la grondait et lui criait des mots qu'elle ne comprenait pas. Par-dessus le marché, le chiot — qui ne savait pas reconnaître un ami d'un ennemi — s'acharnait sur le pantalon impeccablement repassé du policier pour lui demander de l'eau car c'était son seul mode de communication.

Shelby, plus vieille et plus timide que le chien, garda pour elle son besoin le plus urgent. Mais elle ne pourrait plus se retenir longtemps. Ancrée contre son arbre, prise d'un tremblement incontrôlable, elle serra les jambes très fort en cherchant désespérément un visage noir parmi la foule des mamans. Les visages noirs, on pouvait leur parler, alors que les visages blancs appartenaient en général à des passants anonymes et si nombreux qu'il était impossible de choisir le bon. Son problème était trop intime pour en parler à un inconnu.

Et tout d'un coup ça arriva, devant tous ces étrangers ; le chiot la renifla, étonné, et un gamin se figea dans sa course pour la considérer avec stupéfaction, puis repartit en courant pour aller le dire à tout le monde. Le jet chaud coulait le long de ses cuisses, formant une petite flaque à ses pieds. Les enfants se précipitèrent pour assister de plus près à son infortune, sans la quitter des yeux, et éclatèrent d'un fou rire qui roula sur elle comme des vagues, comme des vagues qui allaient la noyer.

En larmes, Shelby tourna le dos et pressa son petit visage écarlate contre le tronc.

Puis une voix se fit entendre, une voix de maman, une voix qui grondait, mais qui ne la grondait pas elle, qui dispersait les enfants, et leur rappelait qu'ils n'étaient pas immunisés contre ce genre d'accident. Deux bras la séparèrent doucement de l'arbre et se refermèrent sur elle, son petit cœur battant à tout rompre trouva refuge dans le calme d'une douce colline, et un mouchoir propre, parfumé d'une odeur qu'elle ne retrouverait ni n'oublierait jamais, essuya gentiment ses joues ruisselantes. La voix, moelleuse comme des flocons de neige, apaisa ses sanglots et son tremblement.

« Comment t'appelles-tu, ma chérie ? demanda un visage de maman.

— Shelby. »

Ce nom lui disait quelque chose. « Shelby comment, chérie ?

— Shelby Coles. »

Elle connaissait ce nom, sans aucun doute. Elle

appela les autres femmes. « Elle dit qu'elle s'appelle Coles. Ça vous rappelle quelque chose ? »

Ça rappela quelque chose à quelqu'un. « On dirait le nom de la gosse de couleur qu'ils recherchent. Je crois bien que c'était Coles, ou un nom proche de ça.

— Et alors ? s'écria quelqu'un d'autre. Il ne suffit pas d'un nom pour passer du noir au blanc.

— Je ne suis pas aveugle », s'offusqua la maman. Puis elle se tourna vers Shelby. « Rentre chez toi, chérie, et demande à ta maman de te changer, et de te surveiller pour que tu ne te perdes pas.

— Mais je suis perdue, dit Shelby à voix basse, se l'avouant pour la première fois et incapable de faire un seul pas qui ne la rapprochât pas à coup sûr de chez elle.

— Celle-ci est perdue, elle aussi, rouspéta la maman. Tu es sûre de ne pas savoir retrouver ton chemin ? »

Shelby hocha la tête sans mot dire.

« Mais celle-ci, au moins, on la tient. J'espère que sa famille n'est pas complètement affolée.

— Le mieux est d'appeler la police. Sa mère a dû l'avertir. Redis-moi ton nom, chérie.

— Shelby.

— Ton nom tout entier.

— Shelby Coles. »

Cela ne pouvait être une simple coïncidence. En toute bonne logique, on ne pouvait admettre que se soient perdues le même jour deux enfants portant le même nom et les mêmes vêtements. Évidemment, il était tout aussi invraisemblable qu'une enfant blanche fût de couleur, mais pourtant... Elle s'adressa à nouveau au groupe de femmes.

« Que l'une de vous vienne me rejoindre un instant, mais une seulement. Si nous sommes trop nombreuses, nous risquons de l'effrayer. »

Une femme sortit vivement des rangs. Son sixième sens lui soufflait qu'il se passait quelque chose d'exceptionnel, qu'elle ne voulait pas rater.

« Où est le problème ?

— Je sais que vous allez me prendre pour une folle, mais ce doit être la petite fille qu'ils recherchent.

— Pour être folle, vous l'êtes. Vous ne pouvez pas croire une ânerie pareille.

— Il n'y a qu'un moyen d'être sûr.

— Lequel ?

— Il faut lui demander.

— Lui demander ? » La mère était horrifiée. « Comment pourrions-nous faire quelque chose d'aussi affreux ? Et si elle ne l'est pas ? On risque de la traumatiser à vie.

— D'accord, mais on perd du temps. »

La maman regarda attentivement Shelby, ses tresses blondes décolorées par le soleil et ses magnifiques yeux bleus. « C'est une question idiote, mais je vais la lui poser quand même. » Elle prit Shelby par la main. « N'aie pas peur, petite, dis-moi, es-tu de couleur ? » Sans y prendre garde, les deux femmes retinrent leur souffle.

Shelby observa la maman, pour essayer de deviner la réponse dans son calme visage, mais elle n'y lut que de la gêne. « Je ne sais pas », dit-elle après avoir réfléchi, car c'était la vérité. Chez elle, on parlait de gens blancs ou de couleur, mais personne ne lui avait jamais expliqué ce que cela voulait dire.

La mère reprit l'initiative. La question suivante était facile. « Es-tu blanche ? »

Shelby étudia sa main. Elle était sale, mais quand elle était propre, elle était blanche. Et le ton de la mère semblait l'encourager à répondre par l'affirmative.

« Oui.

— Bon, dit sèchement une femme rousse aux petits

yeux et à la peau brûlée par le soleil, blanche ou pas, elle s'est perdue. Allez donc téléphoner.

— Ils vont me prendre pour une idiote, dit la maman en soupirant. Je vais devoir leur dire que j'ai trouvé une autre enfant perdue, qui porte le même nom, mais qui n'est pas la bonne. C'est absurde.

— Attendez, intervint brusquement la femme tannée qui se tourna vers Shelby. Je ne vais pas te faire mal, lui dit-elle, puis elle prit une mèche de cheveux de Shelby et la frotta sauvagement entre ses doigts avant de la soulever et de tirer dessus. Vous voyez ? Elle est vraiment blonde, la couleur ne s'enlève pas. Et ce sont ses vrais cheveux, ils ne se détachent pas de son cuir chevelu. Dieu a peut-être donné la peau claire à des gens de couleur, mais Il ne leur a jamais fait de cheveux blonds. Et ces yeux ! Vous voyez, maintenant ? Il est impossible qu'elle soit de couleur. »

Terrorisée, Shelby suivait des yeux les moulinets de la femme, qui soulevaient sa chemise en coton bleu marine et révélaient une bande de chair cramoisie entre le roussâtre et le blanc laiteux.

« Sans doute », dit la maman en hésitant. Mais elle n'était pas totalement convaincue, peut-être parce qu'elle savait, au plus profond de son cœur, qu'à force de mélanger les couleurs comme le faisaient bien trop de gens, on risquait un jour de ne plus pouvoir reconnaître la teinte d'origine.

La femme tannée se frotta les mains.

« Le problème est réglé. L'autre ne s'appelait sans doute pas Coles. Prévenez la police. A tout à l'heure, le devoir m'appelle. » Et elle jeta un regard apitoyé sur Shelby en faisant claquer sa langue.

« Viens, ma chérie, dit la maman. Nous allons aller chez moi et quelqu'un viendra bientôt te chercher pour te ramener à la maison.

— C'est maman qui viendra ?

— Non, ce sera un gentil policier, et il t'emmènera chez ta maman. »

Mais Shelby savait que le policier se mettrait en colère en s'apercevant qu'elle et son chien traînaient toujours par là. Et peut-être qu'il lui demanderait si elle était en couleur, et qu'il lui tirerait les cheveux de plus en plus fort, jusqu'à ce qu'ils tombent de sa tête, et qu'elle n'en ait plus du tout. A cette pensée, elle se mit à sangloter.

La mère prit Shelby dans ses bras. Le chiot planta ses pattes dans les jambes de la mère, et réclama qu'on le porte aussi. Elle le gronda et se mit en marche. Serrée dans les bras de cette mère comme dans un étau, Shelby avait si peur de ce qu'elle allait leur faire, à elle et au chien, et de ce que le policier leur ferait, qu'elle en devint toute blanche, toute molle, et muette.

Elle ne parla pas pendant un certain temps. Un brigadier se présenta, pas l'homme qui les avait apostrophés mais un bon gros Père Noël, à la voix douce. Il ne lui tira pas les cheveux, il ne lui demanda pas si elle était de couleur. Mais elle ne voulait ni lui parler ni le regarder, même lorsqu'il caressa le chiot et déclara que les chiens étaient de bons amis, qui ne vous laissaient pas vous perdre toute seule.

Lorsque la voiture arriva dans l'Oval, elle entendit chanter son nom à travers des portes ouvertes, puis par des voix qui suivaient la voiture sur leurs petites jambes maigres, entonné sur mille tons différents. Il n'y avait plus de doute. Elle avait retrouvé son identité ; elle était Shelby, une et indivisible, une petite fille avec de vrais cheveux.

Elle se redressa et regarda par la fenêtre de la voiture, pour jouir de la caresse de son nom sur son visage — Shelby ! Shelby ! Shelby ! Les mains qui la saluaient étaient autant de drapeaux de couleur. Pour la première fois de sa vie, elle connut l'euphorie de rentrer chez soi après un long voyage parmi des étrangers.

La voiture s'arrêta et le brigadier prit Shelby dans ses bras pour l'aider à sortir. Le chiot s'apprêtait à les suivre, mais Shelby le repoussa gentiment à l'intérieur de la voiture. Elle dit à voix basse : « Ce n'est pas vraiment mon chien. Il s'est perdu, et je l'ai retrouvé. Je crois que c'est un chien blanc, mais je n'en suis pas sûre. S'il vous plaît, ne lui tirez pas la queue pour savoir. »

Les paroles des enfants ne sont jamais faciles à interpréter, et il faut avoir du temps à perdre pour s'y attarder. Ce n'était pas le cas du brigadier. « C'est donc lui, le garnement ! On nous a appelés à son sujet, cet après-midi. Je dirai à ses maîtres que tu t'es bien occupée de lui. Ils seront contents de savoir qu'il était avec toi. Et maintenant, en route, allons montrer à maman que tu es en grande forme. »

Il la prit par la main et s'engagea avec elle dans l'allée. Les quelques personnes rassemblées sur la pelouse considérèrent le policier, sans sourire, essayant de l'impressionner par un silence glacial. Elles lui ouvrirent le passage sans lui donner la moindre poignée de main et se reformèrent en rangs serrés derrière lui, telles des sentinelles, comme pour sous-entendre par leur attitude qu'elles attendaient que l'enfant soit en sécurité chez elle avant de se disperser. Puis elles donneraient enfin libre cours à l'amère humiliation qu'elles retenaient depuis des heures, de peur d'encourir la colère de Dieu en mêlant du venin aux prières qu'elles lui adressaient. Maintenant, Shelby était rentrée, entière et indemne : Dieu allait sans doute prêter Son oreille à d'autres urgences, et elles pourraient se soulager de leur angoisse sans craindre de L'offenser. Dans cette bucolique villégiature au large de la Nouvelle-Angleterre, il était rare que la couleur de la peau de quelqu'un provoquât un malaise ; elles avaient l'impression qu'un vent mauvais, fétide, avait soufflé sur la communauté. En rentrant chez eux, pour profiter de ce qui restait à sauver de cette journée, pour se détendre et se réinstaller dans la tranquillité estivale perdue, les Ovaliens retournèrent le couteau dans la plaie chacun à son tour.

« Montrez-moi un seul Blanc qui puisse croiser un homme de couleur sans se dire : Tiens, un homme de couleur.

— Le seul que je connaisse est mort sur la croix et ce n'est pas demain la veille qu'il en naîtra un autre.

— Je vois des Blancs du matin au soir, à commencer par le laitier. Et tout ce que je me dis, c'est : Tiens, voilà le type qui apporte le lait. Après tout, je n'ai pas l'intention de me marier avec lui.

— Nous cataloguer comme des gens de couleur, voilà à quoi ils consacrent l'essentiel de leur temps. Une seconde de distraction, et ils doivent croire qu'ils risquent d'oublier que nous ne sommes pas des enfants du bon Dieu.

— C'est qu'ils se prennent pour le bon Dieu, ils pensent que personne n'est à leur image, excepté eux-mêmes.

— C'est un miracle qu'ils aient fini par retrouver Shelby.

— Ils ne trouvaient aucun gamin de couleur perdu, il a bien fallu qu'ils se résolvent à prendre le premier enfant perdu venu. Toute la ville la cherchait ; ils ont tous mis des lunettes de soleil. Ceux d'entre nous qui ont des enfants à la peau claire ne devraient pas les laisser sortir sans un écriteau disant : A retourner chez les gens de couleur, merci.

— C'est grâce à ça qu'on se fait passer pour des Blancs aussi facilement, nous autres. On saute par-dessus leurs barrières, et ils ne nous voient pas, alors qu'on leur crève les yeux. »

Le temps que Corinne sorte du sommeil où l'avaient plongée les sédatifs, Shelby était couchée depuis longtemps. Corinne avait perdu un enfant pendant toute une journée, et l'angoisse de ne pas savoir où se trouvait Shelby, ni même si elle était morte ou en vie, avait représenté une épreuve trop douloureuse pour sa frêle constitution. Le récit du retour de Shelby, tel qu'il lui fut relaté par les voisins, la fit réfléchir, comme s'en doutèrent tous ceux qui connaissaient sa manière de voir la couleur. Si ses sentiments déteignaient sur ses enfants, ces derniers risquaient fort d'attraper la peur blanche. Et que Dieu vienne en aide à Corinne s'ils décidaient alors de passer de l'autre côté : elle ne les perdrait pas pour un jour mais pour toujours.

Tout en soupirant et en hochant la tête, les Ovaliens se séparèrent et rentrèrent dans leurs foyers pour reprendre, ragaillardis par cet impromptu, leur train-train quotidien. Désormais, ils se réjouissaient en secret de leurs ruminations, et savouraient d'avance le plaisir qu'ils éprouveraient à raconter leur histoire le lendemain, sur la plage. Sur les terrasses, les portes-écrans s'ouvrirent et claquèrent, des radios déversèrent de la musique dans l'atmosphère estivale. Dans les cuisines, on improvisa des dîners, et les mères se remirent à gronder leurs enfants dès qu'elles cessèrent de les considérer comme de précieux petits anges de passage sur cette terre.

Le brigadier, introduit dans la véranda, remit l'enfant à Gram en dissimulant son étonnement devant cette vieille dame aux yeux aussi bleus que ceux de sa petite-fille. Tout l'avait incliné à croire, jusque-là, que les gens de cette génération étaient parfois moins noirs que prévu, mais jamais plus blancs.

Gram se leva lentement de son fauteuil. Elle lut dans ses pensées, bien entendu — elles étaient si clairement inscrites sur son visage —, et balaya ses conceptions erronées d'un revers de main. Elle était immunisée contre cette mentalité petite-bourgeoise, et, grande dame du Sud, nourrissait le plus parfait mépris pour la racaille blanche. Elle n'avait jamais joué, ni partagé un repas avec un petit Blanc, ni jamais eu la moindre occasion d'en fréquenter : la ligne de démarcation entre leurs deux mondes était encore plus précise que celle qui était tracée entre les communautés de couleurs différentes, cette dernière étant ouvertement franchie à la faveur de la nuit. Entre l'aristocratie et la racaille blanche, on n'avait jeté aucune passerelle, car il n'y avait pas l'aimant de la couleur pour les attirer l'une vers l'autre.

« La voilà, saine et sauve. Plus de peur que de mal, heureusement », dit le brigadier, rassurant.

Gram se leva, droite comme un vieux bâton noueux enraciné par le temps. Le souvenir de Gram jeune ne survivait dans la mémoire de personne, pas même dans celle de Corinne, trop petite à l'époque où Gram n'était pas vieille pour ne pas la considérer uniquement comme sa consolatrice, le bâton sur lequel s'appuyer lorsque Miss Josephine et Hannibal la rejetèrent de leur vie. Gram se pencha un peu en avant, très peu, pour garder l'équilibre, et tendit les bras. Shelby enfouit son visage contre le vieux corps cassant de sa grand-mère, et respira avec délices la réconfortante et familière odeur de lavande. La vieille dame s'adressa à voix basse au brigadier, car elle ménageait ses forces pour mettre Shelby au lit et la rassurer jusqu'à ce qu'elle s'endormît. « Merci d'avoir cherché ma petite-fille aussi longtemps. Je pensais qu'il ne fallait guère plus d'une heure pour explorer cette ville. Mais je vous prie de transmettre les remerciements de ma famille à tous ceux qui vous ont aidé. Le père de la petite, le Dr Coles, se fera un plaisir d'envoyer un chèque à l'œuvre de charité de votre choix. »

L'intonation du Sud étonna le brigadier. Dans l'Oval, tout le monde parlait comme lui. Mais cette vieille dame s'exprimait avec l'accent des petites bonnes de couleur qui arpentaient les rues du centre pendant leur jour de congé, en quête de visages foncés et amicaux, et qui avaient compris depuis longtemps que ce n'était pas dans l'Oval qu'elles en dénicheraient. Son accent fleurait le gruau, et aussi autre chose. Si ses intonations n'avaient pas si clairement senti le Noir, on aurait pu prendre sa façon de parler pour celle d'une Blanche. Face à une aristocrate du Sud assez opiniâtre pour n'avoir renoncé à aucune manière de son époque, le brigadier était trop ignorant pour pousser plus loin son évaluation. « Madame, dit-il avec un respect involontaire, nous n'avons fait que notre devoir. Il n'y a aucune raison de nous être reconnaissants. Néanmoins, si le docteur veut aider notre petit hôpital, ce ne sera pas de refus. On y manque toujours de quelque chose. Je suis désolé que nous n'ayons pas retrouvé votre petite-fille plus tôt, mais, voyez-vous, elle a eu un chien avec elle toute la journée, et personne ne cherchait une petite fille avec un chien. Ce n'est pas une excuse, madame, c'est une explication, voilà tout. »

C'était la version qu'il comptait donner au journaliste du *Vineyard*, qui viendrait certainement lui demander des détails. Les gens croyaient ce qu'ils lisaient dans cet hebdomadaire local hautement respecté, qui pénétrait dans plus de foyers que n'en toucheraient les accusations de l'Oval et laverait la conscience de la ville de toute culpabilité, réelle ou imaginaire.

Il recula lentement vers la porte, tandis que ses

chaussures de policier crissaient sur les sols cirés. S'il se retirait de cette manière bizarre, ce n'était pas par volonté délibérée mais parce qu'il ne pouvait détacher son regard de celui de Gram, dont l'ironie implacable le déshabillait, le clouait au mur comme un papillon sur une planche de naturaliste.

Les autres Ovaliens se laisseraient fléchir, lanceraient une petite plaisanterie acide et même, avec le temps, ils oublieraient : ils mettaient un point d'honneur à ne jamais manifester de susceptibilité excessive, car ils considéraient cet état d'esprit comme réservé à la catégorie des cuisiniers, avec laquelle ils ne se reconnaissaient aucun point commun. Mais Gram, n'ayant aucune raison de se demander si elle ne tirait pas une conclusion hâtive parce qu'elle était une personne de couleur, n'avait aucune raison de pardonner un jour ; son sang tout entier se révoltait contre son ennemi intime, un Blanc dont les actions ne confirmaient en rien la supériorité de sa race.

La porte soupira au passage du brigadier. Gram emmena Shelby à l'intérieur de la maison, et Liz et les bonnes se jetèrent à son cou. Les domestiques souriaient, mais Liz pleurait, sans trop savoir pourquoi, sinon qu'elle préférait une insupportable petite sœur qui lui courait à longueur de jour entre les pattes plutôt que pas de sœur du tout. Le chien de la famille rampa sur son ventre pour implorer le pardon de Shelby, et les mots tendres que lui adressa la fillette furent les premiers qu'il eût entendus de toute la journée.

Puis il y eut le bain chaud. Shelby insista pour que Gram la baigne, alors qu'elle exigeait d'ordinaire qu'on la laissât se laver seule. Ce jour-là, elle n'avait aucune envie d'être seule. « Où est maman ? » demanda-t-elle, son petit corps recouvert de mousse. Lorsque Gram lui dit que sa maman avait été si triste que le docteur avait dû lui donner quelque chose pour l'aider à dormir, Shelby s'exclama seulement : « Oh, Gram, que je suis contente que tu ne les aies pas laissés te faire dormir aussi ! »

On lui servit ensuite à dîner dans son lit. Mais elle était trop fatiguée pour manger. Gram lui donna la becquée, et Shelby ne fit pas de manières : elle était heureuse d'être le bébé de Gram. Sous les effets conjugués du bain chaud et de la nourriture, elle ne parvenait presque plus à garder les yeux ouverts, mais elle repoussa le sommeil de toutes ses forces : elle voulait poser une question avant de s'endormir, une question, qui lui trottait inlassablement dans la tête, malgré ses efforts pour s'en débarrasser. Il ne lui était jamais arrivé d'avoir à demander qui elle était, qui elle était vraiment, et cette interrogation si douloureuse menaçait de lui retourner littéralement les entrailles par la racine. Elle ressemblait à un automate, figé dans l'éternel présent d'un tremblement immobile. Gram avait remarqué le tic de sa petite-fille et se demandait ce qui avait pu se produire pendant cette journée pour provoquer ce réflexe nerveux, mais elle résista à la tentation d'interroger Shelby.

Malgré la chaleur de son foyer retrouvé, l'odeur de savon parfumé de son corps, le plaisir d'avoir des cheveux bien brossés pour la première fois de la journée, le douillet confort de son lit et le sourire sur le visage de Gram, penché sur elle, malgré tous ces solides repères, la petite fille n'était pas rassurée, comme si elle était toujours partiellement perdue, et cherchait encore le moyen de revenir en arrière. Liz lui avait promis monts et merveilles pour le lendemain matin, et elle ne voulait pas gâcher la magnifique journée qui l'attendait par ce bizarre sentiment de ne pas être entière.

« Gram, dit-elle en regardant la vieille dame dans les yeux, est-ce que je suis de couleur ?

— Oui », répondit Gram, impassible, parce qu'il n'y avait pas d'autre réponse possible et que des précautions oratoires ne serviraient qu'à semer la confusion dans l'esprit d'un enfant qui demandait la simple vérité.

La poitrine de Shelby se souleva de soulagement, non parce qu'elle était noire, mais parce qu'elle était quelque chose de précis, et qu'elle savait quoi. Une pensée subite la replongea dans l'angoisse. « Liz est de couleur aussi ?

— Oui.

— Et maman ?

— Oui.

— Et papa ?

— Oui.

— Et toi, tu es de couleur, toi aussi ?

— Je suis ta grand-mère. »

Cette réponse satisfit Shelby. Tous les gens qu'elle aimait étaient comme elle. « Oh, Gram, que je suis contente qu'on soit tous de couleur. Une dame m'a dit que j'étais blanche. »

Lorsqu'elle avait prononcé ces paroles, Shelby était une enfant, ses mots, sa perception des choses étaient ceux d'une enfant. En se perdant, elle s'était perdue tout entière, son identité diluée, son nom sur des langues hésitantes, sa précieuse certitude de former un tout ne tenant plus qu'à un fil. Il n'y avait eu personne pour l'aider à s'orienter, et elle n'avait trouvé aucun moyen de communiquer son besoin d'aide. Dans un monde constitué exclusivement d'adultes, le handicap d'être une enfant l'avait submergée. Le simple espoir de se fondre un jour en un ensemble cohérent, intelligent, lui semblait hors de portée de toute prière. Elle était faite de bric et de broc : un froncement de sourcils inutile, un bout de phrase pêché au hasard et répété à l'envi, un gémissement emprunté à Gram lorsque le mauvais temps lui nouait le dos, la démarche de Gram lorsqu'elle posait sa main sur sa hanche pour soulager les douleurs d'un jour pluvieux, des oui et des non qui faisaient écho à ceux de Liz alors qu'elle aurait plutôt dit le contraire. Ainsi passait-elle ses jours, ses heures à endosser les aspects les plus évidents de la personnalité d'autrui et se rendait-elle progressivement compte de leur incongruité. Doucement, à un rythme d'escargot, avec la patience d'un escargot, elle tissait ses défauts et ses peurs, son courage et sa force, ses espoirs et ses doutes en une trame et une toile où son innocence nue trouverait à s'habiller d'une âme.

Sa promenade dans la forêt avait commencé comme une affirmation triomphale de son existence propre, un rite initiatique, une action indépendante. Mais, en cette première fois où elle s'était aventurée hors des cercles concentriques de son monde, elle s'était mêlée si étroitement aux foules étrangères que la couleur de leur anonymat avait déteint sur elle et qu'elle n'avait pas été capable de retrouver le chemin qui séparait les races. Elle marchait dans l'irréalité et personne n'avait revendiqué clairement son existence jusqu'à ce que, dans l'Oval, son nom rebondît comme un ballon d'or, de bouche en bouche, lancé par autant de phoques joueurs, jusqu'à ce que Gram le dégustât délicieusement, comme s'il était meilleur qu'une mûre bien sucrée. La joie de se retrouver parmi les siens ne se comparait à aucune de celles qu'elle avait connues auparavant. L'amour et la similitude ne faisaient plus qu'un dans son esprit. Dans l'Oval, où l'on s'enorgueillissait de ne pas manifester bruyamment ses sentiments, Shelby n'avait jamais fait l'objet d'une aussi exubérante affection. Elle était devenue une héroïne.

Non qu'elle eût accompli quoi que ce fût mais parce qu'elle était Shelby, l'un des enfants qu'on aimait. Simplement parce qu'elle était une précieuse petite fille qu'on ne voulait pas perdre dans la forêt, dans la mer, de l'autre côté de la ville, au sein de quelques ténèbres où elle disparaîtrait sans laisser aucune trace de son passage sur leur terre endeuillée. Elle avait envie d'étreindre l'Oval en entier, les gens, les maisons, les petits jardins, les oiseaux qui se séchaient au soleil sur les toits en pente après leur bain et les écureuils, ces chatons perpendiculaires qui jouaient du haut en bas des arbres.

Pour la première fois de sa vie, Shelby appréhendait sa communauté comme un tout. Elle ne voulait pas qu'un seul visage changeât, ni qu'un oiseau s'envolât. Elle existait parce qu'ils existaient. Rien n'était pareil à moins que tout ne fût pareil : le cœur suspendu ne reprenait jamais son rythme.

Les aboiements de Jezebel ramenèrent lentement Shelby à la conscience. Désormais, elle n'avait plus six ans. A l'époque, elle était une enfant, découvrant l'appartenance, identifiant l'amour à l'ordre et à l'homogénéité, et la couleur au noyau de la personnalité.

En tombant amoureuse de Meade, elle avait dû reconnaître que l'identité n'était pas un facteur inné. Elle se constituait grâce aux circonstances, à la sensibilité, et au refus de la complaisance. La réalité de l'esprit invisible transcendait les présomptions de la chair, comme aurait pu le dire un arrière-grand-père qu'elle n'avait pas connu. Les conflits de couleur agitaient l'humanité depuis que Moïse avait épousé l'Éthiopienne et que Dieu avait envoyé la lèpre ronger la peau de l'homme arrogant qui avait défié Son droit à émouvoir le cœur de Moïse.

Shelby aimait trop son futur mari pour écouter les conseils de quiconque souhaitait qu'elle l'aimât moins. Les parents de Meade s'étaient apparemment convaincus qu'ils perdaient leur fils et non qu'ils gagnaient une fille. Dans sa propre famille, on ne comprenait pas pourquoi Meade était le seul à pouvoir la rendre heureuse ; on commettait la même erreur que ses futurs beaux-parents : on rangeait les gens dans des cases, sous une étiquette trouvée dans un dictionnaire : ils avaient cherché sous « Caucasien », et l'avaient enfermé dans les mots qu'ils y avaient trouvés, alors qu'il existait une bonne douzaine d'autres mots qui le décrivaient beaucoup mieux. Il n'était pas le seul homme au monde, évidemment, mais Meade ne ressemblait à personne. Tel est l'axiome et le paradoxe de l'amour. Ceux qui ne voient pas avec les yeux de l'amour n'ont qu'à s'incliner et à croire. Meade partageait avec Shelby tous ses espoirs, toutes ses aspirations, il lui avait insufflé sa force de caractère et l'avait encouragée à secouer le joug de tous les préjugés. Que peut-on demander de plus à un homme ?

Shelby savait que sa mère, en son for intérieur, déplorait qu'elle gaspillât les bénéfices de son éducation et les prérogatives des Coles avec un fils de petit commerçant. « Combien connais-tu de gens qui jouent du piano ? lui avait-elle demandé un jour avant de fournir immédiatement la réponse : A peu près tous ceux qui ont été enfants. C'est la moindre des choses. Pratiquement tous les garçons que tu fréquentes savaient jouer un morceau dès l'âge de sept ans. Mais réfléchis : en connais-tu un seul qui aurait imaginé se consacrer à plein temps à une occupation aussi futile ? Transformer son petit talent de société en métier ? Et prétendre gagner ainsi de quoi assurer à une Coles le train de vie auquel ses parents sont en droit de s'attendre ? »

Shelby ne s'était pas donné la peine de répondre car elle savait que sa mère ne comprendrait jamais que tous les jeunes gens considérés par ses parents comme des bons partis la hérissaient : ils s'intéressaient davantage à ce qu'étaient ses parents qu'à ce qu'elle était elle. Mais Meade ne l'avait jamais vénérée en tant que vache sacrée des Coles. Elle était la fille qu'il aimait et il se moquait de son nom de famille, puisqu'il lui donnerait bientôt le sien à la place. Il n'épousait pas ses parents. En fait, elle savait qu'il les tenait pour de vulgaires richards, caractéristiques, comme ses propres parents et leurs amis, d'une génération stupide, obsédée par des problèmes d'un autre temps. La médiocrité de leurs ambitions les avait tous jetés sur la même autoroute, stérile mais encombrée, pour un parcours obligé dont les étapes avaient pour nom un bon métier, une bonne épouse, un bon niveau de vie et deux enfants et quelque à envoyer dans les meilleures universités. Privés de l'aiguillon de l'insatisfaction, ils n'avaient pas d'appétit. Jamais le désir de se dépasser ne les avait tenaillés, ni tenus éveillés la nuit.

Il avait tendu la main à Shelby et elle avait franchi d'un bond le fossé entre les principes qu'on lui avait inculqués et les aspirations exigeantes de Meade. Elle devrait apprendre à vivre avec son genre de foi, en une double union avec l'homme et avec le musicien, dans la dualité de la discipline et du désir.

Agitée par ses pensées, Shelby se redressa dans son lit à colonnes douillet et rejeta les draps de pur coton. L'idéalisme de son fiancé lui plaisait, mais il lui faudrait un peu de temps pour s'habituer à ce qu'il considérait comme un confort acceptable : elle avait pris de mauvaises habitudes. Elle s'étira, les bras tendus vers la fenêtre ouverte sur la baie. En cette radieuse journée d'été, dans cette île paradisiaque, tout semblait possible.

De petits coups rapides frappés à sa porte la firent sursauter. Une fois de plus, Liz était la première debout. Cela durait depuis qu'elles étaient enfants ; Liz s'installait allégrement à la table du petit déjeuner et réclamait à grands cris son repas du matin pendant que Shelby opposait une féroce résistance avant de remuer un petit doigt. « Tu es réveillée ? dit sa sœur en entrant dans la chambre sans plus de cérémonie. Tu nous as entendues, Gram et moi ? On a eu une sacrée prise de bec. Elle veut te voir, mais bois d'abord ton café. Moi, j'avais l'estomac vide, et j'ai failli avoir mal au cœur. »

Shelby regonfla ses oreillers et tendit les bras à Laurie. « J'ai entendu des voix, mais l'Oval commençait déjà son babil matinal. Gram a un problème ? » Liz déposa Laurie dans le giron de sa sœur et se recroquevilla au pied du lit. Le bébé observa attentivement le visage de Shelby. Sa petite main s'agrippa aux cheveux brillants et un sourire épanoui lui vint aux lèvres.

« Oh, elle est parfaite, soupira Shelby. Quel teint fabuleux ! Je suis incapable de décrire sa couleur. Cuivrée, peut-être, avec une pointe de rose en transparence. Et les plus doux yeux bruns du monde. Les yeux marron sont si tendres, tu ne trouves pas ? Et ces cheveux noirs que j'aime tant. Noirs et brillants comme une aile de corbeau au soleil. Oh, Liz, tu crois que les enfants que j'aurai avec Meade seront tous blonds ? J'en voudrais tellement un qui ait les couleurs chaudes de Laurie !

— Je crois qu'elle va boucler, dit Liz d'un ton joyeux. Elle n'aura pas mes cheveux raides comme des baguettes. Ça fera une moyenne entre ceux de Linc et les miens. C'est une merveille d'enfant. »

Shelby souffla doucement sur la joue de Laurie. Le petit visage se plissa et frémit. « Un jour, dit Shelby avec une feinte solennité, un artiste capturera le visage de cet ange sur sa toile, et il gagnera le premier prix à tous les concours.

— Le premier prix de gâtisme, voilà ce qu'on gagnera à tous les coups ! Et ce n'est pas Gram qui me contredirait. »

Shelby se rappela que Gram voulait la voir. « A propos, que s'est-elle mis en tête, ce matin ?

— A mon avis, elle n'a plus rien dans la tête, rétorqua Liz.

— Oh, Liz, protesta Shelby.

— Excuse-moi, j'y suis allée un peu fort. Mais je pense vraiment que Gram est subitement devenue sénile, ou qu'elle en est à deux doigts. Elle a rêvé, ou quelque chose comme ça, de la mort, et maintenant elle est persuadée qu'elle va mourir. Et elle veut retourner dans le Sud pour ça, dans le pays perdu des magnolias, parce qu'il y a une éternité elle vivait là-bas, dans une maison où seuls les esclaves étaient de la couleur de ma Laurie. » Liz haussa les épaules et se leva à demi. « Bon, je ferais mieux d'aller prendre mon bain.

— Attends une minute. Je comprends que tu lui en veuilles. Elle se conduit comme une peste avec le bébé. Mais je crois que c'est surtout parce qu'elle a du mal à l'accepter comme membre permanent de la famille sans se sentir supplantée. Pendant tout l'été, on n'a parlé que du bébé et du mariage. Toutes nos conversations étaient tournées vers l'avenir. Donc, Gram se réfugie dans le passé. Et ça a dû lui détraquer un peu la cervelle. Si elle souhaite rentrer chez elle, c'est parce que les seuls vœux que puissent formuler les vieilles personnes sont toujours centrés sur l'idée de la mort. »

Les jeunes pensent toujours que les vieux perdent la tête. Ils s'imaginent que la mort n'est qu'un mot que les vieux manipulent pour se rendre intéressants, un jeu dangereux, voilà tout. Gram avait énoncé des faits, après y avoir réfléchi, et Liz et Shelby les considéraient comme des caprices. Seul Hannibal aurait compris, lui qui avait tant aimé écouter Miss Caroline, qui avait toujours partagé son esprit entre le présent et le glorieux passé ; il n'avait avec Gram aucun lien de parenté, mais il aurait perçu la nostalgie de ce cœur qui se languissait de Xanadu, la détresse de cette chair déracinée qui hurlait : « Ramenez-moi », et le message de ces deux mains tendues vers la douceur de la terre de mémoire. Mais la main noire d'Hannibal, sa compassion n'auraient pas adouci l'amertume de la vieille dame.

Liz renifla avec mépris. « Gram vivra cent ans. Elle n'a plus l'âge du cancer, ni des maladies de cœur. Et maintenant, elle est devenue trop méchante pour mourir. Elle veut ramasser ses billes, et rentrer chez elle. C'est facile, pour toi, de prendre le parti de Gram : tu es devenue la prunelle de ses yeux, son unique perspective pour l'avenir. Tout ce que j'espère, moi, c'est que tes enfants ne se croiront pas supérieurs à Laurie sous prétexte que leur père appartient à la race élue. »

Shelby rougit violemment devant les insinuations de Liz et ses allusions prématurées à la maternité. « Liz, je n'ai pas d'enfants. Pour l'instant, je n'ai même pas de mari. Et je m'étonne que tu réagisses ainsi au sujet de Meade.

— Que sais-tu de la façon dont je réagis ? Je ne t'ai pas parlé de ça. Ce n'est pas un homme pour moi, mais je crois très sincèrement qu'il te convient parfaitement.

— Pourquoi ne te conviendrait-il pas ?

— Parce que j'en ai déjà un.

— Ce n'est pas ce que je voulais dire, et tu le sais très bien.

— Bon ; alors, pour te parler tout crûment, parce que je ne me vois pas au lit avec un Blanc. Les Blancs ne m'excitent pas. J'attache peut-être trop d'importance au sexe, mais c'est comme ça.

— Et tu trouves que moi je n'y attache pas assez d'importance ? demanda Shelby d'un ton tranchant.

— Nous y revoilà. Je parlais de moi, Shelby.

— D'accord. Alors, dis-moi ce que tu penses de moi.

— Je ne voudrais surtout pas que tu changes en quoi que ce soit, répondit Liz avec un petit sourire.

— Explique-toi, tu veux ? Je me marie demain, ce n'est pas le moment d'être aussi sibylline. Tu me trouves froide ?

— Ma virginale petite sœur... Tu dois bien le savoir, non ?

— Comment pourrais-je le... ? Oh ! » hoqueta Shelby quand elle comprit enfin ce que sous-entendait sa sœur. De gêne et de surprise, elle rougit violemment.

« C'est une question qu'on se pose forcément », dit gentiment Liz.

Shelby respira profondément. « Tu ne te serais pas mariée, toi, si tu n'avais pas été sûre ?

— Shelby, avant que je te réponde, je voudrais que tu te souviennes de quelque chose. Toi et moi, nous sommes deux personnes différentes, nous ne pouvons pas répondre l'une pour l'autre. Je suis ton aînée, je suis une femme mariée, une mère, mais je suis loin encore de la maturité. En tout premier lieu, je ne pourrais jamais épouser un artiste. De quelque couleur qu'il soit. Un type qui sauterait du lit parce qu'une idée lui a sauté à l'esprit, en me laissant tout échauffée, ça non.

— Et si moi ça m'est égal, ça veut dire que je suis froide, c'est ça ? A mon avis ça voudrait dire que je suis compréhensive. Oh, Liz, tu m'inquiètes !

— Ne sois pas nigaude ! Qui dit que c'est moi qui

ai raison ? Qui dit que je suis la femme qui convient à Linc ? A part l'amour, je ne fais pas grand-chose de ce qu'il demande. Et ça pourrait bien ne pas suffire, au bout d'un moment. Je n'aurais pas dû passer l'été ici. J'aurais dû rester à New York, et préparer des petits plats à mon mari. Je ne suis pas venue dans l'île pour que le bon air profite à mon bébé. Je suis venue parce que maman a deux bonnes. Et que j'en avais marre de les remplacer toutes les deux chez moi.

— Tu n'es pourtant pas une paresseuse, Liz.

— Peut-être pas. Mais je ne suis pas une vraie épouse. Je suis toujours une gamine amoureuse, qui pense que tous les autres aspects du mariage sont une barbe. Moi aussi, je suis inquiète, autant que toi, mais pour d'autres raisons.

— Linc arrive aujourd'hui ou demain, non ? Pourquoi ne rentrerais-tu pas avec lui ? L'été est presque fini.

— Linc ne viendra pas, dit Liz d'un ton impassible, en essayant vainement de cacher sa déception. Je l'ai appelé hier soir, pour lui donner les horaires de bateau, mais il n'a pas voulu revenir sur sa décision. Je l'espérais, pourtant. Mais c'est comme ça. »

Shelby était désolée, mais elle répondit rapidement. « Après tout, Liz, mon mariage est très important pour moi, mais pour Linc c'est la clinique qui compte. Quand vous vous êtes mariés, tous les deux, personne n'a mis les petits plats dans les grands, je ne vois pas pourquoi Linc devrait faire toute une histoire de cette cérémonie.

— D'accord, mais il m'oblige à prendre mes responsabilités.

— Maman y est pour beaucoup.

— Il n'a pas épousé maman. Tout est là... J'ai quitté la maison et maman pour lui, et maintenant, je suis revenue.

— Linc ne s'attendait tout de même pas à ce que tu renies ta famille ? Il n'est pas mesquin à ce point, ajouta Shelby au comble de l'incrédulité.

— C'est moi qu'il trouve mesquine. Je passe l'été chez maman, je la laisse m'entretenir.

— Mais Linc t'a envoyé de l'argent pour Laurie et pour toi.

— Pas assez pour assumer le train de vie de cette maison, cette maison où maman n'a pas voulu que soit célébré notre mariage.

— Tu exagères, Liz. Maman allait lancer les invitations au moment où vous vous êtes enfuis pour vous marier en catimini. Elle ne s'attendait pas à ce que Linc se fasse remplacer par une doublure.

— Elle s'attendait à ce que Linc sélectionne ses invités. Ses amis médecins, d'accord... Sa mère, vendeuse chez Macy's, passe encore, même si elle aurait bien sûr préféré une institutrice. Mais elle a biffé les noms de son oncle et sa tante — une cuisinière et un maître d'hôtel. Si leur argent avait été jugé digne de lui payer ses études de médecine, Linc estimait qu'ils étaient dignes d'assister à son mariage. Maman n'était pas d'accord ; alors, c'est moi qui ai suggéré qu'on aille se marier ailleurs, avant qu'il ne change d'avis. J'avais déjà eu assez de mal à le décider à demander une Coles en mariage. Et pardonne-moi si j'ai l'air de me réjouir du malheur d'autrui, mais je trouve que c'est bien fait pour maman que la famille de Meade la regarde de haut. Ça m'enchante, en fait. »

Le jour où Liz avait demandé Linc en mariage, et qu'il avait dit oui, elle douta d'avoir la patience d'attendre l'été pour se marier dans l'Oval ; c'était pourtant un rêve qu'elle chérissait depuis l'adolescence, et sa mère, cédant à son insistance, le lui avait solennellement promis. Corinne avait profité des quelques mois les séparant de la cérémonie pour saisir toutes les occasions, petites ou grandes, subtiles ou grossières, de l'inciter à réfléchir aux conséquences d'un mariage avec un garçon que personne ne connaissait. Elle chantait allégrement les louanges de toute union entre jeunes gens du même milieu et de la même couleur, la couleur étant accessoire mais le milieu essentiel. Quant à Liz, son milieu et l'attitude qui en découlait obligatoirement lui avaient donné confiance en elle : elle ne considérait aucune barrière comme insurmontable, et avouait sans la moindre gêne qu'elle avait l'air d'une Blanche mais qu'elle ne l'était pas.

Liz se rappelait qu'au début de leur idylle Corinne lui avait délicatement suggéré qu'elle fréquentait trop Linc et négligeait des jeunes gens mieux placés socialement. Ce ne serait pas juste, prétendait-elle, de le laisser se bercer d'illusions. La jeunesse était faite pour prendre du bon temps et un jeune homme aussi sérieux risquait de l'en priver. Linc savait très bien que Liz et lui auraient pu ne jamais se rencontrer, ou ne jamais dépasser le stade des présentations s'ils avaient par hasard assisté tous les deux à un des galas où l'entraînaient, bon gré mal gré, les plus ambitieux de ses amis médecins. Mais comme ils avaient fait connaissance sur leur terrain professionnel, il ne se méfia pas d'emblée. Ils s'étaient croisés dans un bloc opératoire et avaient commencé à bavarder. Lorsqu'ils s'étaient présentés, Linc avait compris sur-le-champ qu'elle était une de ces Coles, médecins de père en fils, et désormais en fille, qu'il admirait tant sur le plan professionnel.

Liz commençait son internat dans l'hôpital où Linc exerçait en cardiologie. La vocation de Liz obéissait à la tradition des Coles. Clark et Corinne n'avaient pas eu de fils, et Liz avait toujours su que ce serait à elle, en tant que fille aînée, de reprendre le flambeau. Pourtant, après avoir épousé Linc, Liz avait abandonné la médecine pour se cantonner dans le rôle plus traditionnel d'épouse et de mère.

Le bébé s'était endormi dans les bras de Shelby, bercé par le mouvement de sa poitrine. Une de ses mains serrait un doigt de Shelby, dont les yeux s'emplirent de tendresse et de compassion. L'enfant n'avait passé que quatre mois sur cette terre et le lourd fardeau des années à venir ne projetait encore aucune ombre sur le petit front doré. Shelby leva les yeux sur sa sœur. Elle savait qu'il lui incombait de défendre les parents de Meade, même si elle ressentait un petit pincement au cœur en y pensant. « Quel besoin as-tu d'être aussi violente, Liz ? Les parents de Meade ne se sont pas montrés grossiers. Ils se sont excusés, en exprimant poliment leurs regrets. Ils ont peut-être pris le premier prétexte venu, mais au moins ils ont essayé de ne pas nous blesser. Meade dit que son père souffre réellement d'hypertension et que ce long voyage, en plein été, ne lui ferait pas de bien. Meade en a même plaisanté, un peu amèrement ; il a supposé que l'annonce de notre mariage l'avait sans doute cloué au lit pour une bonne semaine. Et c'est probablement vrai. Je suis certaine que même dans le pire de ses cauchemars le pauvre homme n'a jamais imaginé que son fils épouserait une fille de couleur. Si on le forçait à assister à la noce, son cœur n'y résisterait pas. Il nous ferait une attaque en pleine cérémonie.

— Bravo, dit sèchement Liz. Quelle admirable tolérance ! Je te félicite. Moi, quand je me pince, je ne sens pas la couleur. Je sens juste la douleur — voilà peut-être ce que signifie être de couleur pour la plupart d'entre nous. On sent juste la douleur. »

Liz se leva et alla à la fenêtre. Elle regarda l'Oval. Comme elle aimait cet endroit quand elle était petite, ce monde clos si rassurant où elle avait passé tous ses étés sauf le dernier, celui de son mariage ; entre son voyage de noces et son installation dans un nouvel appartement, elle n'avait même pas eu le temps de se languir de l'île. Mais avec la naissance de Laurie, en avril, son appartement sembla rétrécir et les rues de Harlem devenir de plus en plus bruyantes ; Liz n'eut aucun mal à se persuader que sa fille devait passer son premier été en ce monde dans l'Oval, dans une grande maison confortable où tout était fait pour rendre la vie agréable et facile.

Elle avait demandé à Linc de venir la rejoindre pendant quinze jours au mois d'août : une première semaine pour participer à l'excitation des préparatifs du mariage, et une seconde pour se reposer, car sa mère pourrait s'occuper du bébé et ils seraient libres d'aller et venir à leur guise. Mais Linc avait déclaré, sans regret apparent, qu'il ne pouvait pas se payer le luxe de prendre des vacances. Cette première année de mariage, avec les frais d'ameublement et l'arrivée du bébé, avait creusé un trou important dans leur modeste budget. Lorsque Liz avait rétorqué que ses vacances ne lui coûteraient que le prix du voyage, il avait réagi comme si elle l'insultait en lui offrant l'hospitalité de sa famille ; il n'était absolument pas prêt à accepter ce que l'on pouvait considérer comme un geste de réconciliation. Et maintenant, voilà qu'il n'assisterait même pas au mariage, en dépit de ses supplications réitérées, par lettre ou par téléphone. Qu'allait-elle raconter à ses amis de l'Oval ? Ils devineraient facilement pourquoi il ne souhaitait pas exhiber son visage noir sur la photo de famille.

Le dos toujours tourné à Shelby, Liz ajouta tranquillement : « Quand j'ai su que j'attendais un enfant, ça ne m'a pas fait plaisir. Je n'étais pas prête à être mère. J'aurais préféré rester une jeune mariée. Lorsque Laurie est née, ça ne m'a pas plu. Puis on me l'a apportée, et on me l'a mise dans les bras, et j'ai vu qu'elle avait la peau marron. C'était une petite fille de couleur, une vraie, pas un enfant caméléon, comme les Coles. Tu ne peux pas imaginer à quel point je l'ai aimée, à ce moment-là. J'aurais voulu me battre contre la race blanche tout entière pour elle. Elle était trop petite et trop impuissante pour lutter seule. » Liz laissa échapper un profond soupir. « Pourtant il le faudra bien, c'est dans la nature des choses. C'est un combat personnel, un combat intérieur. Pour le gagner, il faudra qu'elle lutte sans amertume, sans transformer sa souffrance en haine, mais en s'enrichissant de cette souffrance. »

Liz fit face à Shelby. « Linc est plein de rancœur contre les Blancs, et contre les mal-blanchis, comme il nous appelle, et contre tous les gens de milieux qu'il n'a jamais fréquentés. Parfois, je me dis que Linc confond couleur et classe sociale. Qu'il juge avec des critères dépassés. Il ne croit qu'à ce qu'il voit ; or, les relations entre les races, les différences de milieu et de couleur de peau sont trop subtiles pour se laisser appréhender au premier coup d'œil. »

Laurie s'agita dans son sommeil. « Toi, en tout cas, il t'a bien vue, dit Shelby en souriant.

— Parce qu'il prétend que je suis exceptionnelle. Il ne peut pas admettre que je sois un pur produit de l'Oval, ni meilleur ni pire que les amis avec qui j'ai été élevée. Il ne me fera pas renier ma famille, il n'y arrivera pas. Je suis le fruit de tout ce qui m'a constituée, y compris maman. D'ailleurs, si elle avait vu Linc la première, c'est sans doute elle qui l'aurait fourré dans son lit. »

Shelby roula des yeux effarés. « Je voudrais tellement que tu t'abstiennes de dire des choses pareilles, Liz. Mais il n'y a rien à faire, tu ne peux pas t'en empêcher. Ce ne sont que des suppositions, après tout, tu n'es sûre de rien du tout.

— J'avais de plus grandes oreilles que toi, quand on était gosses, et la vie sexuelle des adultes m'intéressait davantage. Je suis certaine de ce que j'avance au sujet de maman. Et, pour papa, je sais. Je sais où et quand. »

Le silence tomba sur la chambre ; on n'entendait que les bruits de l'Oval, de plus en plus clairs, comme pour se mettre au diapason de cette radieuse journée. Shelby regardait Liz comme lorsqu'elles étaient petites et que Liz allait lui révéler un mystérieux secret sur les grands. Pourtant, les secrets de Liz gâchaient toujours un peu sa joie d'enfant et la renvoyaient, pantelante, à sa famille de poupées, le seul monde qu'elle connût où régnaient l'ordre et l'harmonie.

Liz poursuivit, en feignant une insouciance à laquelle ni l'une ni l'autre ne croyait. « Tu sais que nous avons fait une croisière pendant notre voyage de noces. A une escale, papa et Rachel dînaient dans le même restaurant que nous. On aurait dit un couple d'amoureux. Pourtant, papa avait cinquante ans, et Rachel quarante au moins. Moi qui croyais qu'il s'agissait d'une vieille liaison bien sage, en pantoufles, je me trompais grossièrement. Enfin ! Ils ne nous ont pas vus. Et je me suis débrouillée pour qu'on s'en aille avant que Linc ne les aperçoive. J'ai prétendu que j'avais pris trop de soleil, que j'avais mal au cœur. Voilà l'effet que ça fait, de voir son propre père avec une autre femme. »

Mais Shelby n'avait pas subi personnellement le choc de voir son père jouer les godelureaux. A ses yeux, l'âge, la maturité protégeaient contre tout acte déraisonnable. Au pire, elle considérait que son père était coupable de s'être leurré pendant un certain laps de temps. « Papa a eu un accès de nostalgie, Liz, un point c'est tout, et c'est passé depuis que vous l'avez rendu grand-père. Il n'a jamais rien fait de grave à maman, comme tomber amoureux d'une femme plus jeune, par exemple. Il a pris quelques jours de vacances avec Rachel, qui n'a jamais représenté une menace pour leur mariage. Une escapade, au nom du passé. Ils n'ont fait de mal à personne. Maman n'est pas au courant, et papa s'est installé dans son rôle de grand-père. »

Shelby se souvint soudain d'un bal à New York. Son cavalier, ce soir-là, était un jeune interne que son père connaissait bien. Le bal se déroulait dans un hôtel chic du centre-ville, au profit d'une œuvre de charité à la mode, dont les organisateurs avaient fini par découvrir, après les avoir observés avec méfiance pendant des années, que les Noirs qui avaient de l'argent le dépensaient plus facilement que des Blancs plus riches qu'eux.

Shelby et son cavalier avaient estimé qu'il y avait sur la piste trop de gens d'un certain âge qui essayaient de rattraper leur jeunesse perdue, l'époque où ils n'avaient pas les moyens de s'offrir des diamants ni de fréquenter des endroits aussi chers. Leurs visages s'étaient craquelés avant le milieu de la soirée et tout en eux se révoltait : leurs pieds, leurs têtes, leurs dos et même leurs sourires, de plus en plus forcés.

Corinne était là, comme d'habitude, mais Clark se défilait régulièrement. Il prétendait avoir une urgence, et il emmenait Rachel dîner et danser dans une auberge de campagne où la direction décidait, après mûre réflexion, qu'il valait mieux recevoir un couple mixte, ce que semblaient être ces deux personnes, que d'être attaquée en justice pour discrimination et de perdre son procès. Les autres convives manifestaient invariablement plus d'intérêt pour Clark et Rachel que pour les mets qu'ils laissaient refroidir dans leur assiette. Ils n'éprouvaient pas le moindre doute sur les intentions de ce couple : ils savaient où il irait après dîner et à quel genre d'occupation il s'adonnerait. C'était écrit sur leur visage.

Quelque chose en effet était inscrit sur leur visage, et ce n'était pas une obscène concupiscence mais le pur délice de partager l'intimité d'un repas à deux, dans un endroit où on ne risquait pas de les reconnaître. Ils appréciaient les quelques libertés concédées à leur amour, qui n'avait pas eu droit à un commencement avant un certain jour — ils ne se souvenaient pas précisément de la date ni même de l'année —, où Clark, un ou deux verres dans le nez, avait sonné à la porte de Rachel.

Il était entré et l'avait longuement regardée, s'imprégnant de sa beauté brune, à nulle autre pareille. Une femme à la peau plus claire pâlit sous la comparaison. Tout le monde ne le voit pas, mais ceux qui ont cette chance savent que la beauté d'une belle femme à la peau sombre est incomparable : une peau de velours, le nuage des cheveux noirs, les yeux bruns profonds comme des puits insondables. Il prononça doucement son nom, il l'en caressa, et elle fondit, elle se mit à trembler sans pouvoir le cacher. Comme nue. Il s'en aperçut et la prit dans ses bras ; elle se rendit à lui comme l'avait toujours refusé Corinne, avec une incroyable douceur, leurs deux corps ne faisant plus qu'un. Ainsi commença leur histoire, sans commencement, même s'ils prétendirent tous les deux par la suite qu'il y avait eu tentative de séduction préalable, car l'un et l'autre désiraient ardemment croire qu'il s'agissait d'autre chose que d'une petite heure de pure jouissance physique. Le clairon n'avait pas sonné, certes, mais il y avait eu d'autres signes, timides, discrets, mais évidents comme les sonorités d'un orchestre qui s'accorde, chaque instrument seul au milieu de tous, jusqu'à la triomphale fusion qui établit l'empathie éternelle, répétée jusqu'à la fin des temps.

A ce bal, Corinne avait accordé la plupart des danses à des hommes à la peau foncée. Elle préférait les lumières tamisées, les musiques lentes et une main noire posée sur sa peau nue, de plus en plus pressante, qui la serrait audacieusement, jusqu'au point de contact. La boule de feu les consumait jusqu'à la fin du morceau, puis les lumières se rallumaient et Corinne se dirigeait dignement vers sa table, guidée par la main légère de son cavalier posée sur son coude. Beaucoup d'yeux la suivaient, car elle était une Coles, et donc, dans ce petit cercle, au-dessus de tout soupçon.

Clark venait bientôt la chercher, et ils rentraient chez eux plongés dans leurs propres pensées. Ils entendaient tous les deux d'autres voix, mais ils étaient incapables de se tendre la main pour alléger le poids de leur obsession commune.

Liz était une personne réaliste qui acceptait la vérité sur les infidélités de ses parents, mais pas Shelby. « Qu'est-ce qui t'autorise à croire que maman n'est pas au courant ? Une femme comprend mieux son mari que des filles confiantes. Jusqu'à l'été dernier, je ne me doutais pas que papa partageait ses vacances entre maman et Rachel depuis l'époque où nous avons découvert qu'on s'amusait mieux avec les garçons qu'avec notre père, et que nous pouvions passer de bons étés sans que papa nous consacre un mois entier. Mais je n'ai jamais cru à la légende des deux semaines de pêche avec une bande de chirurgiens blancs. Je m'imaginais qu'il prenait son pied en allant avec ces types dans des endroits où il ne peut pas aller avec des gens de couleur. En réalité, il était avec Rachel, et ça me semble beaucoup moins absurde. Quant au fait que Laurie calmerait sa libido, je n'y crois pas une seconde, et je te parie qu'il n'attend qu'une chose :

que maman en finisse avec ce mariage pour se tirer quelque part avec Rachel. »

Shelby se redressa dans son lit en faisant la grimace. « Écoute, Liz, je suis peut-être complètement idiote. Je suis peut-être aveugle, mais tu veux que je te dise une chose ? » Les yeux plissés, elle brandit un doigt menaçant comme un couteau. « Je pense que voir le mal partout, se moquer des gens, soulever les tapis pour chercher la petite bête, c'est aussi de l'aveuglement. Tu m'écoutes ? Tu as regardé autour de nous, à New York ou ici ? » Shelby balaya un arc de cercle de son bras tendu. « Je ne connais pas beaucoup de gosses qui aient eu d'aussi bons parents que nous. Je regarde papa et maman, et je vois deux êtres humains, aimants, tendres, soucieux de notre bien-être depuis le jour de notre naissance. Avons-nous jamais eu faim ? Avons-nous jamais manqué de quoi que ce soit ? Papa et maman sont peut-être allés chercher ailleurs ce qu'ils ne pouvaient se donner l'un à l'autre, mais en quoi cela nous regarde-t-il ? » Les yeux clairs de Shelby lançaient des éclairs et ses cheveux blonds emmêlés, ces cheveux dont la couleur avait été source d'un si gros chagrin quand elle était petite, s'enroulaient autour de sa tête comme un nœud de serpents.

Liz ricana et recula d'un pas. « Du calme, petite sœur, du calme. Ne t'imagine pas que je ne leur sois pas reconnaissante de tout ce qu'ils ont fait pour nous. Dieu sait qu'on a eu plus que notre part, et que ce n'est pas à la chance qu'on le doit. Avec notre couleur de peau, la vie n'est pas plus facile en 1953 qu'en 1853. Quand nous sortons la nouvelle voiture, ce sont les nôtres qui nous épient, bien plus que les Blancs. C'est plus simple de détester la réussite de ses semblables que l'inaccessible richesse des étrangers. Mais j'ai beau éprouver toute la reconnaissance que tu veux, du diable si je boufferai de cette soupe à la gratitude chaque satané jour de ma vie, et si je la laisse m'aveugler jusqu'à confondre le bien et le mal. Quand quelque chose est mal, c'est mal, et ce n'est pas un de ces délicieux dîners préparés par les domestiques de l'Oval qui y changera quoi que ce soit. »

Shelby plaqua ses deux mains sur le lit. « Non, Liz, tu ne comprends pas.

— Ça suffit ! » Liz interrompit brutalement Shelby d'un geste de la main. « Je veux bien que tu m'accuses d'ingratitude, mais tu vas m'écouter à ton tour. Avoue que pendant tout ce temps tu as regardé sans voir, tu as écouté sans entendre. Tu me bassines avec tout ce que les parents nous ont appris — tu as raison, d'ailleurs : le travail, la fierté, les bonnes manières, des bonnes manières pour toutes les heures de la journée... Mais ne peux-tu imaginer une seconde qu'il y ait aussi du négatif, sur cette balance ? Que par exemple il y ait un sérieux lien entre ce que tu as constaté chez papa et ton engouement pour Meade ? Moi, je sais que je me demande souvent comment je peux encore faire confiance à un Noir ; mais voilà, on dirait que le sexe et la méfiance sont tellement liés dans mon esprit que je suis incapable de les séparer. »

Shelby rejeta les draps et se leva d'un bond. Elle s'arrêta, l'air bouleversé, comme si elle allait répondre, puis elle changea d'avis et se dirigea vers la porte en haussant les épaules.

« Shelby, attends ! Je suis désolée. »

Shelby saisit fermement la poignée, le bras crispé par l'effort. Elle s'immobilisa le temps d'un battement de cœur et ouvrit brusquement le battant. L'air lourd et chaud du hall d'entrée s'engouffra dans la chambre. Elle regarda sa sœur par-dessus son épaule. « Tu es si fière de tout ce que tu crois savoir, Liz. Tu ne sais pas tout, pourtant, et mon amour pour Meade, tu n'y comprends rien du tout. Quant à ta méfiance vis-à-vis des Noirs, c'est ton problème, pas le mien. »

Liz retourna les paumes en un geste de supplication. « Tu ne m'as pas comprise, Shelby !

— Oh, que si ! jeta Shelby, et ses paroles étaient tranchantes comme le fil du rasoir. Comment oses-tu, la veille de mon mariage, insinuer que je tourne le dos à ma race ? »

Sa voix se brisa et elle s'enfuit en courant, en claquant la porte derrière elle.

8

Au moment où se refermait la porte de la chambre de Shelby, Clark Coles posait son pied nu sur la plage de Oak Bluffs, et commençait sa promenade matinale jusqu'en ville. L'embarcadère des ferrys était derrière lui et on n'apercevait qu'un bateau éloigné, amenant sa cargaison quotidienne de touristes de Cape Cod. Clark arrondit les épaules pour se protéger de la froide bise océane et retroussa un peu plus haut la jambe gauche de son pantalon. Il appréciait énormément ses promenades, qui, ces derniers temps, représentaient sa seule occasion d'échapper au tohu-bohu du mariage. Il s'arrêta près d'un mince mât blanc qui gîtait dangereusement, le redressa à deux mains puis, du pied, combla le trou dans le sable pour que le mât pût tenir droit. Ces drôles de poteaux délimitaient sur la plage des frontières précises. Corinne retrouvait toujours ses amis au douzième, Shelby et sa bande de copains se réunissaient autour du dix-neuvième, et les jeunes couples étalaient leurs serviettes plus loin encore.

Shelby et Meade changeraient sans doute de place, l'été prochain ; s'ils venaient sur l'île, évidemment.

Clark secoua la tête. Meade n'était pas le mari qu'il aurait choisi pour sa fille mais, vu la femme qu'il avait lui-même épousée, il ne pouvait guère se targuer de faire autorité en la matière. Il observa un bout de bois flotté noueux et le contourna. Au moins, elle avait l'air heureux. Clark était-il heureux, la veille de son mariage avec Corinne ? Il ne s'en souvenait vraiment pas. Il mit les mains dans ses poches et se frotta les doigts. Ce n'était pas une bonne question, songea-t-il. Les jeunes gens d'aujourd'hui semblaient se marier sur un coup de tête — Ce soir tu me plais, demain on verra bien — sans se soucier des considérations pratiques si essentielles du temps de Clark. Sa fille avait choisi Meade pour des raisons si différentes de celles qui les avaient poussés à s'unir, Corinne et lui, que le même mot de mariage semblait impropre à décrire les deux démarches ; il manquait de l'élasticité nécessaire pour s'étirer d'un pôle à l'autre.

Clark secoua de nouveau la tête. Tout était allé si vite. En compagnie d'un groupe de médecins ayant étudié dans le Nord et assez jeunes pour être encore altruistes, il avait accepté de donner un cycle de cours sur les récents progrès de la médecine à l'université présidée par le père de Corinne, Hannibal, et dont Corinne était la reine.

Clark n'avait jamais rencontré la moindre difficulté pour être admis parmi l'élite de son milieu social : issu d'une famille de médecins diplômés de Harvard, il avait les bonnes références. Ses deux frères aînés, généralistes prospères, exerçaient au cœur de Harlem à Striver's Row[1] (on appelait ainsi cette rue à cause de sa population, constituée de jeunes professionnels aux

1. L'allée des Ambitieux.

dents longues et de leurs jolies femmes), et il n'attendait que la première occasion de faire ses preuves. En passe d'être reconnu comme un brillant diagnosticien, il fut le premier de la famille à ouvrir un cabinet dans un immeuble de médecins blancs, grâce à l'appui d'un de ses ex-condisciples de la faculté de médecine de Harvard. Les médecins les plus réputés admiraient ses compétences et les malades, enclins à faire l'impasse sur sa race plutôt qu'à se priver de ses talents, se pressaient à sa consultation. Ceux qui ignoraient qu'il avait du sang noir ne s'en formalisaient pas en l'apprenant. Ils se disaient, selon la bonne habitude des Blancs, que Clark constituait une exception, une bête curieuse, un accident de la nature qui ne se reproduirait certainement pas au sein de sa génération. Que savaient-ils des Noirs, de leurs gènes ou de leurs qualités ? Ils ne leur reconnaissaient qu'un don pour la cuisine.

Les frères de Clark avaient épousé de séduisantes jeunes filles de bonne famille qui leur avaient donné des fils clairement destinés à Harvard, comme le prouvaient les petits insignes écarlates cousus sur leurs minuscules vêtements. Clark souhaitait faire un plus beau mariage que ses frères, et avoir au moins un fils de plus qu'eux à envoyer à Harvard. Ses deux aînés étaient mariés à des femmes du Nord, mais Clark avait sur la question une théorie, au demeurant très partagée : le Sud produisait des femmes de couleur sans pareilles. La chasse commençait en général à Washington, où l'on attribuait le charme et la beauté de ces femmes incomparables à de généreuses perfusions de sang de sénateur, des hommes d'ordinaire assez vilains et antipathiques, mais qui se débrouillaient, grâce à leurs maîtresses noires, pour fabriquer des enfants et petits-enfants d'une qualité exceptionnelle. Ainsi naquit et perdura, dans la bonne société noire, la légende de l'incontestable supériorité des femmes de Washington.

Clark et Corinne semblaient faits l'un pour l'autre. Elle était la fille d'un président d'université, il ne pouvait espérer se marier à meilleur niveau. Pourtant, ils ne se regardèrent même pas. Clark avait jeté son dévolu sur Sabina, une camarade de classe de Corinne, et voulait l'épouser. Il n'avait jamais pris le temps de penser à l'amour, et jusqu'à sa rencontre avec Sabina il ignorait tout de ce sentiment aveugle aux préjugés de couleurs, de races, de classes sociales ou de religions, ainsi qu'à mille autres critères étrangers à la passion amoureuse mais inhérents au mariage.

Dix jours bénis durant, Sabina et lui passèrent tout leur temps libre ensemble, et sa douceur le séduisait davantage à chacune de leurs rencontres. Il ne se posa jamais la question de sa couleur, sauf pour l'admirer ; quant à son statut de boursière, qui impliquait un milieu social modeste, il ne lui donna qu'une envie : lui offrir tout ce dont elle avait manqué auparavant. Il était sûr qu'elle était la femme de sa vie, et presque aussi certain qu'il l'épouserait. Il la demanderait en mariage avant de retourner à New York, au moment le plus opportun, et, entre-temps, il ne lui restait qu'à prier pour qu'elle acceptât.

Comment se serait-il douté que dans son dos l'on complotait pour détourner ce visiteur de marque de l'humble boursière et l'apparier à quelqu'un de plus approprié ? Et, plus appropriée que Corinne, ça n'existait pas. En ce qui concernait tous les détails importants, éducation, famille, ces données en béton qui relativisent, ô combien, le simple sentiment amoureux, elle était son égale. Toutes les maîtresses de maison de bon lignage avaient à cœur d'organiser une réception en l'honneur des médecins invités. Et Sabina était exclue de ce tourbillon de mondanités. Elle n'était invitée nulle part. Elle ne se révolta pas, elle ne cria pas à l'injustice délibérée : il n'y aurait d'ailleurs eu aucune raison de le faire : on ne la conviait pas parce qu'on ne la connaissait pas, voilà tout ; une étudiante anonyme parmi tant d'autres. La question ne se posait même pas.

En tant que médecin censé représenter sa classe sociale, l'éducation et la culture de son milieu, Clark n'avait aucune raison valable de se soustraire à la célèbre hospitalité d'une communauté apparemment animée du seul désir de faire plaisir. Dans le même esprit de générosité, on avait présenté aux jeunes médecins la fine fleur des débutantes de l'année. Il était inévitable, il était prévu que Clark sortît Corinne de ce chapeau, car, aux yeux de tous sauf aux leurs, c'était le ciel qui présidait à leur union.

Gram n'en doutait pas non plus, mais elle pensait qu'il était sage que l'homme aidât le ciel à accomplir ses desseins. Corinne passait ses derniers examens en juin et Gram n'aurait bientôt plus le prétexte de ses études pour la retenir à la maison. Corinne entrerait dans la plénitude de ses vingt et un ans pendant le brûlant été du Sud, qui faisait autrement bouillir le sang que les saisons tempérées du Nord. A plus de soixante-dix ans, Gram n'avait plus la force de veiller. Elle décida paisiblement de marier sa petite-fille à ce médecin bien élevé et clair de peau avant qu'elle n'eût l'occasion de s'égarer dans les profondeurs d'un obscur sous-bois avec un Noir qui n'essaierait même pas de l'empêcher de glisser sur la pente fatale. Dans le long, l'ensorcelant été du Sud, les tendres jeunes filles qui ne bénéficiaient pas d'une intervention miraculeuse couraient le risque de porter l'enfant de plus d'un père. Qu'elle s'installât donc dans le Nord, où l'ambition prenait le pas sur les autres passions et où les hommes préféraient les sortilèges de la réussite aux délices de l'amour, car ils considéraient cette déesse aux mains d'or et aux si précieux rejetons comme plus fertile que la femme la plus féconde.

Gram adapta son plan d'action au caractère de Corinne. Jamais elle ne disserta sur les bienfaits du mariage. En vérité, sa propre expérience avec Augustus, bien limitée, et le sinistre voyage au nirvana de Josephine ne l'incitaient pas à considérer le mariage comme l'union de deux cœurs aimants et généreux. Du temps où Corinne jouait à la poupée, Gram s'était interdit de songer au jour où la jeune fille prendrait conscience de son état de femme, et revendiquerait l'homme comme son complément naturel. Gram avait dormi seule dans son lit, et Josephine aussi. Hannibal, toujours plongé dans les problèmes des autres, n'avait guère pris le temps de songer à l'avenir de sa famille ; mais Gram, elle, y veillait : elle avait beau savoir que Corinne ne se marierait jamais avec un Blanc, elle ne pouvait s'empêcher d'entretenir le fol espoir qu'elle n'épouserait pas non plus un homme de couleur. Lorsque Corinne se transforma en une pulpeuse adolescente, et qu'elle se mit à consacrer tous ses soins fiévreux aux garçons et aux vêtements, Gram constata qu'Hannibal était trop occupé pour s'en apercevoir. Quand il levait le nez de ses livres, la seule image qu'il voyait était celle de Miss Caroline, évoquée par la vieille femme fatiguée qu'était devenue Gram. Elle comprenait que la passion inassouvie, chez Hannibal, chez Josephine et chez elle, dont la vie amoureuse avait été brève et frustrante — avec un homme trop mélancolique pour donner du bonheur à une femme —, toute cette passion gaspillée en pure perte coulait aujourd'hui dans le sang de la jeune femme et attendait impatiemment son heure.

A la prime adolescence de Corinne, cet âge où bien qu'enfant soi-même on peut enfanter, Gram, élue contre son gré douairière du cercle des mères de famille, avait été obligée de jouer au chien de garde. Jamais elle n'autorisa Corinne à se faire chaperonner par des domestiques, trop susceptibles, à son avis, de céder à la cajolerie ou à la corruption pour ne pas la laisser leur filer entre les doigts. Elle avait, à son corps défendant, poussé Corinne à recevoir ; ainsi pouvait-elle, d'une pièce voisine, la surveiller du coin de l'œil et la ramener d'une main ferme sous les lustres du salon lorsqu'elle s'aventurait dans des coins sombres avec un jeune Noir excité (mais que ses éventuelles responsabilités n'exciteraient plus du tout) et haletant sur ses talons. Ainsi Corinne se préserva-t-elle sans tache jusqu'à son mariage avec Clark. Elle le devait pour beaucoup à l'inlassable vigilance de Gram qui avait nourri chez elle la sainte terreur de se trouver enceinte d'un enfant noir.

Corinne se montrait vertueuse, mais tout dans sa démarche, dans sa voix, dans ses yeux, était promesse à demi avouée du plaisir à venir. Une femme idéale, qui avait beaucoup à donner mais ne s'était pas risquée à dilapider le capital qu'on lui avait appris dès l'enfance à conserver intact pour son futur mari. Elle serait le plus bel ornement de son foyer et le comblerait au lit sans que les réminiscences d'un passé honteux vinssent jamais ternir ce bonheur.

Corinne rongeait son frein en attendant que le mariage la libérât de sa cage d'ignorance et lui ouvrît la boîte de Pandore. Alors s'épanouirait sa face cachée, celle de la sombre dévoreuse, de la primitive dissimulée sous la peau claire.

Gram n'aurait jamais pu imaginer l'appétit du monstre tapi dans les entrailles de Corinne, ni les formes diverses qu'il prendrait. Son expérience des jeunes filles trop impatientes se limitait à une ex-condisciple éplorée, chassée du campus avant que la rondeur de son ventre ne jetât ouvertement l'opprobre sur toute l'école. Elle en avait déduit que certaines filles doivent se marier jeunes pour éviter le risque de se retrouver filles-mères. Lorsque la question du sexe lui trottait dans la tête, elle n'envisageait qu'une manière de résoudre le problème : le lit conjugal. Grâce à sa détermination, Gram avait préservé la vertu de Corinne ; elle allait en faire preuve une fois encore pour emprisonner Clark dans ses filets. Une nouvelle génération de couleur naîtrait du sang de Gram, mais de par sa volonté ; mieux valait que ce sang coulât dans les veines d'enfants à la peau claire, issus d'une union bénie par Dieu, que de le voir virer à l'encre sur le visage du rejeton foncé d'un diable noir et luxurieux.

Rien n'aurait pu convenir mieux aux projets de Gram que le point d'orgue du frénétique tourbillon social qui emporta Clark. Une hôtesse particulièrement enthousiaste et inventive infligea à ses invités captifs tous les ingénieux tourments que l'on peut imaginer en une nuit entière, jusqu'aux œufs brouillés du petit matin. Lorsque Clark raccompagna chez elle une Corinne manifestement fatiguée qui ne cherchait pas à dissimuler que Clark la fatiguait lui aussi, Gram subodora immédiatement qu'il ne s'était rien passé, rien de mal, bien entendu, mais rien de bon non plus. Il n'émanait d'eux aucun éclat, ni l'aura de deux amoureux. Les pieds douloureux d'avoir trop dansé, il leur manquait la grâce ; leurs têtes, lourdes de sommeil, se moquaient bien de toucher les étoiles.

Gram se débarrassa de Corinne en l'expédiant dans le bureau d'Hannibal pour qu'il vît que sa fille unique était rentrée au bercail sans que l'on eût, en aucune manière, attenté à sa précieuse personne. Hannibal n'avait d'ailleurs pas un instant envisagé de telles extrémités : il avait passé une bonne nuit, et ignorait que le lit virginal de sa fille fût resté vide cette nuit-là. Lorsque Corinne pénétra dans son domaine, il prenait son petit déjeuner, un livre d'histoire ouvert sur les genoux. Il l'écouta distraitement et la complimenta pour sa jolie robe sans s'étonner de l'incongruité d'une telle tenue à une heure aussi matinale. La voix de Corinne résonnait à ses oreilles comme l'écho d'une lointaine escarmouche à celles d'une sentinelle, et les mots imprimés se superposaient à son image et la brouillaient.

Restée seule avec Clark, Gram lui désigna une chaise et ils s'installèrent tous les deux dans l'entrée, le dos bien droit. Gram pour soulager son pauvre corps moulu, Clark pour ne pas s'endormir, bercé par le silence qui succédait au vacarme de cette longue nuit. Ils se regardaient, chacun sur une rive, et le pont qui les séparait s'abaissa pour leur livrer passage au moment où Gram autorisa Clark à s'asseoir en sa présence. Le jeune médecin ne perçut pas la signification de cette transgression, mais Gram ne manqua pas de remarquer sa soumission sans condition.

Scrutant Clark d'un regard perçant, Gram se défendit de succomber à la fatigue tant qu'elle n'aurait pas réglé l'avenir de Corinne.

Clark s'arma de tout son courage pour affronter la semonce. La vieille dame avait certainement additionné deux plus deux et commis une erreur banale dans ce genre de cas. Effectivement, certains jasaient sur lui et Corinne, ignorant, ou oubliant, que le hasard seul les avait rapprochés. La duègne avait sans doute entendu colporter ces ragots, amplifiés par les intermédiaires. Et comme Clark n'avait manifesté aucune intention honorable, n'avait pas demandé à être reçu par le père de Corinne, ni évoqué la possibilité de présenter la jeune fille à sa famille, il comprenait fort bien qu'une grand-mère inquiète le prît, en tenue de soirée au petit matin, pour un loup imprudemment introduit dans la bergerie.

On voyait bien qu'elle ne connaissait pas sa petite-fille, songeait-il. Elle savait se tenir et ne s'était pas laissé extorquer la moindre privauté. Il reconnaissait ne pas s'être donné beaucoup de mal, mais ils étaient jeunes et la lune brillait. Pourtant ses lèvres avaient à peine répondu au baiser qu'il lui avait donné sur le pas de sa porte, et auquel elle s'attendait certainement. En fait, elle semblait avoir un faible pour les hommes à la peau foncée. Elle leur avait accordé la plupart de ses danses. Quant à lui, il pouvait s'estimer heureux d'avoir obtenu la première et la dernière. Il avouait volontiers qu'il n'était pas un bon danseur ; cette gesticulation lui semblait une exhibition de mauvais goût, comme de flirter en public. Mais Corinne ne pouvait pas s'attendre à passer sa vie à évoluer sur un parquet ciré. Ne savait-elle pas que la main d'un médecin valait bien les pieds d'un danseur ? Non qu'il eût envie qu'elle l'admirât. Non qu'il eût envie qu'elle s'intéressât sérieusement à lui. Mais il était vexé de ne pas lui avoir fait plus forte impression. Elle était assez jolie pour attirer l'attention de n'importe quel homme, et le mâle qui sommeillait en lui aurait trouvé un certain plaisir à se vanter auprès de ses amis d'avoir eu la fille d'un président d'université sur un simple claquement de doigts. Mais il y avait Sabina.

Sabina... Ce n'était pas gentil d'avoir exigé d'elle autant de concessions. Mais s'il l'aimait, c'était justement grâce à leur communion de pensée que ni le silence ni la séparation ne pouvaient altérer. Elle lui pardonnerait sans aucun doute son apparente défection. Lui qui avait tant abusé de sa patience n'avait qu'une hâte : obtenir un quitus ; être non seulement absous, mais innocenté.

Cependant, dans l'intérêt même de Sabina, il ne

pouvait pas s'en aller sans que cette vieille dame fût persuadée qu'il ne s'était rien passé d'irréparable, loin de là, entre lui et sa petite-fille. Clark n'avait pas de vues sur Corinne. Il s'agissait de trouver les mots pour la convaincre de son indifférence sans passer pour un mufle. L'exercice était difficile, mais indispensable pour qu'il pût sortir de leur vie, et disparaître de leur mémoire avant la fin de l'été.

« Jeune homme, attaqua Gram, êtes-vous amoureux de ma petite-fille ? »

Clark oublia instantanément les belles phrases qu'il avait préparées. Il rougit comme un collégien. « Mes sentiments ne comptent pas, répliqua-t-il vivement, une seule chose est sûre, c'est que votre petite-fille n'est pas amoureuse de moi.

— Comment le savez-vous, mon garçon ? Lui avez-vous posé la question ?

— Bien sûr que non, madame. Je n'aurais pas cette prétention.

— Absurde ! Je ne donnerais pas cher de l'avenir du monde si tous les jeunes gens étaient aussi timorés que vous. »

Piqué au vif, Clark s'emporta. « Je ne suis pas un gamin, madame. J'ai vingt-huit ans, et je suis médecin. Mais je suis un galant homme. Je respecte le droit de votre petite-fille à choisir elle-même celui qui lui convient.

— Et si c'était vous qu'elle choisissait ? »

Muet de stupéfaction, il se contenta de marmonner pitoyablement : « J'en serais très honoré. »

Gram se leva. « Je suis très fatiguée, jeune homme, et je vous prie de m'excuser. J'ai plus de soixante-dix ans. Je ne suis pas éternelle. Mon plus cher désir avant de mourir est de marier ma petite-fille, qui n'a plus de mère. » Elle essaya de se souvenir de son prénom. Carl, ou Clark, ça commençait par un C. Mais ça n'avait aucune importance, dieu merci. Lui aussi, on pouvait l'appeler docteur.

Clark sortit avec Corinne pendant deux semaines, puis il la demanda en mariage. Quinze jours plus tard la date était fixée, les invitations envoyées et la robe commandée. Toutes les conditions d'un événement mondain de première importance étaient réunies. Le mariage s'était déroulé sans la moindre anicroche.

Clark émergea de sa rêverie et consulta sa montre. L'heure tournait, et il avait des courses à faire pour Corinne. C'était du passé, tout cela. Il avait cinquante-deux ans. On ne peut exiger d'aucun homme qu'il assume une erreur pendant plus de vingt-cinq ans. Il rebroussa chemin, apaisé par la pensée réconfortante que, si tout se passait comme prévu, il aurait bientôt purgé son temps de pénitence...

9

Dans la vision oblique de Gram, l'enfant de Liz, Laurie, était la copie conforme d'Hannibal ; du point de vue biaisé de Liz, sa fille était la huitième merveille du monde ; mais, si l'on avait montré à un observateur impartial l'album de photos des ancêtres de Laurie, son œil se serait attardé sur le portrait d'un prédicateur, Preacher Coles, né en esclavage à l'époque où Gram venait au monde dans la peau d'une fille de propriétaires d'esclaves de noble extraction, un homme qui n'avait de sa vie entendu parler de Gram, mais qui avait néanmoins fondé la même famille qu'elle.

Preacher fut le premier des Coles à posséder le don de guérir. Il erra par sept comtés, en quête d'un endroit où se fixer. Il possédait pour tout bien la chemise qu'il portait et une bible qu'il était incapable de déchiffrer bien qu'il en tournât les pages en faisant semblant de lire, et qu'il prêchât avec vigueur.

Sa voix était incomparable, un violoncelle, une flûte, un coup de tonnerre. Le teint cuivré, une sauvage chevelure auburn et bouclée parsemée de mèches rouge vif, son plumage était à la hauteur de son ramage, un ange du Seigneur, une épée flamboyante. Pour offrir le ciel aux âmes égarées, il trouvait des mots plus évocateurs que toutes les images. Pas un pécheur qu'il ne pût sauver, pas une porte qui lui restât fermée, pas un cou de poulet qu'on ne tordît en son honneur, et pas une fille à marier dont on ne lui vantât les appas.

Il entendit l'appel à l'âge de vingt ans, alors qu'il travaillait aux champs. Il posa sa houe, saisit sa bible et commença sa longue marche en compagnie du Seigneur. Pendant tout le temps qu'il marcha, il chercha une terre d'abondance et une femme de constitution assez robuste pour mettre un enfant au monde sans mourir en couches. Il avait vu assez d'orphelins. Il avait vu assez de gens mourir. Il avait veillé ses parents, impuissant devant les fièvres qui les consumaient jusqu'aux os. Les herbes ne les avaient pas guéris. Rien ne les avait guéris. Il survécut, mais ses frères et sœurs, quatre canards boiteux, moururent avant de parler ou de marcher, avant même de savoir vraiment qu'ils étaient vivants. Preacher fut épargné, grâce peut-être à sa moitié de sang irlandais léguée par le maître de sa mère, un ivrogne qui l'avait dépucelée, un privilège qui lui revenait de droit divin en tant que propriétaire, avant de l'accoupler avec un de ses esclaves pour renouveler son cheptel humain, décimé par des fléaux récurrents. La procréation de Preacher lui tint lieu de patrimoine : assez de sang de Blanc pour immuniser son sang noir contre les maladies de Blancs qui avaient tué sa mère et son prétendu père, puis ses frères et sœurs, les uns après les autres, jusqu'à ce qu'il n'en restât plus un seul.

Après la mort de tous les membres de sa famille, il avait quitté la plantation sans que quiconque tentât de le retenir. Le Sud était en guerre et la faim coupait les ailes de l'armée. Un esclave en fuite, c'était une bouche de moins à nourrir. Preacher vécut au jour le jour, dormant là où le surprenait la tombée de la nuit, accomplissant de petites tâches contre la promesse d'un sou, s'achetant un sou de pain si la promesse était tenue et mendiant des couennes de lard aux portes des cuisines lorsque le besoin de viande le torturait trop. Avec un bâton, de l'adresse et des allumettes volées, il apprit à capturer des animaux sauvages. Il grandit et se loua comme journalier, pour couper du bois, ramasser le coton ou labourer la terre. Pour se nourrir, il attrapait des lapins avec son bâton, et pour dormir il s'enroulait dans leurs dépouilles. Ça lui suffisait.

Il survécut. Il ne succomba ni à la pellagre ni à la diphtérie qui ravageaient ces régions où il était de plus en plus difficile de se procurer de la nourriture. Quand il était souffrant, il se terrait comme un chien malade, jeûnant pendant deux ou trois jours, sans boire, rongé par la diarrhée ou la nausée, délirant parfois. Aucune main ne se tendit jamais pour l'aider, mais il revenait toujours à lui et trouvait un ruisseau où se rincer de ses souillures. Il buvait lentement, dans ses mains lavées et jointes, dégustant le liquide salvateur comme si c'était du vin. Le vin lui donnait la force de chercher du pain, et le pain et le vin lui restituaient son intégrité physique. Il avait la volonté de vivre. Dieu la lui avait donnée. Il avait tant écouté chanter et prier que Dieu l'avait marqué du doigt de la vie.

Il fut un jour engagé dans un petit presbytère misérable, dont le pasteur avait l'air d'un homme qui compte chaque sou. En guise de paie, Preacher demanda une bible. Le pasteur ne trouvait pas salutaire de donner des livres aux Nègres, mais c'était avantageux pour son porte-monnaie. Il conservait dans son grenier trois ou quatre vieilles bibles déchirées dont il ne pouvait plus se servir en chaire. Il lui en choisit une avec des images, qui, mieux qu'un long discours, prouverait à cet ex-esclave que Dieu et tous les gens possédant une âme étaient blancs.

Vers vingt ans, Preacher découvrit sa terre promise, et une femme à la robuste constitution qui en possédait une parcelle. Elle gagnait sa vie en blanchissant le linge d'autrui, mais sa terre était un ancien pâturage, enrichi par les excréments de mouton. Avec du courage et un dos solide, un homme pouvait la travailler. La femme la possédait légalement, sa mère la lui ayant transmise après l'avoir elle-même reçue par acte notarié du Vieux Monsieur qui s'acquittait ainsi par écrit d'une promesse faite avant son émancipation.

La femme était la fille du Vieux Monsieur, une fille de ses vieux jours, née lorsque les enfants qu'il avait conçus au sein du mariage étaient élevés, leur mère disparue et son chagrin envolé. Sa grande maison était bien vide, sans une seconde épouse, mais aucune des femmes de sa race qui s'y seraient volontiers installées ne lui plut autant que l'esclave qu'il acheta un jour, dont il tâta le bras pour éprouver ses muscles et qui, par sa douceur, le réduisit à son tour en esclavage.

Il ne dissimula pas son engouement. Il ne la chargea d'aucune tâche. Elle n'avait qu'à l'attendre dans sa case, dans le quartier des esclaves. Les hommes comprirent vite qu'ils n'avaient pas intérêt à lui tourner autour et les femmes l'évitèrent car elle ne manifestait aucune honte de son état, ni de l'enfant à la peau claire accroché à son sein. La guerre finie et les esclaves affranchis, le Vieux Monsieur put offrir à sa concubine un train de vie bien supérieur à celui auquel elle était habituée. Sa vie était en lambeaux et sa fortune en miettes, mais il lui fit construire une maison avant de songer à remettre la sienne en état pour son fils et légitime héritier.

La femme, la femme d'ébène, fut aussi heureuse que

si on l'installait dans la maison de ses rêves, car elle n'avait jamais rêvé d'un palais aux escaliers de marbre. Trois pièces, une pour dormir, avec un placard, que Dieu soit loué, et une commode ; une autre pour faire la cuisine, avec un four, un évier et une pompe pour remplir son seau autant de fois qu'on le plaçait sous le robinet. Contre le mur extérieur de la cuisine, il y avait un grand baquet rond dans lequel on pouvait, en se contorsionnant un peu, se laver tout entier. La troisième pièce était un salon, fait pour s'asseoir dans des fauteuils confortables devant une cheminée qui rendait supportables les rigueurs de l'hiver. Une cabane en bois odorant abritait les lieux d'aisances ; un sac de chaux et une pelle servaient à supprimer tout relent nauséabond.

Aucune voiture ne soulevait la poussière autour du petit paradis créé par le Vieux Monsieur. La paisible femme d'ébène aux traits finement ciselés d'une reine de médaille, tenant dans ses bras leur enfant noisette ravie de sucer les sucres d'orge qu'il lui apportait, aurait, pour tout homme normalement constitué, incarné la femme idéale. Pas de livres pour lui monter la tête, pas d'instruction pour discuter, aucune des revendications d'une épouse et de son enfant légitime : le Vieux Monsieur était enchanté, et elles aussi.

Mais un doigt vint agiter les eaux tranquilles de leur sérénité, et c'était le doigt de Dieu. Braqué sur elle, il suivait la femme d'ébène partout et son message était clair : elle devait se repentir. La femme d'ébène s'agenouilla et pria pour le salut de son âme. Elle sanglota la nuit durant. A l'aube, ses prières touchèrent le ciel et le doigt accusateur disparut. Elle se redressa enfin, en criant : « Je suis rachetée ! Par la grâce de Dieu, je suis rachetée. » De ce jour, elle ne pécha plus. De ce jour, ses cuisses ne s'ouvrirent plus.

Elle autorisa le Vieux Monsieur à devenir son pensionnaire. Une transaction un peu injuste, mais moins intolérable qu'un exil pur et simple. En se mettant à table ensemble, ils instaurèrent entre eux un rapport plus égalitaire que tous ceux qu'ils avaient connus au lit. Deux fois par jour, il venait prendre ses repas chez elle et elle le nourrissait si bien qu'après avoir mangé il avait surtout envie de dormir. Il s'assoupissait dans un fauteuil, les mains croisées sur sa panse satisfaite. S'il ouvrait les yeux, elle était là, vaquant sans se presser à ses occupations, chantonnant à voix basse, son pur visage flottant au-dessus de lui comme une sculpture d'ébène. Elle lui appartenait depuis l'âge de quinze ans. Elle lui avait donné un dernier enfant pour ses vieux jours. Elle l'avait aimé ; maintenant, elle le chérissait. L'un valait-il mieux que l'autre ? Sa douceur fortifiait le Vieux Monsieur. S'il tombait malade, elle le couchait dans son lit et veillait sur lui. La mère et sa fille noisette dormaient sur une couverture, devant le feu, et la main leste de la mère ramenait prestement l'enfant à la raison si elle se plaignait de la dureté du sol.

Le Vieux Monsieur vieillit, et sa bouche édentée se fatiguait à essayer de mâcher. Elle ne cuisina plus que des mets réduits en bouillie et, d'une main menaçante, dissuada une fois encore sa fille de faire la grimace devant son assiette. Comme le Vieux Monsieur ne s'occupait plus de ses vêtements, elle chargea sa fille noisette d'en prendre soin et ne lui manifesta pas la moindre indulgence avant qu'elle n'eût appris à bien les repasser. Le Vieux Monsieur avait plus de vêtements chez cette femme que chez lui, et il était plus propre en sortant de chez elle qu'en y entrant.

Il y eut une longue période de pluie et, à force d'aller et venir, le Vieux Monsieur attrapa un gros rhume qui lui tomba sur la poitrine. La femme d'ébène le mit au lit et se coucha par terre à côté de lui. Elle aurait eu plus chaud devant la cheminée, mais le Vieux Monsieur brûlait de fièvre : il ne cessait de se découvrir. Elle voulait être près de lui pour remonter les couvertures.

Il lui passa un rhume pire que celui dont elle l'avait guéri (dormir par terre aurait d'ailleurs suffi à lui en faire attraper un). Elle refusa de s'aliter, et la station debout eut raison de ses deux poumons d'un coup. Elle mourut en crachant du sang. Le Vieux Monsieur lui commanda un cercueil, et lui et la fille noisette, presque une femme, désormais, mirent deux pelles dans une voiture et l'emmenèrent jusqu'au lieu où les gens de couleur creusaient des trous pour enterrer leurs morts. Le Vieux Monsieur lut quelques lignes de la bible : « Implore-moi de ne pas te quitter, ni de cesser de te suivre ; où tu vas, j'irai ; où tu habites, j'habiterai ; ton peuple sera mon peuple, et ton Dieu mon Dieu ; où tu meurs je mourrai, et serai enterré. »

La fille noisette rentra chez elle pour faire le ménage et aérer, comme le faisait sa mère après une maladie ; elle lui rendait ainsi un dernier hommage. Mais le Vieux Monsieur n'avait aucun endroit où aller, ni dans la grande maison où l'attendait un vieux domestique aussi décrépit que lui, ni dans la petite maison, où plus rien ne serait jamais comme autrefois.

Il se coucha sur la tombe de sa femme d'ébène. Et personne ne broncha, car les gens de couleur ont appris à ne pas se mêler des affaires des Blancs. Il y resta trois jours et autant de nuits. Au matin du premier jour, une double pneumonie l'aurait déjà empêché de se lever s'il en avait eu l'intention. Mais, dès la deuxième nuit, il n'eut plus conscience de sa douleur. Le troisième jour, il sombra dans le coma et il mourut au cours de la troisième nuit.

Les gens de couleur allèrent trouver le Jeune Monsieur comme s'ils venaient juste de découvrir le Vieux

Monsieur, comme s'ils ne savaient pas comment il était arrivé là, ni ce qu'il faisait sur la tombe d'une Noire. Ils firent semblant de ne rien savoir car ils savaient que le fils du Vieux Monsieur ne voulait rien savoir non plus.

La fille noisette gagna son pain en lavant le linge. Au début, la démarche d'aller chez les Blancs frapper aux portes des cuisines pour quémander du travail l'intimida un peu. Pour convaincre de la qualité de son travail, elle montrait une chemise du Vieux Monsieur, bien pliée dans un panier, mais c'était surtout son apparence très soignée qui plaidait en sa faveur. En un rien de temps, elle obtint assez de travail pour s'assurer le train de vie auquel elle était habituée.

Sa mère et le Vieux Monsieur lui manquaient, mais elle n'avait jamais appris à se faire des amis. Elle acceptait la solitude qui l'accablait à la fin de la journée comme sa ration quotidienne de sang amer. Elle n'avait jamais joué avec un autre enfant et aucun souvenir de moments heureux ne la poussait vers les gens de son âge. Telle mère, telle fille, se disaient les jeunes gens de couleur, qui préféraient garder leurs distances pour ne pas courir le risque de se faire envoyer une giclée de plombs dans les fesses par un Blanc qui l'aurait vue en premier.

L'arrivée de Preacher fut une bénédiction. Ignorant tout de son histoire, il n'avait pas peur pour son postérieur. Il parcourait la ville, en quête d'un visage de couleur que le sien séduirait, lorsqu'il vit passer la femme noisette, grande et droite. Elle rentrait chez elle, son grand panier de linge ramassé chez les Blancs posé en équilibre sur la tête. Elle semblait si propre, si immaculée, elle sentait si bon le savon que Preacher prit plaisir à lui emboîter le pas. Aucun gamin ne se bousculait dans ses jupes, donc il lui demanda audacieusement si elle avait un mari qui l'attendait à la maison. Lorsqu'elle lui dit qu'elle vivait seule, il lui prit son panier, le coinça sous son bras et lui demanda si elle avait du bois à couper, ou quelques réparations à effectuer en échange d'un dîner et d'une nuit à l'abri.

Il exhiba sa bible, non pour faire semblant de savoir lire mais pour témoigner de sa bonne foi, et justifier ses requêtes. Il lui dit qu'il avait traversé sept comtés, en quête d'une terre qui prononcerait son nom. Il dit qu'ici la terre était douce. Qu'il se sentait dans les pieds une envie de s'attarder. Il lui demanda si elle connaissait une rivière d'eau claire, car le lendemain dimanche il voulait chanter les louanges du Seigneur pour que les hommes viennent soulager leurs souffrances, guérir leurs fièvres et panser leurs âmes meurtries en s'offrant au sacrement du baptême.

Ils approchaient de la maison, une vraie maison, faite de bonnes planches au lieu de bois vermoulu, le toit en pente pour que s'écoulent les eaux de pluie, une porte à fermer au nez des mulots, une terrasse surélevée qui n'était pas une simple marche d'escalier, et des carreaux aux fenêtres ornées de coquets rideaux pimpants comme des robes du dimanche.

Preacher entra sans hésitation, et en cet instant même jeta les fondements de la famille Coles. Ils formaient un couple étrange, un prédicateur autoproclamé et une blanchisseuse, l'un qui connaissait à peine son père, l'autre qui appelait le sien Monsieur. Ils étaient tous les deux illettrés et ignorants, ils n'avaient jamais mis leur intelligence à l'épreuve, mais la propreté de la femme inspira l'homme et la sainteté de l'homme inspira la femme. Il naquit entre eux un respect mutuel qui leur permit de se respecter personnellement.

La femme noisette n'avait pas de grange, elle autorisa donc Preacher à dormir devant la cheminée, et tant pis s'il pouvait sembler inconvenant que l'homme dormît par terre et la femme dans un lit. Au bout d'une semaine d'observation, Preacher saisit sa bible, posa la main de la femme dessus et sa propre main sur la sienne. Il pria tout haut, remettant leur âme aux bons soins de Dieu. Puis ils baissèrent la tête et prièrent ensemble. Lorsqu'ils relevèrent le front, ils étaient mari et femme.

Le moment venu, la femme noisette enfanta d'un fils, Isaac, qui survécut à une naissance difficile et grandit en bonne santé. Dès lors, Preacher ne l'approcha plus lorsqu'elle était féconde. Il savait qu'il aurait juste de quoi chérir un fils, le nourrir, le vêtir et l'instruire. La femme noisette ne protesta pas. Sa mère lui avait appris les conséquences de la désobéissance ou de la récrimination. En outre, la cuisine, le ménage, la lessive et le repassage, avec un bébé remuant entre les pattes, l'épuisaient assez pour que, la nuit venue, elle ne ressentît plus que de la fatigue. Dès qu'elle posait la tête sur l'oreiller, elle préférait le sommeil aux fantaisies amoureuses.

La terre portait récolte après récolte. Preacher proposait ses produits sur le marché, et vendait plus que les autres car sa voix hypnotisait les acheteurs. Pour la première fois de sa vie, il s'acheta une paire de chaussures neuves et découvrit avec ravissement que des chaussures à sa taille ne lui blessaient pas les orteils et ne sortaient pas du pied comme les souliers usés qu'on lui avait donnés de temps à autre. Pour se faire beau, il mettait les chemises du Vieux Monsieur. Bien que vieilles et plusieurs fois raccommodées, elles étaient d'un blanc dominical et convenaient à Preacher. Lorsqu'il se dressait au bord de la rivière, que le soleil faisait étinceler sa splendide chevelure et sa peau, le blanc des chemises offrait le plus saisissant des contrastes.

Lorsque vint l'hiver, et le moment de semer pour

le printemps, Preacher avait une idée fixe : il voulait une mule, il la voulait si ardemment qu'il avait parfois l'impression qu'elle tirait déjà sa charrue. Preacher entendit parler d'une mule têtue qui appartenait à un homme aussi obstiné qu'elle. Coups ou caresses, rien n'y faisait : elle ne bougeait pas. Preacher rendit visite à cet homme et, pendant qu'il tentait de le circonvenir avec d'habiles paroles, son œil tomba sur un verrat, une truie et une vache laitière. De l'autre, il scruta les alentours. Il y avait assez d'animaux pour en fumer et en sécher autant qu'on voulait, et qu'il en restât plus qu'assez pour la reproduction. Ce petit Blanc de rien pouvait se nourrir sur la bête jusqu'à la fin des temps sans jamais s'apercevoir qu'il lui manquait un verrat, ou une truie, ou une vache laitière.

La viande compensait les rigueurs de l'hiver. Lorsqu'il y avait de la viande, un homme, sa femme et son enfant entraient dans le printemps avec sur leurs os de la chair au lieu de peau plissée. Un jour, quand il était encore très jeune, Preacher avait vu un écureuil sortir d'hibernation. Jamais auparavant il n'avait vu chose vivante mourant aussi manifestement de faim. L'écureuil était trop pitoyable pour qu'on levât son bâton contre lui. Il avait l'air d'un centenaire. On lui voyait chaque côte, comme si on lui avait ôté la peau ; sa fourrure était aussi râpée qu'une couverture mangée aux mites et rien de plus hideux que son museau chétif, les traits tirés comme ceux d'un chat mort, ne se pouvait imaginer. L'écureuil imprévoyant n'avait pas stocké assez de viande de noisette pour passer l'hiver. Ou peut-être sa récolte avait-elle été trop mauvaise. Son misérable petit reste de vie ne tenait qu'à un fil : une semaine encore d'hibernation et il serait mort dans son nid avant l'arrivée du printemps salvateur.

Preacher avait un pain d'un sou dans sa poche. Il le lança à l'écureuil, et la pauvre bête ne s'enfuit même pas avec. Elle s'assit sur son arrière-train, comme un homme des bois, et tint le pain entre ses pattes comme si elle avait des mains humaines. Un morceau de pain sec ne lui lubrifierait pas les entrailles comme la chair et l'huile d'une poignée de noisettes, mais c'était mieux qu'un pas de plus vers la mort. Ce jour-là, Preacher se passa de pain. Sans ce morceau de pain, l'écureuil n'aurait sans doute pas vécu jusqu'au soir, et Preacher savait que lui vivrait encore le lendemain et pourrait gagner le sou d'un autre pain. On lui avait inculqué que Dieu ne bénissait pas le pain qu'on ne partageait pas avec un affamé, homme ou animal, ami ou étranger. Aux yeux de Dieu, offrir un petit pain exprimait la même générosité que donner un verrat, une truie et une vache laitière.

La femme noisette élevait quelques poules, comme toutes les femmes qui se respectent. Les poules étaient faciles à nourrir, et faciles à tuer. Une femme sans poules pondeuses ne pouvait pas faire de gâteau qui fondît dans la bouche, ni tordre le cou d'un poulet pour honorer le dimanche un invité-surprise. Mais le cochon, c'était à l'homme de le fournir s'il était digne de ce nom. Un cochon donnait de la viande tous les jours que le bon Dieu fait, pas seulement le dimanche pour en mettre plein la vue à la compagnie. Dans le cochon, tout était bon, tout se cuisinait, du fromage de tête aux pieds fumés, du jambon à l'échine, aux travers, au filet et aux lardons croustillants.

Preacher comprit tout d'un coup que, sans un couple de cochons pour engendrer de futurs couples de cochons, il ne surmonterait jamais son angoisse de l'hiver. Il plaida pour avoir le verrat, la truie et la vache laitière comme s'il était assez stupide pour croire que ce vieux bonhomme était Dieu le Père Blanc en personne, qui ne refuserait rien à un pauvre diable de Nègre méritant puisqu'il avait, pour sa part, eu la chance amplement suffisante de naître blanc. Avant de pouvoir échanger ses muscles d'acier contre les animaux qu'il convoitait, Preacher dut patienter tout un mois. Le vieux grippe-sou atermoyait : et si Preacher était un cinglé de Nègre qui le prenait pour un cinglé de Blanc tout disposé à s'arracher les poils du cul pour le premier Nègre venu assez cinglé pour le lui demander...

« Non, non, patron ! Jamais j'ai vu un cinglé de patron blanc. Jamais j'ai vu un Blanc cinglé, comment il aurait fait, un cinglé, pour être né blanc ? Nous autres Noirs, on a jamais su faire ça. Nous autres, on a tous la peau noire. Vous autres Blancs, vous passez tout vot' temps à penser, et nous autres Nègres, on roupille. Non, patron ! l'affaire est bonne, digne d'un monsieur à qui on vend pas une vessie pour une lanterne. Je suis un homme du bon Dieu, patron, comme ma femme et mon fils, qu'ira pas en prison si je peux le garder sur le droit chemin. Ce que je veux, patron, vous en avez tout plein, et il m'en faut, à moi, il m'en faut pour de vrai. C'est un bon dos, que je vous donne en échange. »

Le vieux radin réfléchit. Voyons. Cette saleté de mule risquait de bousiller quelqu'un un de ces jours, il valait mieux qu'elle tuât un Nègre qu'un Blanc. Il réfléchit encore : il avait plus de cochons qui fouillaient les bouses de ses vaches pour trouver du grain qu'il n'y avait de grains dans la bouse de ses vaches et il n'avait pas l'intention de construire un enclos séparé pour les retardataires qui laissaient les gros boulotter toute la pâtée dans l'auge. Le Nègre n'aurait qu'à prendre ses deux bestiaux les plus chétifs !

Quant à la vache laitière, il y en avait une si ombrageuse qu'elle excitait tout le troupeau au moindre bruit ; si susceptible qu'il fallait la traire comme si ses pis étaient en verre, en y mettant une patience d'ange.

Mais, capricieuse ou pas, quand elle ne renversait pas le seau elle donnait du bon lait, et valait bien la construction d'une nouvelle maison pour sa fille avant que celle-ci ne pondît un prochain moutard pour empoisonner ses nuits. Quand le dernier clou de cette maison serait planté, sur ses terres mais le plus loin possible de chez lui, le Nègre lui creuserait une cave pour enterrer ses biens les plus précieux, et les mettre à l'abri des mains fouineuses de son gendre, un bon à rien mis sur cette terre pour bouffer et fabriquer des marmots aux fesses mouillées.

Bâtir cette maison et creuser cette cave ne suffirent pas. Le grippe-sou fit effectuer à Preacher des travaux de bête de somme. Il gagna bien trois fois ses animaux. Mais ce n'était pas du temps perdu : il avait appris à se débrouiller tout seul dans une douzaine de métiers manuels. Ce savoir valait son prix de courbatures.

Pour se rendre chez le paysan, Preacher passait devant plusieurs fermes abandonnées, aux murs à demi écroulés. Toutes fenêtres et portes béantes, elles étaient ouvertes aux agressions annuelles des vents d'équinoxe. Au début, elles lui firent seulement peine à voir. Les saisons et les tempêtes finiraient par avoir raison d'elles. Mais, en apprenant à bâtir une maison, Preacher se prit à considérer ces structures vacillantes comme autant de longueurs de poutres, certaines pourries, d'autres assez solides pour être réutilisées.

Il se livra à de brèves excursions, avant et après son travail (il ne voulait pas prendre le risque de sonner trop tôt chez un Blanc, ni d'exhiber son visage noir devant une porte hurlante après la tombée de la nuit), pour retrouver la trace des propriétaires des fermes abandonnées. Les bribes d'information qu'il accumula lentement conduisaient à la banque, qui avait racheté presque toutes les terres disponibles. Se tenant respectueusement debout devant le président de la banque et ayant déduit de son visage distingué et de ses mains aux longs doigts fins qu'il avait affaire à un aristocrate du Sud à qui il était plus facile de formuler une requête qu'à un représentant de la racaille blanche, Preacher demanda à M. le Président la permission de finir de démolir ces bicoques qui risquaient de s'effondrer et de blesser un enfant assez imprudent pour s'en approcher de trop près. Il trierait le bois, et garderait le bon. Le rebut, il s'en débarrasserait puis il nettoierait si bien les alentours qu'il ne resterait plus un seul clou rouillé tout juste bon à tuer un enfant aux pieds nus.

Quand M. le Président lui demanda comment il s'y prendrait pour se débarrasser du rebut, Preacher sut lui répondre. Il y avait une vieille carriole dans l'une des fermes. Il arriverait bien à la réparer pour qu'elle effectuât les quelques voyages nécessaires. Son seul problème était qu'il ne savait où trouver un cheval pour la tirer. Il ne connaissait pas un seul Noir qui en possédât un. Comme le monde serait terrible pour les gens de couleur s'il n'y avait pas de gentils patrons blancs pour leur prêter la main quand ils ne savaient plus où donner de la tête ! Si M. le Président connaissait un brave homme qui le laisse conduire son cheval, il ferait n'importe quoi pour lui en échange.

M. le Président observa attentivement Preacher, comme pour décider si c'était du lard ou du cochon. Puis il répondit : « Il y a un cheval qui ne sert que rarement. Tu pourrais l'utiliser le reste du temps, à condition que tu acceptes de le mener lorsque nous en avons besoin. »

Preacher lui dit que c'était la meilleure proposition qu'on lui eût faite de sa vie et il ne cilla pas lorsque son interlocuteur lui apprit que le cheval et lui accompagneraient les défunts. Il avait besoin de ce cheval, alors qu'il n'avait aucun besoin d'avoir peur d'un Blanc mort, qui en avait fini avec la haine, et qui ne pouvait faire autant de mal à un Noir qu'un Blanc vivant et sa colère infernale.

Preacher comprit que le président de la banque possédait l'entreprise de pompes funèbres, les écuries de chevaux de louage, la scierie et une longue liste d'autres choses, dont il avait la garde au nom de la ville jusqu'au jour où d'autres hommes reprendraient espoir et les lui rachèteraient, peut-être pas en bon argent, mais au moins avec une certaine confiance en la survie du Sud.

Preacher était bien décidé à libérer pour toujours les Coles de l'alternative primitive « Lutter ou mourir ». Il voulait que son fils et les fils de son fils mangeassent avant d'avoir une faim de loup et que viande et pain en quantités suffisantes ne fussent pas leur seule aspiration. Avec le recul, il se dirait que conduire les morts avait été la plus facile des tâches qu'il eût accomplies durant cet hiver où il travailla sans relâche. Une sorte d'oasis, après sa dure journée de labeur. La longue promenade derrière le cheval au pas lourd le reposait, lui donnait du temps pour réfléchir, le soulageait d'un peu de sa fatigue. S'il s'endormait, et qu'il lui fallût rebrousser chemin sur un kilomètre ou deux, le mort attendait. Preacher l'enveloppait dans un drap, le hissait sur la carriole comme un sac de maïs et l'emmenait chez le menuisier qui prenait ses mesures pour fabriquer son cercueil. Ce n'était pas un travail régulier, mais il payait bien. Le croque-mort, ravi d'être déchargé de cette corvée, se montrait généreux.

Preacher savait déjà ce que signifiait vivre pauvre ; il apprenait, de première main, ce que c'était que de mourir pauvre. Les pauvres ne mouraient pas dans des maisons aux portes majestueuses ; ils ne songeaient pas à la mort lorsqu'ils les construisaient ; gagner de quoi vivre chichement suffisait à leur peine. Il n'y avait pas de salon, ni de lieu où faire la toilette du mort. Vu sa porte trop petite pour livrer passage au cercueil, et ses deux pièces où l'on avait à peine assez de place pour manger et dormir, et moins encore pour veiller le mort, le pauvre diable était entreposé chez le fabricant de cercueils. Les pompes funèbres l'y conservaient au frais jusqu'à ce que sa veuve eût réussi à emprunter assez d'argent pour lui acheter les vêtements neufs dont on le revêtirait pour l'enterrer. Lorsque le défunt était lavé, habillé et oint, qu'il avait meilleure allure, mort et paisible, que lorsqu'il était vivant et obsédé par l'idée de savoir comment nourrir ses enfants le lendemain, l'entrepreneur de pompes funèbres le plaçait dans une boîte. Il mettait la boîte dans un corbillard tiré par un cheval avec une plume écarlate et il l'emmenait jusque chez celui des siens qui avait une porte assez grande, une pièce où s'installer et des fauteuils où s'asseoir pour pleurer.

Preacher ne participait pas à ces veillées, n'assistait pas au service, ne suivait pas le défunt au cimetière où l'on jetait des fleurs dans sa tombe. En aurait-il eu l'occasion qu'il eût pourtant préféré sa partie, si calme, lui et le mort inconnu, seuls sur la route, ne s'imposant aucun bavardage stupide. Le seul bruit qui accompagnait la carriole était la voix de Preacher qui chantait *Swing Low, Sweet Chariot*, pas aussi fort que pour un pécheur vivant, mais doucement, pour une âme immortelle qui rentrait enfin chez elle.

Aux semailles, Preacher avait gagné ses bêtes et construit ses abris. Il ne lui restait qu'à acheminer son monde vers la terre d'abondance. Il commença par la mule têtue. Il parla à cette mule d'une voix d'or fondu, il s'avança vers cette mule assise, les paumes ouvertes, regarda cette mule comme un frère bien-aimé et mena la mule debout jusqu'à la charrue et la terre à labourer. Lorsqu'il revint chercher la vache laitière, elle se laissa passer la corde au cou sans résistance. La peur de ce voyage vers l'inconnu taraudait pourtant son flanc, et elle s'inclina le cœur lourd. Preacher chanta pour elle sur un rythme lent comme les sanglots d'une harpe.

Sometimes I feel like a motherless child,
Sometimes I feel like a motherless child,
Sometimes I feel like a motherless child,
A long way from ho-ome,
A long way from ho-ome.

Doucement, d'une voix hypnotique, il chanta cette plaintive ballade d'esclaves jusqu'à ce que cessât le gémissement craintif et que s'apaisât le tremblement de la vache sous sa main caressante. Quant aux pourceaux, Preacher ne pouvait pas les fourrer dans son sein comme un agneau ; il se procura donc deux branches de noyer et en fit un enclos mobile. En esquissant les pas fantaisistes d'un professeur de danse, il se débrouilla pour garder les pourceaux sous le V que formaient les branches.

C'était fini. Preacher contempla ce que l'hiver lui avait apporté et fut satisfait. Avec une mule pour l'aider, il ensemença deux fois plus de terre. Le banquier donna le cheval à Preacher. C'était la moindre des choses. En échange, Preacher ne put faire moins que d'accomplir son devoir lorsqu'une porte trop étroite privait la mort du respect auquel elle avait droit. La carriole des défunts était au fond de la grange, prête à remplir son office, et Preacher s'en construisit une autre, qu'il chargeait tous les matins pour aller au marché. Le lent cheval au chapeau décoré la tirait et Preacher marchait derrière en vantant sa marchandise à pleine voix dès qu'un visage se montrait à une fenêtre. Au marché, son éventaire était toujours entouré de nombreux clients satisfaits.

La truie eut une portée de pourceaux grassouillets, qu'elle ne piétina ni ne dévora mais lécha avec toute la fierté d'une mère jusqu'à ce qu'ils aient l'âge de s'engraisser tout seuls en vue d'une vie sans doute plus courte qu'ils ne devaient, au vu de leur insouciante gloutonnerie, l'espérer. A l'automne suivant, il y aurait assez de viande à conserver, et du jambon, de l'épaule et des tranches de lard à distribuer à ceux qui ne connaissaient du cochon que la graisse qui donne un peu de goût au riz, aux haricots et à la soupe de légumes.

L'année prochaine, Preacher aurait peut-être une autre vache laitière. Avec l'aide de Dieu. Possédant une mule, un cheval et une carriole à tirer, il pouvait louer leurs services et les siens à qui avait besoin de l'union de leurs forces. Un dollar par-ci par-là, entre le prêche et le travail de la terre, ça finissait par gonfler un bas de laine jusqu'à la taille d'une vache. Alors, il y aurait du lait pour les nouveau-nés de mères au sein stérile, pour les enfants en pleine croissance, qui grandiraient les jambes droites et non arquées, et pour les malades et les vieillards, qui le mélangeraient à l'eau sucrée dont se régalaient leurs bouches édentées.

Preacher aimait guérir, et il espérait que son fils aurait le don, lui aussi. Mais Preacher aurait préféré mourir plutôt que de voir son fils se contenter de son maigre don. Son fils guérirait, mais pas en imposant les mains (un talent que nul mortel ne devrait revendiquer), ni en murmurant des mots grotesques au-dessus d'une potion infernale : grâce aux connaissances qu'il acquerrait dans les écoles, les livres, et auprès d'hommes qui étaient de vrais médecins. A l'instar de Melisse — elle possédait un restaurant, mais ne souhaitait pas que son fils lui succédât en cuisine — qui poussa Hannibal à concrétiser les ambitions qu'elle avait secrètement caressées pour elle-même, Preacher rêvait du jour où un fils de sa chair dépasserait ses plus folles espérances. Avec une église qui justifiait le titre de révérend que lui donnaient ses ouailles, et même les Blancs le dimanche, avec un commerce rentable et une femme qui gagnait de l'argent, avec une maison si bien tenue qu'on aurait volontiers mangé par terre, Preacher aurait pu se dire que son fils serait en droit de se contenter de son sort. Mais, au contraire, Preacher se mit à épargner, ce qu'il pouvait quand il pouvait, en prévision du jour où il libérerait son fils de la prison de l'analphabétisme qui réduisait tant de bouches noires au silence.

Un fils de pasteur doit donner l'exemple. Il doit faire un long chemin pour que mûrissent les fruits de la bénédiction divine accordée à son père.

10

La femme de Preacher enfanta du fils qu'il désirait si ardemment ; ils le prénommèrent Isaac. Ce fut un bébé superbe, vif et intelligent, qui se développa remarquablement. Si un œil cosmique avait comparé l'œuvre de Melisse et celle de Preacher, il aurait sans doute accordé l'avantage à ce dernier. Isaac marcha à onze mois, vacillant mais déterminé, et parla peu après, acquérant chaque jour un peu plus de vocabulaire.

Il n'avait pas deux ans que la bible de Preacher, tel un aimant, l'arrachait à n'importe quel jeu. Lorsque son père faisait parler le livre, il l'écoutait bouche bée. Disponible, réceptif, il essaya à son tour, mais le livre refusait de lui mettre les mots à la bouche. Ils étaient trop gros : béatitude, révélation, sanctification, propitiation, expiation. La bible était destinée aux prédicateurs comme son père ; le livre lui parlait sitôt qu'il l'ouvrait, même s'il le tenait à l'envers. Il l'entendait toujours, même s'il était très loin. Au bord de la rivière, tandis que son père et lui remplissaient leur seau de poissons à frire, ou au plus profond des bois lorsqu'il suivait son père qui chassait un opossum pour le dîner, les mots s'approchaient sur les ailes du vent, en un si doux murmure que seul Preacher savait à quel moment tendre l'oreille. Alors, il répétait à son fils les mots que la bible lui soufflait, et les poissons bondissaient hors de l'eau pour mieux entendre, ou les arbres se penchaient, et lui, il essayait d'attraper les mots dans sa bouche, mais un seul de ces mots était déjà une trop grosse bouchée.

A l'âge de trois ans, il demanda un livre, un petit livre facile. De la main, il dessina dans l'air la taille du livre qui renfermerait des mots à la taille de son palais de petit garçon. Preacher lui acheta un manuel d'apprentissage de la lecture, non parce qu'il savait qu'il fallait commencer par là mais parce que c'était le seul de la taille qu'avait demandée l'enfant. Isaac aima ce livre comme s'il l'avait mis au monde. Il ne le perdait jamais de vue, comme s'il avait peur de rater le moment où il prononcerait son premier mot. S'il accompagnait sa mère lorsqu'elle livrait son linge, il l'emportait. Souvent un des prétentieux rejetons de la famille fondait sur lui pendant qu'il attendait que sa mère fût payée pour son travail et ramassât sa prochaine fournée de linge. L'enfant lui arrachait le livre et le faisait parler, il savait que ce c, ce h, ce a et ce t ensemble disaient chat, Isaac répétait une fois, et n'oubliait plus.

A quatre ans, il déchiffrait correctement tout le livre, d'une seule traite, en s'arrêtant de temps à autre pour respirer. Il avait appris à faire parler les livres. Bon, mais désormais la volonté d'acquérir plus de pouvoir encore dans un endroit qu'on appelait l'école le possédait. Impossible de le convaincre d'attendre d'avoir six ans. Il lui fallait aller voir ce que c'était qu'une école. C'était fait pour apprendre, il le savait, et ça suffisait à exciter son désir. Il affirma qu'il était capable de parcourir les 8 kilomètres aller et retour à pied, sans se perdre ni se fatiguer. Ce garçon, grand pour son âge, n'était pas un fils pendu aux basques de sa maman.

Preacher le prépara à une déception, mais il aurait pu s'épargner cette peine. Isaac ne savait pas l'alphabet dans l'ordre, de a à z, mais il connaissait toutes les lettres. Il ignorait le sens du mot compter mais il avait appris par cœur les numéros des pages de son livre. Ce livre, il pouvait le réciter du début à la fin. Une maîtresse d'école consciencieuse n'aurait pu refuser d'admettre cet esprit aux capacités d'une éponge... Elle se contenta de prier pour que sa mère lui eût appris à être propre, ou, pour le moins, à lever la main.

La petite école était privée, bien entendu. Les écoles dites publiques ne s'encombraient pas d'enfants de la race d'Isaac. Les institutrices étaient des femmes éduquées, mais pas des enseignantes de profession. Ces vieilles demoiselles du Nord, élevées dans la pure tradition de la Nouvelle-Angleterre, « noblesse oblige », étaient farouchement convaincues que l'homme a besoin non seulement de pain, mais aussi de livres. Pour soutenir la cause des gens de couleur du Sud, chère à leur cœur de fières abolitionnistes, elles, et d'autres personnes de leur genre et de mêmes opinions, avaient monté de petites écoles privées dans de nombreuses zones rurales. Ces femmes courageuses dynamisèrent le problème de l'éducation publique en donnant de l'instruction à des enfants qui auraient un jour à s'exprimer au nom de leur race avec compétence et dignité. La somme symbolique nouée dans un coin du mouchoir d'Isaac et épinglée à sa chemise pour plus de sécurité ne suffisait pas à couvrir les frais de sa scolarité. Elle servait à le valoriser, à lui imposer l'obligation de travailler en échange du coût de son éducation, à l'inciter à plus encore d'assiduité s'il voulait en avoir pour son argent.

Dans cette petite école, Isaac s'épanouit. Il récolta les fruits de son acharnement à l'étude durant sa dernière année de scolarité, sous la houlette d'une enseignante inflexible, Miss Amy Norton Norton — doublement bénie de ce nom révéré par un mariage entre cousins au troisième degré. Elle allait quitter le Sud à la fin de l'année, et désirait que ses élèves exprimassent tout leur potentiel. Isaac ne demandait qu'à prendre ce qu'elle avait à offrir. Il allait vers ses douze ans ; d'une maturité étonnante pour son âge, il était assez intelligent pour savoir ce qui était bon pour lui. Lorsque Miss Amy Norton Norton lui demanda s'il aimerait poursuivre ses études dans le Nord, il se mordit la langue dans sa précipitation à lui notifier son enthousiasme. Il allait apprendre ! il allait aussi quitter sa mère, mais au début il n'y pensa pas. Non qu'il n'aimât pas sa mère, mais il aimait mieux apprendre.

Preacher le conduisit à la gare. Sa mère resta à la maison, de peur de ne pas oser le laisser partir tout seul dans cette grosse et effrayante machine. Miss Amy Norton Norton monta en tête du train, dans un compartiment exclusivement blanc, et Preacher et Isaac attendirent le moment de se séparer devant les voitures réservées aux gens de couleur.

« Que Dieu nous garde, toi et moi, pendant cette absence », dit Preacher à voix basse. Puis il chanta ces mêmes paroles, sur le rythme doux et nostalgique de cloches carillonnantes. Le chef de gare cria « En voiture ! » du ton comminatoire des Blancs, mais ses mots étaient lourds de promesses. Isaac ramassa ses affaires et s'apprêta à monter dans le train, trop excité par son aventure pour ressentir le moindre pincement d'angoisse. Il avait beau être grand pour son âge, il lui restait un long chemin à parcourir avant de devenir adulte. Au dernier moment, Preacher posa la main sur l'épaule de son fils et la pressa fortement. Isaac conserverait toujours le souvenir de cette pression aimante.

Pour cacher ses larmes, Preacher chanta plus fort. « Que Dieu nous garde, toi et moi, durant cette absence. Je te bénis. Que Dieu te bénisse, lui aussi. » Isaac agita longtemps sa main par la fenêtre et Preacher suivit le train des yeux jusqu'à ce qu'il n'en vît plus la fumée.

Cette séparation était banale. Dans tout le Sud, de telles scènes de sacrifice se déroulaient régulièrement. On offrait au Nord les plus doués des enfants noirs, pour qu'ils donnent le meilleur d'eux-mêmes. La plupart d'entre eux resteraient en exil pendant toute leur vie. Un homme libéré ne retourne pas sous le joug, mais le Sud est fiché pour de bon au plus profond de son cœur. Les Noirs du Sud ne regrettaient ni la dureté des Blancs ni les masures de leurs pères, mais la splendeur généreuse des paysages leur manquait cruellement. Un enfant qui s'est réveillé tous les matins dans le Sud, qui est sorti en courant pour respirer ses odeurs enivrantes, parcourir ses forêts bruissantes, jouir de sa palette de couleurs, cet enfant, devenu un adulte, passe le restant de ses jours à faire semblant d'ignorer le mal du pays. Mieux vaut, bien sûr, choisir un autre lieu pour élever ses enfants et acquérir le respect de soi-même ; mais, pour la nostalgie, aucun souvenir n'est plus doux et déchirant que celui du Sud.

Preacher s'attarda sur le quai, triste, mais sans regret. Son fils lui avait donné beaucoup de joies. Il lui manquerait, donc il pleurait son absence, mais ses larmes exprimaient aussi la fierté et l'espoir. Il s'était enfin détourné des voies sans issue. Lui qui avait consacré une grande partie de sa vie à la guérison des âmes, il se séparait de son fils unique pour qu'un jour il apprît lui aussi à guérir, armé d'un nouveau savoir.

Lorsque le train fut arrivé à Washington, Miss Amy alla chercher Isaac et lui acheta un billet pour son wagon-salon. Il apporta son sac de provisions avec lui. Il avait gardé les meilleurs morceaux pour Miss Amy, qui était montée dans le train sans le moindre paquet semblant contenir de la nourriture. Miss Amy le remercia d'y avoir pensé, mais lui expliqua qu'ils mangeraient chaud, dans le wagon-restaurant. Sur le quai, elle donna le sac en papier maculé de graisse à un porteur ; sa délicatesse instinctive lui soufflait qu'un porteur noir préférerait cette offrande discrète au geste ostentatoire d'une Blanche installée dans son compartiment de luxe et lui concédant ses restes pour qu'il les offrît à une pauvre mère de couleur bousculée dans un wagon de troisième classe.

Miss Amy et son père traitèrent Isaac comme leur protégé. Dans leur maison de Chestnut Hill, il prenait ses repas avec eux et emprunta leurs bonnes manières, tout en rendant de menus services. Il dormait à l'étage des gens de couleur, de vieux domestiques jaloux de leurs prérogatives qui confiaient de si maigres tâches à Isaac que c'était un jeu d'enfant d'accomplir sa besogne, mais Miss Amy était heureuse qu'il se forgeât le caractère en ayant l'impression qu'il travaillait pour payer ses études.

Miss Amy inscrivit Isaac à l'école qu'avait fréquentée son frère, car elle était persuadée que les établissements publics lui pourriraient le cerveau. Bien que militante convaincue du droit des enfants de couleur à l'instruction gratuite, elle pensait que dans les établissements d'État de Boston, bourrés de fils d'immigrants irlandais, le niveau était tombé beaucoup trop bas pour la haute opinion qu'elle avait des possibilités d'Isaac.

A la fin du trimestre de printemps, Miss Amy et son père emmenèrent Isaac sur une île éloignée. Une aventure exaltante pour lui, qui ne connaissait des îles que ce qu'il avait lu dans les livres. Partir en vacances conféra à ce voyage le caractère d'une expérience toute nouvelle. Il avait entendu parler de voyages pour rendre visite à un ami malade, ou pour assister à un enterrement. Mais les vacances signifiaient qu'on allait quelque part pour le plaisir, et qu'on avait un endroit où habiter en arrivant. Et quel endroit ! Un labyrinthe de quatre étages, aux volets bleus sur des murs blancs, avec une grande terrasse. Qu'on laissât une aussi grande maison inoccupée pendant huit mois sur douze, voilà qui dépassait l'entendement du jeune garçon !

Dès le lendemain de leur arrivée dans l'île, ils prirent la voiture pour aller au port chercher le frère de Miss Amy accompagné de sa famille, qui venait comme chaque été passer ses vacances auprès de son père. Quelques années auparavant, il s'était installé en Californie, car sa sentimentalité ne s'accommodait pas de la sécheresse affichée en Nouvelle-Angleterre, ni son tempérament du puritanisme de la bonne société de Boston. Traverser le pays avec quatre enfants, les malles, une nurse, la femme de chambre et une épouse qui aurait préféré exhiber ses toilettes parisiennes dans un endroit plus à la mode n'avait rien d'une partie de plaisir, mais le père de Miss Amy était à l'âge où l'on modifie son testament sur un caprice.

Isaac avait une chambre pour lui tout seul, au dernier étage. Son rythme de vie était légèrement différent de celui des autres enfants, car Miss Amy tint à lui confier de petits travaux qui lui éviteraient de s'amollir le caractère en succombant à l'oisiveté estivale. Son frère était de nature plus laxiste, et Miss Amy regrettait de ne pas avoir la haute main sur sa progéniture. Mais Isaac mangeait avec les enfants, il apprit à nager en même temps qu'eux et se promena aussi souvent que possible en leur compagnie dans la petite carriole attelée d'un poney. Les neveux de Miss Amy savaient qu'il était noir, bien entendu, mais à cet âge on n'en tient pas compte. Sa peau cuivrée était à peine plus foncée que les leurs, brunies par le soleil ; on avait mieux veillé à ses bonnes manières qu'aux leurs et son accent ne se distinguerait bientôt plus de celui qu'il entendait à l'école ou à la pension.

Isaac adora l'île ; en 1880, on n'y percevait aucun signe avant-coureur du siècle à venir, de ses voitures, de ses réceptions mondaines, ni de la bourgeoisie noire aisée qui y prendrait ses quartiers d'été. Les chariots et les voitures à cheval soulignaient le charme de l'île sans en accélérer le rythme. On oubliait les manières citadines. L'innocence marchait pieds nus sur les chemins de terre. On se promenait en charrette à foin, on naviguait, on jouait au croquet, on buvait de la citronnade, on passait des jours entiers dans les bois pour cueillir des baies, on grillait des fruits de mer sur la plage, et la fanfare des pompiers offrait des sérénades aux nuits d'été. Où qu'allassent les enfants Norton, Isaac y allait aussi, et les enfants Norton, avec leur carriole, leur voilier, leur cabane dans les arbres, et les amis qu'ils invitaient à boire de la citronnade (sur la terrasse couverte quand il pleuvait) étaient de toutes les expéditions. Chaque lieu qu'ils ne fréquentaient pas s'en trouvait déserté.

Les préjugés que pouvaient nourrir certaines mères de la Nouvelle-Angleterre fondaient tôt ou tard devant le spectacle navrant de leur rejeton abandonné, trépignant dans la poussière devant leur porte car on lui avait interdit de suivre la joyeuse bande des enfants

Norton partie à l'aventure avec « un garçon dont les ancêtres se dévoraient les uns les autres ». Malheureusement, Isaac ne manifestait aucune tendance cannibale, et les enfants n'avaient aucune raison d'avoir peur de lui. Un petit garçon à la peau naturellement cuivrée, passant ses vacances au milieu d'un groupe d'enfants à la peau cuivrée par le soleil. Rien ne le différenciait des autres, sauf lorsqu'une mère exagérément circonspecte s'avisait de formuler la ridicule exigence « que le gosse à la peau vraiment foncée rentre chez lui ».

Jusqu'à l'âge de quatorze ans, Isaac participa à tout. L'hiver de cette année-là, le père de Miss Amy mourut, et l'été de cette année-là les Norton emmenèrent leurs enfants en Europe. Le père n'étant plus tenu, par cupidité, d'effectuer son pèlerinage annuel auprès de celui qui tenait les cordons de la bourse, la famille n'avait plus à passer ses vacances dans l'île. Le frère de Miss Amy avait gagné : les filatures familiales lui appartenaient désormais en totalité. Il en profita pour se faire nommer ambassadeur. Ayant rejoint le club des millionnaires, il désirait une chose hors de portée des gens simplement riches, qui ne le restaient que parce qu'ils n'entamaient jamais leur capital. Pour les millionnaires, qui peuvent tout s'offrir et ne s'en privent pas, un titre d'ambassadeur, qu'on n'avait pas à payer en bon argent mais qui impliquait une fastueuse prodigalité, représentait le nec plus ultra de la réussite.

Miss Amy héritait de quelques coupons à détacher et des demeures familiales, ni plus ni moins que ce à quoi elle s'attendait vu son statut de vieille fille. Elle aurait de quoi vivre confortablement dans les deux seuls endroits au monde où elle se sentît bien. Elle voulait le familier ; son frère voulait l'étranger. Il voulait plus, et il l'obtint. Mais à quelle aune mesure-t-on la satisfaction ?

Cet été-là, Miss Amy et Isaac prirent le bateau pour Martha's Vineyard comme à l'accoutumée. Mais la bruissante maison de vacances semblait bien vide, et peu accueillante. Ce n'était pas la seule chose qui eût changé, dans l'île. Sans les enfants Norton, leur carriole, leur voilier, vendus tous les deux car ni Miss Amy ni Isaac ne voyaient la moindre raison d'imposer leur charge à un garçon pauvre qui travaillait pour payer ses études, Isaac était dépourvu du lest qui lui avait permis de se maintenir à flot sur l'océan des protestations maternelles. Désormais, les mères de l'île menaçaient des pires châtiments, et de les priver de leurs précieux privilèges, les enfants assez lâches pour ne pas ignorer ouvertement Isaac. On n'avait pas le temps de mettre les formes. Il avait une tête de plus que l'été précédent, et sa voix avait perdu sa maladroite innocence. En un hiver, le chiot joueur avait pris la taille d'un loup au comportement imprévisible qui mettait en péril le monde inoffensif des enfants. L'instinct protecteur développé des mères leur dictait de garder leur progéniture à distance.

Elles vinrent à plusieurs rendre visite à Miss Amy. Une visite amicale, entre voisines, pour inaugurer la saison d'été, qui n'ouvrait jamais officiellement avant l'arrivée des Norton. Elles commencèrent par présenter leurs condoléances à Miss Amy, du ton compassé approprié. Puis, la bouche fendue d'un sourire de la taille d'une tranche de citrouille, elles la félicitèrent de la promotion de son frère à un poste aussi enviable. Puis elles burent du thé, à toutes petites gorgées. Aucune d'entre elles n'avait envie d'être la première à ouvrir les hostilités. Et les pierres dont elles s'étaient munies pour les jeter à Isaac pesaient de plus en plus lourd dans leurs mains.

Le silence, mal rempli par les bruits de déglutition, devenait embarrassant. Une femme se racla la gorge pour parler, mais le courage lui manqua. Une autre gorge se manifesta, mais le son qu'elle émit se transforma en toux. La gêne était palpable. Une femme, le visage rouge, ses tempes battantes lui donnant l'impression qu'elle était en train de se noyer dans une mer déchaînée, lança ses projectiles et remonta à la surface. Les autres l'imitèrent, méthodiquement, jusqu'à ce que toute la pile de pierres fût venue s'échouer sur le sable, portée par la marée. En se libérant des poids qui la lestaient, toute mère sauvait sa vie et surtout celle de ses filles, menacées d'un sort pire que la noyade, exposées au naufrage absolu de leur vie entière. Leur cause était juste, et elles pensèrent l'avoir exposée de façon argumentée puisque Miss Amy ne protesta pas.

Mais elles auraient dû savoir que Miss Amy ne se serait jamais abaissée à répondre à leurs insultes. Elle se taisait parce qu'elle se méfiait de leurs filles, alors qu'Isaac lui inspirait une confiance absolue. Lorsqu'on lui demanda si l'on pouvait considérer le sujet comme clos, elle répondit que oui. Mais personne ne lui demanda s'il l'était en fait. Il ne serait jamais ni clos, ni oublié, ni pardonné. Le souvenir des temps révolus et l'absence de ses neveux assombrissaient déjà l'été de Miss Amy. Ces femmes, de leurs bouches mauvaises, avaient habillé le seul enfant qui lui restait des oripeaux d'un monstre nuisible.

Miss Amy les raccompagna à la porte, sans manifester en aucune façon qu'elle ne les inviterait plus jamais à franchir le seuil de sa maison. Et qu'elle ne franchirait plus le leur. Le temps allait se charger de rendre inutile toute explication. Les mères balayèrent leur inquiétude en décidant que, si Miss Amy ne venait plus jamais prendre le thé chez elles, c'était par délicatesse, pour ne pas attrister l'assemblée par ses vêtements de deuil. Elles gardèrent le contact, en envoyant des gâteaux et des petites cartes de visite exprimant leurs vœux de bon rétablissement. Pourtant, personne ne leur avait laissé entendre que Miss Amy fût malade.

Isaac accepta son isolement avec un stoïcisme dû en partie à sa scolarité particulière, en partie à sa nature d'enfant de couleur. Il avait développé une vie intérieure plus tôt que d'autres (certaines personnes n'y arrivent d'ailleurs jamais). Il avait appris à ne prendre en compte que ses bonnes fortunes. La fin prématurée de ses illusions d'enfant eut d'ailleurs une compensation appréciable : le vendredi après-midi, Miss Amy l'autorisait à conduire son élégant phaéton. Il s'habitua vite à tenir les rênes du magnifique cheval bai. C'était un bonheur plus grand que de se promener dans une carriole tirée par un poney : on allait deux fois plus vite, et jusqu'en des lieux autrefois inaccessibles. Miss Amy ne l'ignorait pas. Elle s'asseyait à côté de lui, et le laissait mener l'attelage.

Une puissance surnaturelle regarda sans doute avec bienveillance ces deux chevaux trotter sur deux routes parallèles : Isaac, avec sa chère Miss Amy à son côté, et Hannibal, Gram assise derrière lui. Le fiacre loué par Melisse était peut-être moins stable que le phaéton de Miss Amy, et les souvenirs d'autrefois qu'égrenait Gram, et que recueillait pieusement Hannibal, empreints d'une tristesse que ne reflétaient pas les récits de Miss Amy, qui ne brodait pas sur son passé. Mais la mémoire suffit à tout magnifier. Miss Amy avait vécu une époque sans heurts, que la guerre n'avait pas déchirée. Son mode de vie mourrait de mort naturelle ; elle-même ne le verrait pas disparaître. Le mode de vie de Gram, lui, avait été interrompu en plein épanouissement. La fleur du Sud s'était décomposée dans le limon de l'esclavage, la racine n'avait pas nourri la tige, et la tige obscène avait brutalement éjaculé et s'était effondrée, piteuse, dans sa tombe de pétales fanés. Gram avait serré ces pétales entre les feuillets de sa mémoire avant que ne les emportât le vent de la guerre, qui emportait toutes choses.

Ainsi Isaac et Miss Amy allaient-ils côte à côte, l'obligé et la bienfaitrice, alors qu'Hannibal, le cocher de Miss Caroline, se tenait à sa place. Pourtant, sans lever le petit doigt sauf pour indiquer à Hannibal à quel endroit il devait servir le pique-nique, sans la moindre intention de consacrer un sou à son évolution, sans un mot d'encouragement, sans un conseil amical, Gram, à sa façon, rendit un aussi grand service à Hannibal que Miss Amy à Isaac. Isaac devint ce qu'avait prévu Miss Amy. Hannibal devint ce que Gram aurait à voir de ses yeux pour y croire.

De temps à autre, Miss Amy laissait Isaac aller à sa guise. Ces fois-là, il les menait très loin. Même s'il n'osait jamais interroger Miss Amy sur son avenir, et qu'elle n'abordât jamais le sujet, il avait la sensation qu'il ne reviendrait plus jamais sur cette perle de l'Atlantique. Et si cet été devait être celui du déchaînement de ses sens, ce fut l'île qui le cristallisa. Aucune femme ne dispenserait jamais à ses yeux autant de facettes que la mer qui l'entourait, autant d'émerveillements que ces paysages, plats ou escarpés, autant d'inaltérable beauté ni de paisible harmonie. Sa quête d'amour, qu'avaient enlaidie et bafouée les voisines de Miss Amy, ne se satisferait plus jamais d'objectifs moins élevés. Quand il serait en âge de se marier, il prendrait une femme et aspirerait à elle au plus secret des intimes replis de son corps, mais son esprit, étouffé sous la chape de puritanisme de la Nouvelle-Angleterre, nierait toujours l'existence de ses sens. Son rendez-vous amoureux avec l'île, en cet été de sa puberté, resterait l'une des rares aventures romantiques dont il se souviendrait avec émotion à la fin de sa vie, lorsque l'oubli tourmente le cours des jours et que seul l'inoubliable oriente le fil de la pensée.

A la fin du mois d'août, Isaac fit ses bagages pour rentrer à Boston. Cette fois, il emporta toutes ses affaires, alors qu'auparavant, comme les autres enfants, il laissait sur place quelques objets, de mystérieux talismans garants de leur retour dans l'île. L'époque des puérilités et des aspirations enfantines était révolue. L'été prochain, il aurait quinze ans, il serait assez vieux pour rester seul en ville, et assez grand, si sa croissance se poursuivait au même rythme, pour faire un travail d'homme et gagner le salaire correspondant. Il avait observé le manège des porteurs de la gare du Sud, des hommes d'un certain âge pour la plupart, le dos courbé sous leur fardeau, le visage transpirant sous leur casquette rouge, et qui trottaient sans arrêt sur leurs pieds plats et fatigués.

Du temps de la prospérité des chemins de fer, alors qu'on commençait à peine à rêver aux voitures particulières et à l'avion, les gens riches considéraient les wagons de luxe comme une annexe mobile de leur salon, et les Noirs qui les servaient à table, ou portaient leurs bagages, ramassaient de fastueux pourboires en échange de leur servilité calculée. Leurs salamalecs, leurs courbettes, n'avaient qu'une fin : celle qui justifie les moyens. Ils économisaient et envoyaient leurs fils à l'école. Ils économisaient et ouvraient un petit commerce. Leurs descendants dissimuleraient peut-être ces débuts peu reluisants, mais ce fut ainsi qu'émergèrent les classes moyennes noires. Dans la ville où avait été élevé Isaac, il ne passait qu'un train par jour. Personne n'en descendait jamais et les seuls passagers à y monter étaient quelques Noirs en haillons qui allaient vivre dans le Nord. Les casquettes rouges aux mains tendues étaient inutiles et inexistantes. A la gare du Sud, en revanche, un petit gars débrouillard pouvait en un été gagner de quoi se payer l'école l'hiver suivant. Et, si la servilité ne lui pesait pas trop lourd sur l'estomac, un homme assurait son avenir.

En dormant pour la dernière fois sur l'île, sa décision prise et rasséréné à l'idée que Miss Amy n'aurait plus à assumer sa présence problématique sur l'île, Isaac ne rêva pas d'une puérile revanche qui le verrait revenir triomphalement, médecin de réputation internationale, appelé auprès des présidents, des rois et des ambassadeurs, et assez riche pour posséder une calèche attelée de deux chevaux arabes où prendrait place Miss Amy pour traverser avec superbe la foule des voisins agenouillés, le suppliant de leur dispenser ses soins. Peut-être ouvrirait-il sa sacoche de médecin pour eux, peut-être pas. Il ne rêva pas de célébrité et de richesse. Même dans son subconscient, il ne révérait qu'un seul dieu, Esculape, et Esculape était un dieu jaloux, plus exigeant même que l'immortel Mammon, le Veau d'or.

La question de l'avenir d'Isaac ne s'était jamais posée : il serait médecin. Preacher en avait fait le vœu. Et du moment où, solide enfant de sexe masculin, il était sorti de l'utérus mutilé de sa mère, Isaac était l'otage de ce vœu. La bouche de Preacher charriait les perles du Christ et il transmit cette parole à Isaac, en même temps que l'incorruptible compassion qui jamais ne s'abaisserait jusqu'à choisir les malades en fonction du poids de leur porte-monnaie. Isaac, si jeune fût-il, prit la médecine comme son défi personnel. Il avait vu mourir les faibles et survivre les forts. Élevé dans le Sud, il avait fréquenté des enfants trop maladifs pour jouer, trop chétifs pour savoir que l'existence offrait d'autres joies que le simple fait d'être en vie. Sa destinée était toute tracée, et pas seulement à cause des convictions que Preacher lui avait inculquées dès son plus jeune âge. Un jour, durant son adolescence, il avait tenu dans sa main un oisillon tremblant et l'avait regardé s'envoler au plus haut du ciel, son aile cassée réparée et son tremblement apaisé, capable à nouveau, grâce à ses soins, d'assurer sa survie. Ainsi Isaac apprit-il le pouvoir de ses mains. Ainsi apprit-il également que l'intégrité physique est une condition de la réussite.

Isaac n'avait pas l'intention de s'enrichir. Envisager que ses descendants passeraient un jour leurs vacances sur l'île de Miss Amy, entourés d'amis qui leur ressemblaient, qu'ils habiteraient les mêmes maisons, se déplaceraient dans des voitures plus chères que les calèches, qu'ils boiraient à longs traits l'oisiveté de l'après-midi sur leur terrasse pendant qu'une femme de couleur serait penchée sur leurs fourneaux, sans éprouver la moindre réticence à servir ses semblables, cela dépassait ses rêves les plus absurdes. Lorsque Isaac commença ses études de médecine, on n'avait pas encore inventé les voitures, ni les cocktails, ni l'idée que des gens de couleur pussent prendre des vacances. Isaac croyait naturellement que ses descendants jouiraient d'un sort particulièrement enviable, mais la vision de la chair de sa chair dormant dans le lit de Miss Amy, et jetant au rebut certains de ses objets favoris parce qu'ils ne correspondaient pas à la qualité du nouvel ameublement de la maison, une telle vision l'aurait incité à se frotter les yeux, et à se pincer très fort pour se réveiller.

11

Paradoxe majeur de la vie d'Isaac, son aisance matérielle proviendrait davantage du vide sentimental de son mariage que de son propre, et incontestable, labeur.

Une bourse pour Harvard récompensa sa diligence. Il y fut traité en paria, ce qui ne l'étonna guère. Isaac ne désirait pas être aimé, il voulait être respecté. Et pour un homme de couleur, il n'y avait qu'une seule façon d'être respecté, à Harvard : obtenir de meilleures notes que ses condisciples. Il s'y employa. Isaac avait toujours su qu'il était le réceptacle d'espoirs qui dépassaient de beaucoup son propre sort. Un porte-drapeau, en quelque sorte, et il n'ignorait pas, comme bien d'autres avant lui, que beaucoup trop de gens se réjouiraient de son éventuel échec pour qu'il s'autorisât à se relâcher un seul instant.

Preacher et sa femme moururent trop tôt pour voir leur fils obtenir son diplôme de docteur en médecine, mais en cette occasion Isaac ressentit leur présence à ses côtés, comme le jour où il commença d'exercer à

New York. Il fut rapidement submergé : de nombreux médecins se bousculaient pour traiter les maux des riches, mais ils étaient rares à vouloir soigner ceux qui n'avaient pas les moyens de les payer. Il vivait dans la mansarde d'un bel immeuble en brique de Striver's Row, que lui louait un confrère compatissant. Ce même confrère le harcelait quotidiennement sur l'état pitoyable de sa vie amoureuse. Isaac ignorait-il qu'une épouse faisait partie de l'équipement d'un médecin, qu'un « médecin de famille » inspirait d'autant plus confiance qu'il en avait fondé une lui-même ?

Longtemps, Isaac écarta les conseils de son ami. L'idée de loger et de nourrir une femme ne l'avait jamais séduit et il avait appris à faire taire ses instincts primitifs. Vint enfin le jour où il se laissa convaincre par son ami de voler quelques heures pour dîner avec une jeune femme de sa connaissance, une gracieuse maîtresse d'école au teint clair, de famille irréprochable. Il l'épousa sans tarder car, pour un médecin débordé, le mariage offrait de nombreux avantages : un foyer où prendre ses repas sans avoir à attendre une table au restaurant, quelqu'un pour raccommoder ses chemises, organiser sa vie sociale et lui donner des fils qui perpétueraient sa lignée.

La maîtresse d'école, elle, avait fait un mariage d'amour, ou du moins lui avait-il semblé qu'une enseignante, la plus haute réussite professionnelle pour une femme de sa race et de son époque, ne pouvait que tomber amoureuse de ce médecin, symbole plus manifeste encore de l'ascension sociale de son peuple, bel homme à la peau claire et, de plus, issu de Harvard. Il était le mari idéal, et si les noces ne déchaînèrent pas le torrent de passion auquel elle s'attendait, il lui suffisait sans doute d'être patiente. Sa profession l'avait habituée à respecter un strict code de moralité. En tant que femme de médecin, on s'attendait qu'elle fût immunisée contre la tentation. Le mariage autorisait et favorisait les relations sexuelles, mais la liait à un seul partenaire, un homme à qui ses horaires de travail ne laissaient pour l'amour que quelques vagues et frustrants instants dans un lit rejoint trop tard et tôt déserté. Retenu au chevet en désordre d'une malade ravagée par la fièvre, hurlant dans son délire, les yeux brillants et la chair brûlante, il lui sacrifiait le lit et les ardeurs de la maîtresse d'école qui, elle, n'en mourrait pas.

Mais c'était une femme de principes, trop loyale envers son foyer et ses enfants pour autoriser l'insatisfaction de ses nuits à altérer le cours de ses jours. Déployant une infatigable énergie, elle protégea son esprit contre la souillure des pensées libidineuses, et son corps contre la tentation de céder aux avances des séducteurs de femmes mariées. Leur vie privée était creuse comme un roseau, elle le reconnaissait en son for intérieur, mais apparaître en public appuyée au bras de son mari médecin lui semblait préférable à une intimité amoureuse plus enrichissante. Rayonnante de la fierté d'être Mme Coles, la femme du docteur, sa frustration ne se voyait pas. Son tremblement était imperceptible. Comme elle n'offrait pas le spectacle d'une femme délaissée, elle n'avait pas le sentiment de l'être et elle jouissait de ses privilèges, autrement plus importants que les plaisirs dont une honnête femme ne parlait jamais.

Les enfants qu'elle avait donnés à Isaac grandissaient, nouaient des amitiés, se promenaient à bicyclette ; ils n'étaient plus accrochés à ses basques dès qu'elle rentrait chez elle. La jeune fille au pair qui s'occupait d'eux pendant que leur mère travaillait avait de plus en plus de temps libre, elle prit les travaux ménagers en charge pour que la femme du docteur puisse s'asseoir avec un livre en rentrant chez elle après une dure journée de labeur consacrée à faire entrer un peu de matière grise dans les cerveaux embrumés d'enfants du Sud. La maîtresse d'école avait l'impression d'être la cinquième roue du carrosse. On s'occupait de son intérieur, et ses enfants s'occupaient tout seuls. Son mari ne formulait que de rares requêtes, et sa petite bonne les satisfaisait aussitôt. On lui fermait au nez, un par un, les différents débouchés de la féminité qu'on lui avait appris à attendre du mariage.

Elle avait le choix entre s'apitoyer sur son sort ou s'en arranger. Elle s'en arrangea. Méthodiquement, elle modifia ses pulsions. Lentement, un pas en avant un pas en arrière, difficultueusement, ses gènes masculins se mirent à fonctionner et ils donnèrent un autre sens à sa vie : l'argent devint son critère de réussite.

Elle se mit à acheter des taudis, une pièce après l'autre, jusqu'à posséder toute une série d'immeubles délabrés. Pour la plupart, ils étaient saisis, et elle les acquit pour une bouchée de pain, parfois pour le seul prix des impôts impayés. Le coût des importants travaux à effectuer pour rendre ces lieux vivables excédait les moyens des propriétaires précédents, qui en avaient souvent hérité sans s'y intéresser car ils pensaient n'en tirer aucun profit avant des années. La maîtresse d'école, en revanche, en tira des bénéfices immédiats. Elle ne réhabilita pas ses immeubles. C'était inutile, puisqu'elle n'avait jamais un logement de libre. On était en guerre, et il y avait du travail pour tout le monde. Les Noirs déboulaient du Sud par grappes entières et on ne voulait d'eux dans aucun quartier agréable. D'ailleurs, ils ne cherchèrent pas à se loger de ce côté-là : ils se mirent en quête de lieux familiers, chaussées défoncées et maisons délabrées.

Tout ce qu'ils demandaient, c'était un toit à bon marché. La maîtresse d'école le leur procurait, avec en prime des toilettes dans l'immeuble et un robinet d'eau courante. Le cabinet de toilettes collectif était souvent bouché et inutilisable, mais ils s'en servaient tout de même car c'était un progrès par rapport à une cabane extérieure grouillant de mouches vertes. L'eau coulait peut-être brune des tuyaux rouillés, il fallait peut-être attendre pour la boire que la rouille se fût écoulée, mais, pour une vieille femme, mieux valait un robinet dans la maison que l'épuisante équipée jusqu'à la pompe avec son lourd seau. Les plafonds étaient en si mauvais état qu'il en tombait parfois des morceaux de plâtre, il fallait boucher les trous dans un plancher avec des chiffons pour empêcher les rats d'entrer, il manquait tant de tuiles que les locataires des derniers étages étaient obligés de disposer des bassines pour recueillir l'eau de pluie, mais tant pis. C'était toujours mieux que l'arbre des pendus.

Ils étaient au Nord. Révolue, la corde des lynchages. Disparues, les croix en flammes. Fini, de marcher dans le caniveau pour laisser le trottoir au premier Blanc venu. Plus de ces appellations familières, « Tata Mary » ou « Oncle Tom ». Terminé, de mourir par manque de médecin ; oubliés, les enfants ignares qui usaient leur dos dans les champs pendant que la cloche de l'école appelait les enfants des Blancs. Dans le Nord, un homme apprenait que lire et écrire ne faisaient de mal à personne, une femme s'habituait à désirer mieux que ce qu'elle avait. Ils avaient beau vivre près des lignes de chemin de fer, et respirer les épaisses et noires fumées du Nord, l'air qui remplissait leurs poumons était celui de la liberté. Ils résisteraient à toutes les épreuves. L'indescriptible beauté du Sud les hanterait pour toujours, cependant ; les vieux supplieraient qu'on les y ramenât afin d'y mourir et les jeunes, sitôt qu'ils accéderaient à un début de prospérité, souhaiteraient concilier les avantages des deux contrées.

La maîtresse d'école n'avait jamais d'appartement vacant. L'argent qui rentrait ne ressortait pas. S'il se produisait un accident mineur, une marche qui s'effondrait sous un locataire qui se tordait la cheville, elle faisait réparer la marche sans délai et présentait ses excuses. Elle ramassait les vêtements trop petits et les jouets d'enfants pour les redistribuer à Noël. Jamais elle n'expulsa un locataire momentanément gêné, elle lui prêtait plutôt un peu d'argent, à un taux bien inférieur à celui qu'aurait exigé un usurier, pour l'aider à refaire surface. Chaque mois, elle prenait le trolley pour aller à la banque, le portefeuille bourré de l'argent des loyers. Lorsqu'elle se présentait chez ses locataires pour son haïssable visite mensuelle, l'idée qu'Isaac était peut-être venu dans ce même appartement la veille l'ahurissait chaque fois. On lui ouvrait sûrement la porte plus volontiers qu'à elle, en considérant avec respect sa sacoche de médecin et les médicaments qu'elle contenait et en se tordant d'avance la bouche pour trouver une bonne excuse afin de ne pas lui payer sa visite. Ces gens vivaient le plus pauvrement du monde. La nourriture d'abord, le loyer ensuite, des chaussures pour les enfants si possible, mais le docteur venait quand on l'appelait.

Chaque nouvel afflux de gens du Sud enrichissait la maîtresse d'école, mais Isaac comptait sur la seule charité, une denrée sans aucune valeur marchande. Il travaillait jusqu'à l'extrême limite de ses forces pour sauver la vie d'émigrants durement confrontés à la liberté d'avoir faim, au froid qui engourdissait les membres des vieillards perclus, à l'humidité glaciale qui rongeait les poumons et remplissait les chambres mortuaires d'enfants fragiles couchés dans des cercueils bon marché, à la fumée de la ville qui s'infiltrait dans des bronches habituées au bon air et faisait affleurer le sang aux lèvres, aux épidémies galopantes qui n'épargnaient aucune maison, aux trottoirs qu'on ne pouvait, le printemps venu, ni labourer ni planter de légumes purgatifs pour soulager les ventres durs comme des pierres, constipés par l'alimentation malsaine de l'hiver.

Contre toute vraisemblance, et contrairement aux modestes espérances d'Isaac, la menaçante marée de la maladie et de la mort recula lentement sous ses soins. Jamais le sens de sa vie ne lui apparut plus clairement, jamais il ne se soucia moins de mourir. Tant qu'il pouvait sauver plus de vies que celle qui lui échappait en une déperdition régulière de sa force vitale, il était heureux... Car parmi ceux qu'il sauvait surgirait peut-être le grand homme, ou le père ou le grand-père du grand homme, de celui qui marquerait son époque et que l'Histoire marquerait de son sceau.

Sauvant ainsi des vies dans le ghetto, le médecin maintenait à un niveau constant le nombre de locataires aptes au travail de la maîtresse d'école. Les pauvres hères lui étaient humblement reconnaissants de leur fournir un toit sous lequel tomber malades. Ils devaient la vie au bon docteur, une dette qu'ils ne pourraient jamais rembourser, mais les loyers en retard se résorbaient petit à petit, à coups de dollars et de *cents*. En quelques années, la maîtresse d'école devint la femme la plus riche de tous les gens qu'elle connaissait. Et tous les gens qu'elle connaissait étaient disposés à l'aider à dépenser son argent. Elle n'essaya pas de se soustraire aux obligations qu'entraîne la fortune. Bien que peu concernée par les mondanités, elle se décida à recevoir pour afficher sa prospérité.

Les serveurs blancs des excellents traiteurs chez qui elle se fournissait fendaient la foule des invités en dissimulant à peine leur dédain. « Ça se boit comme de l'eau, disaient des langues analphabètes en lapant du champagne d'importation, et ça ne vous cogne pas aux tempes comme les coups de pied d'une mule jusqu'au lendemain matin. » La maîtresse d'école se lassa de dépenser son argent pour les gueules de bois d'autrui, mais ses réceptions animées, correspondant si peu à sa frugalité naturelle, étaient devenues une institution. Ses amis, pour qui elle éprouvait une réelle affection malgré son agacement devant leur goût prononcé pour les boissons fortes, se réjouissaient d'avance, comme des gosses, de voir arriver les grandes vacances dont elle profitait pour les régaler de sa célèbre, et unique, hospitalité.

Elle était bien consciente d'être la seule à avoir les moyens de donner une fête sans voler Pierre pour payer Paul. Mais elle ne tarda pas à trouver le moyen de continuer, avec plus d'enthousiasme encore, sans qu'il lui en coûtât un centime. Le dimanche, elle lisait les articles que les journaux locaux consacraient aux événements mondains, non qu'elle se souciât le moins du monde des faits et gestes des Blancs, mais parce qu'elle voulait se conformer à leurs normes car certains de ses invités étaient parfois employés par les gens du monde, et savaient comment on se comportait en société. Elle découvrit ainsi que, lorsqu'on donnait un bal de charité, il était parfaitement admis de faire payer un droit d'entrée, la coutume voulant que l'on déduisît les frais engagés des sommes encaissées et que l'on versât le reliquat à une quelconque bonne cause. Voilà qui lui convenait parfaitement. Entre les enfants à demi vêtus du ghetto où elle enseignait (ses propres fils étaient pensionnaires dans l'école privée où leur père avait fait ses études, en Nouvelle-Angleterre) et ses locataires, qui entretenaient une famille sur leur salaire de misère, elle n'avait que l'embarras du choix pour aligner une impressionnante liste de pauvres méritants. Perdre du temps aux préparatifs d'une réception lui avait paru ridicule, mais organiser une fête de charité était un noble objectif qui valait les efforts que l'on consentait.

Elle eut l'intelligence de se constituer un comité d'amis sympathiques. Bien qu'il lui incombât de payer les factures qu'il fallait régler d'avance, et d'acquitter les dettes au cas où les dépenses ne seraient pas entièrement couvertes par les recettes, elle sut persuader les membres de son comité du fait que leurs idées et leur enthousiasme étaient aussi importants que son carnet de chèques. Ils rivalisèrent d'efforts pour contacter le maximum de gens, tant des proches que de simples connaissances. Habile, la maîtresse d'école avait choisi des personnes dont la position sociale était enviable : ceux qui les connaissaient à peine avaient l'impression qu'ils avaient tout intérêt à les fréquenter davantage, et payaient très volontiers leur ticket d'entrée dans un milieu où on ne les aurait pas invités gratuitement. Avec le temps, ils en feraient partie, et siégeraient eux aussi dans des comités.

Le siècle étant trop jeune pour qu'on rêvât de se réunir dans une des grandes salles des hôtels pour Blancs, la maîtresse d'école loua pour son premier bal un lieu fréquenté par les Noirs. Elle et les membres de son comité, armés de courage, d'eau et de savon, transformèrent la lugubre salle en la décorant de fleurs et de cotillons et en l'éclairant de lumières tamisées. La soirée fut un triomphe, et fut reconnue comme l'événement le plus important de la courte histoire de la société new-yorkaise de couleur. S'y pressèrent tous ceux qui avaient un dollar à gaspiller, et une tenue appropriée. Les recettes dépassèrent toutes les espérances. Cet argent serait utile, ô combien ! Tant de bébés dormaient dans des tiroirs de commode ou dans des sacs, par terre, tant d'enfants n'avaient pas de chaussures, tant d'estropiés n'avaient pas de béquilles, tant d'adultes n'y voyaient presque plus parce qu'ils ne pouvaient pas s'acheter de lunettes ! Les besoins étaient si variés et si criants que la maîtresse d'école, lancée dans l'engrenage de la charité, ne savait plus où donner de la tête. Elle vit un vieillard mort, reposant dans une vieille chemise rapiécée — et Dieu sait qu'un défunt a le droit d'entrer dans sa dernière demeure revêtu d'une chemise blanche et neuve. Elle vit des personnes âgées, leurs os de l'épaisseur d'un fil, leurs ventres durcis et ballonnés par la faim, ne désirant plus qu'une pincée de tabac à priser. Ce n'était pas grand-chose, mais cela transformait radicalement les dernières heures d'un agonisant sur cette terre.

Le succès des bals ne se démentit pas. Le deuxième eut lieu pendant les vacances de Noël. Une ambitieuse, l'œil rivé sur le puissant comité pour ne pas manquer le premier siège qui se libérerait, s'autoproclama « marraine » du bal, un titre grâce auquel elle avait le droit d'épingler sur sa poitrine un carton portant son nom et sa qualité, et le privilège de payer sa place sur la piste de danse beaucoup plus cher que les dames dont le poitrail ne s'enorgueillissait d'aucun papillon. Son désir d'ascension sociale étant contagieux, d'autres ambitieuses suivirent son exemple et les bénéfices se multiplièrent comme le pain et les poissons de la parabole.

La superproduction du printemps, bénie par la douceur du ciel, accueillit des contingents venus de Boston et de Washington, les deux villes qui considéraient qu'elles formaient avec New York une sainte trinité où cette dernière occupait définitivement la troisième place. Boston se vantait de ne compter aucun esclave parmi ses ancêtres, et Washington se glorifiait d'une élite au teint clair, issue de députés et de sénateurs. New York ne pouvait prétendre à rien de tout cela.

Par le truchement, peut-être, du récit de domestiques à leurs patronnes, l'œuvre philanthropique de la maîtresse d'école attira l'attention d'une vénérable institution de charité blanche qui se heurtait à la résistance acharnée des nouveaux arrivants de couleur qu'elle essayait d'aider ; ces derniers refusaient toute marque d'intérêt de la part des Blancs, car ils craignaient qu'elle n'impliquât automatiquement la menace d'être renvoyés dans le Sud s'ils n'arrivaient pas à gagner leur vie dans le Nord. La maîtresse d'école fut invitée à une réunion du conseil d'administration de l'œuvre en question, et but une tasse de thé avec de respectables matrones en col montant et manches longues qui avaient organisé cette assemblée générale pour jauger son allure et son comportement. Si elle obtenait une honnête moyenne, on lui proposerait de siéger au conseil ; elle serait la première femme de couleur à jouir de cet honneur, confortant ainsi les membres du comité dans leur sentiment très chrétien d'une fraternité triée sur le volet.

Elle réussit l'examen, ce qui l'impressionna. C'était une première pour les Noirs, et l'Amérique avait déjà pris sa curieuse habitude d'établir et de conserver le registre de chacune des avancées de la communauté de couleur. Elle envoya au conseil une charmante lettre de remerciements, en s'efforçant de modérer son enthousiasme. Les termes en étaient si bien choisis qu'ils justifièrent le penchant naturel du conseil à attendre d'elle une excellence qui dépassait le niveau habituellement requis pour pénétrer en son sein.

Avant cette lettre, sa pitié pour les pauvres n'avait jamais empêché la maîtresse d'école de dormir. Lorsqu'elle prenait place sur une de leurs chaises branlantes (en espérant que nulle vermine ne viendrait grouiller sur son col) et qu'elle les regardait compter pièce par pièce l'argent du loyer, elle s'apitoyait sur leur sort s'il leur manquait quelques sous et leur en faisait crédit. Puis elle les oubliait et allait à la banque.

Elle avait lancé ses bals parce qu'elle avait découvert qu'on pouvait faire payer une entrée au nom de la charité. Les bénéfices avaient été versés aux miséreux du ghetto car les pauvres comme il faut ne vendaient leur fierté à aucun prix. Ceux du ghetto ne s'échinaient pas à dissimuler leur misère, ni à en cacher l'odeur âcre ; elle n'en savait guère plus sur eux.

Les travailleurs sociaux en savaient moins encore. Leurs efforts pour essayer de comprendre la vie au jour le jour des citadins les plus démunis s'étaient soldés par un échec complet. La maîtresse d'école, en revanche, ne pouvait pas se permettre d'échouer ; elle avait l'obligation morale de réussir. Un jury composé exclusivement de Blancs allait la juger, et ce jugement en influencerait d'autres, dans les différents domaines où des gens de couleur compétents espéraient se faire une place. Elle s'assit à son bureau pour esquisser les grandes lignes d'un plan d'action. Il lui fallait désormais considérer ses locataires sous un angle tout différent : celui d'un matériau humain propre à alimenter sa recherche. Un cahier neuf dans la poche, elle se lança sur le terrain, bien décidée à prendre des notes en toute objectivité. Elle ne s'identifiait en rien à la population du ghetto, pas plus qu'à leurs communs ancêtres africains.

Le premier jour, ce fut pétrie d'assurance qu'elle entra dans les ténèbres du désespoir. Elle s'assit sur une chaise suspecte et invita ses locataires à en faire autant. Jamais auparavant, qu'elle leur rendît visite dans le rôle de la propriétaire ou dans celui de la dame d'œuvres, ils ne s'étaient assis devant elle à moins d'être trop malades pour tenir debout. Dans les deux cas, ils se sentaient bien trop pauvres par rapport à elle pour se conduire poliment, et trop intimidés par sa prospérité pour lui proposer ne fût-ce qu'une tasse d'eau, humiliation accablante car, dans le pays d'où ils venaient, l'eau fraîche était la première chose qu'on apportait à quiconque, ami ou étranger, se présentait à votre porte et avait peut-être la gorge sèche.

La maîtresse d'école ne s'assit pas sur le rebord de sa chaise, elle s'installa confortablement et déboutonna son manteau pour mettre ses locataires à l'aise. Ses hôtes la transpercèrent d'un regard incrédule dont l'intensité la fit rougir. La tentation de lui offrir une tasse d'eau pour l'aider à se reprendre les effleura, mais ils y renoncèrent car ils la sentirent trop surexcitée pour se calmer. Elle était du genre à boire dans un verre, mais ils n'en possédaient pas. Une vieille tasse remplissait le même office dans les mains maladroites d'un bébé ou d'une grand-mère. Un verre, on risquait de le casser le jour même où on l'avait acheté, et de perdre ainsi les quelques centimes qu'on aurait pu consacrer à l'achat d'une miche de pain. Ils ne voyaient ni le portefeuille où elle serrait d'ordinaire l'argent des loyers ni la boîte contenant les sommes destinées à ses œuvres. Ils savaient donc qu'elle n'était venue ni pour recueillir ce qu'ils étaient obligés de donner ni pour donner ce qu'ils étaient obligés d'accepter ; elle allait prendre son temps, et réclamer d'eux plus que leur habituelle passivité.

La maîtresse d'école ouvrit son cahier et le tapota de la pointe de son crayon pour indiquer que ces deux objets étaient liés. Elle scruta les visages comme si elle se trouvait devant une classe de débutants et se résignait d'avance à les entendre bafouiller lamentablement pour exprimer les idées simplistes qui se formaient dans leurs cerveaux obtus. Elle commença par des questions faciles, en hochant la tête à chaque réponse pour les encourager. Elle prenait des notes, son crayon glissant royalement sur le papier. Elle écoutait leurs vies et inscrivait ce qu'elle entendait comme si cela valait la peine d'être transcrit. Leurs cœurs lourds commencèrent à s'agiter pour échapper aux entrailles du désespoir. Personne ne connaissait leurs tourments, personne sauf Jésus[1]. Et voilà qu'une consolatrice venait soulager leurs âmes meurtries de l'abominable fardeau de l'indifférence du monde.

Les mots se bousculaient, se piétinaient dans leur hâte à sortir de leurs bouches, plus vite qu'elle ne pouvait noter, plus vite qu'elle ne posait ses questions. Au début, on aurait cru entendre une langue étrangère, accent du Sud prononcé, anglais déformé, nourrie de références bibliques et étroitement entrelacée d'expressions empruntées à la mémoire d'une grand-mère qui se souvenait d'une grand-mère dont les chants lançaient vers le ciel les paroles de l'Afrique, aussi belles que les oiseaux de là-bas. Et leur mystérieux langage se mit à faire sens. Son oreille s'habitua au flux, apprit à distinguer mots et phrases. Elle comprenait, et pour comprendre il lui fallut oublier son propre système de défense. La solitude, ce lien entre les déshérités, fussent-ils sortis de la misère, jeta un pont entre sa quête et la leur. Elle écouta, longuement, du fond du cœur, et elle s'impliqua corps et âme.

Il était tard lorsqu'elle les quitta, malade d'épuisement. La fatigue lui retournait l'estomac comme une nausée. L'esprit d'une vigueur inébranlable mais la chair insensibilisée par la longue station assise, clouée sur une chaise, elle avait dépassé le stade de la douleur. Elle avait, à un moment, demandé de l'eau et bu à longs traits bienfaisants dans une tasse dont elle ne s'étonna que pour la trouver plus facile à tenir entre ses mains tremblantes qu'un verre glissant.

---

1. Célèbre negro-spiritual américain : *Nobody knows the trouble I've seen, nobody knew but Jesus.*

Combien d'hommes et de femmes s'entassèrent-ils dans la pénombre fétide de la petite pièce sans air car, à en croire la rumeur, une Oreille était venue ? Elle en perdit le compte. Nul ne voulait attendre le lendemain ou un autre jour. Ils voulaient tous leur part de l'espoir qu'elle dispensait, aujourd'hui même.

En arrivant chez elle, la maîtresse d'école avait faim. Mais lorsqu'elle s'attabla devant le repas que sa domestique maussade lui avait gardé au chaud, sa bouche s'emplit de poussière. Elle avait vu trop d'enfants rachitiques en une seule journée. Elle voulut remuer son thé, mais ses doigts ne pouvaient pas tenir la cuiller. Elle s'y prit à deux mains pour soulever la tasse jusqu'à ses lèvres, trop assoiffée pour attendre que le thé refroidît. Elle en but une longue gorgée et la vapeur lui embua les yeux, envahit ses narines. Le nez humide, elle se moucha. Ses yeux se remplirent de larmes, elle les tamponna. Dans sa poitrine, ça bouillonnait comme le lait dans une baratte. Elle haletait.

La tasse n'était pas plus facile à tenir que la cuiller. Elle la posa brusquement et le thé éclaboussa sa main tremblante et l'ébouillanta. Elle se demanda si ses entrailles avaient brûlé aussi, sans comprendre ce qui lui arrivait. Quelques instants plus tard, elle réalisa que ce qui grondait en elle était le torrent des larmes contenues. Les premières gouttes incendièrent ses joues puis elle pleura, elle pleura vraiment, en un acte de contrition auquel elle n'avait pas cédé depuis des années.

Elle se leva de table et monta au premier étage en s'accrochant à la balustrade. Derrière la porte fermée de sa chambre à coucher, elle se déshabilla et passa sa chemise de nuit sans se livrer à sa méticuleuse inspection habituelle pour se débarrasser de la vermine qu'elle aurait pu rapporter du ghetto. Assise sur le rebord de son lit, elle libéra ses cheveux et les natta.

La plupart des femmes n'en sont pas conscientes, et la maîtresse d'école ne faisait pas exception, mais la chevelure fait partie de leur système nerveux. Trop indifférente pour repousser la natte dans son dos, elle la laissa là où elle l'avait tressée, lui tombant sur la poitrine. La croix anglicane accrochée au mur, qu'elle regardait fixement, était aussi sobre et nue que la croix de la crucifixion. Dans la faible clarté dispensée par la lampe de chevet, on aurait dit qu'elle tenait en l'air par la seule grâce de la luminosité de son bois poli. Le prêtre de sa paroisse la lui avait offerte en gage de sa longue piété épiscopalienne. C'était elle qui se chargeait de fleurir l'autel, qui envoyait sa domestique donner un coup de main lors des dîners organisés par l'église, elle aussi qui avait offert un vitrail au nom de sa mère, dans l'espoir qu'il aiderait son âme baptiste à pénétrer du côté épiscopalien du paradis. Jamais elle ne déclinait un appel à sa générosité, à sa disponibilité. Elle servait l'Église chaque jour que le bon Dieu fait, non pour le seul salut de son âme mais aussi pour celui d'Isaac. En vérité, le salut de son mari la tracassait davantage que le sien.

Elle avait perdu le souvenir de la dernière fois où Isaac avait reçu le saint sacrement. Il n'avait jamais le temps de s'agenouiller devant l'autel de Dieu. Elle se demandait souvent si, comme bien des hommes, Isaac était un agnostique qui plaçait sa foi en la science ou si, comme bien des fils de pasteur, il se rebellait contre la discipline de la religion. Dieu sait qu'elle avait essayé d'avoir la foi pour deux. En tant qu'épouse, c'était son devoir de veiller sur l'âme de son mari. Mais ce soir, après la journée qu'elle avait passée, elle ne doutait plus que la foi d'Isaac fût plus fondamentale que la sienne. Dans sa bible, il était écrit : « Tu as la foi, et j'ai une œuvre à accomplir. Montre-moi ta foi sans ton œuvre, et je te montrerai ma foi par mon œuvre. » Isaac aurait-il pratiqué sa religion peu orthodoxe dans les ruelles des pauvres tandis qu'elle dispensait la sienne dans la munificence de son église ? La magnifique bâtisse était la première que les gens de couleur eussent possédée dans le pays, un vestige baroque vieux d'un siècle qui glorifiait la réussite de ses fondateurs. Les fidèles, fiers de leur acquisition et du prix qu'ils l'avaient payée (respectant ainsi la coutume new-yorkaise de se vanter quand d'autres se lamenteraient), s'étaient si lourdement endettés pour la faire construire qu'il ne leur était plus resté un sou à distribuer aux pauvres.

Seule de sa congrégation, la maîtresse d'école s'était attelée aux tâches les plus urgentes, et avait accompli son devoir avec une générosité indifférente et distante. La Bible, dans sa sagesse, disait : « J'ai beau parler avec les langues des hommes et des anges, si je n'ai pas de charité, je ne vaux que fer creux [...]. Même si j'ai [...] le savoir de toutes choses mais pas de charité, je ne suis rien [...]. Et même si je donne tous mes biens pour nourrir les pauvres [...] et que je n'aie pas de charité, ça ne prouve rien. Seule la charité est aimable [...], soutient toutes choses. » La charité signifiait l'implication. A travers ses larmes, la croix semblait irradier des épées d'étincelante lumière, comme des paroles adressées du centre de Dieu au centre de sa conscience. Pour la première fois de sa vie religieuse, elle ressentit un instant d'unité — Preacher aurait parlé de révélation — avec Dieu, un instant où l'esprit récompense la chair.

En passant devant sa chambre, Isaac entendit des sanglots. Dans le silence de la nuit, ils résonnaient comme un appel au secours. Il savait pourtant que sa femme ne pleurait pas pour être entendue. Son orgueil ne l'inclinait pas à l'apitoiement sur soi. Elle devait être malade ou malheureuse, et le remords le prit, car il ne se souvenait pas de la mine qu'elle avait ce matin, ni de la dernière fois qu'il avait vraiment pris la peine de la regarder. Il frappa à la porte. Les sanglots s'interrompirent aussi brutalement que si elle s'était tranché la gorge, car elle préférait qu'on la trouvât morte plutôt que d'être surprise à pleurer. Il frappa encore.

« Oui », dit-elle d'une voix qu'il ne reconnut pas. Conscient du fait que le mot ne constituait pas une invitation à entrer, il ouvrit pourtant la porte ; le professionnel avait pris le pas sur le mari qu'il n'était pas, et qui aurait volontiers battu en retraite devant ce chagrin intime. Il l'aperçut, assise sur son lit, les couvertures repliées, sa robe de chambre étalée sur la courtepointe. Cela faisait très longtemps qu'il n'était pas entré aussi tard dans cette pièce, sa délicatesse le retenant de la décevoir en venant l'entretenir de sujets sans aucun rapport avec le lit conjugal.

« Tu es malade ? » interrogea-t-il debout sur le pas de la porte, un peu gêné car il se sentait obligé d'expliquer les raisons de son intrusion avant qu'elle ne se méprît sur ses intentions. Elle balaya ses larmes d'un revers de main. « Tu es malade ? » répéta-t-il sans avancer d'un pas. Ses pieds entêtés refusaient de le conduire à l'intérieur de la chambre avant d'être certain que seuls étaient requis ses talents de médecin.

La gêne d'Isaac était si visible que la maîtresse d'école fit une grimace embarrassée, mortifiée qu'il eût peut-être pris ses larmes pour des appels amoureux.

« Je vais très bien, dit-elle d'une voix tremblante qui démentait ses propos. La journée a été dure, et je suis vannée. Ça va passer.

— Veux-tu m'en parler ? Cela t'aiderait peut-être ?

— Tu es trop épuisé pour m'écouter. Tu as l'air mort de fatigue. Va te coucher. Ce n'est pas grave.

— Respire profondément. » Elle obéit. « Bien... Encore une fois. » Il regardait sa poitrine se soulever et s'abaisser irrégulièrement... se soulever et s'abaisser... se soulever et s'abaisser... à une cadence hypnotisante qui lui nouait le sang autour des tempes.

Elle tendit les mains, pour lui montrer qu'elles ne tremblaient plus. Il crut qu'elle l'appelait et se réprimanda vertement de l'obliger à le supplier de venir plus près d'elle, un devoir qu'il aurait accompli sans y penser si elle était une femme du ghetto, en sueur, éperdue d'angoisse, couchée dans un lit dont on ne changeait les draps qu'une fois par an. De quelle tare souffrait-il pour s'arrêter net à la porte d'une maîtresse d'école ? Quel autre mâle faudrait-il sommer de rejoindre un lit sans maladie, une épouse irréprochable, une femelle libérée de ses entraves ? Qui d'autre que lui réfléchirait à deux fois ?

Il franchit le seuil d'un pas hésitant, et se cogna violemment l'orteil contre le chambranle. Il se mit à tanguer, à vaciller, moins à cause de la douleur qui lui vrillait le genou qu'en raison de la fatigue monumentale que sa jambe folle ne parvenait plus à maîtriser. Il se sentait ridicule, et il était certain de l'être. En une onde brûlante, la confusion le couvrit d'une marée de sueur aussi débilitante qu'un bain chaud. Il était anéanti, le tremblement de sa femme le contamina. Même un idiot trouvait son chemin jusqu'au lit d'une femme. Il fallait être un vrai crétin pour s'effondrer avant de l'atteindre. Modestement, il visa la chaise et s'y laissa tomber. Elle résista à son poids. La transpiration perla à son front tant il était soulagé d'avoir réussi ce miracle sans s'écrouler face contre terre.

« Sûrement pas, dit-il, penché en avant et prenant appui sur ses jambes croisées, quand tu pourras parler, je serai là pour t'écouter. Je ne pourrais pas dormir en te sachant malheureuse. Inutile de m'envoyer au lit. »

Elle le crut, et elle vit aussi sa souffrance. Il avait

fait du chemin, mais tout seul il n'avancerait pas davantage. Le poids écrasant de la croix qu'il portait avait ravagé ses forces. Elle comprit qu'elle avait eu tort de craindre qu'au vu de ses larmes et de sa tenue il se méprît sur ses intentions. Cet homme, un être humain avant d'être un mâle, un médecin qui servait un seul maître, et non une maîtresse, était habitué à veiller au chevet d'un lit baigné de larmes ; il avait reconnu le chagrin. Elle ne l'avait pas égaré.

Il lui sourit. Un sourire éblouissant, qui braquait un projecteur sur son visage et soulignait la splendeur de ses traits. Jamais elle ne l'avait trouvé aussi beau. Puis elle s'aperçut que jamais elle n'avait vu son visage aussi décharné, cette extrême maigreur révélant la perfection de son ossature aussi précisément que si on l'avait gravée au burin. Oubliée depuis l'enfance, une comptine lui traversa l'esprit : « La beauté, c'est la peau qui cache les os. La peau se flétrira, la laideur restera. » Sa mère la récitait parfois, dès que tournait le dos une amie trop jolie pour plaire aux femmes. Mais la beauté d'Isaac était inscrite dans la structure de son visage, et cette harmonie subsisterait jusqu'à ce que les convulsions de la terre dispersent ses os hors de leurs alvéoles.

Pourtant, cette chair perdue réduisait à néant toute la richesse qu'elle avait amassée. Malgré leur prospérité, il avait souvent oublié de manger son pain quotidien. Confronté comme il l'était à la faim du monde, un pain que l'on ne pouvait rompre en assez de miches pour nourrir la multitude lui aurait pesé sur l'estomac comme une pierre... Elle avait envie de lui dire qu'elle n'avait pas touché à son dîner ; que, comme lui, elle ne supportait plus de dresser son couvert sur un cercueil recouvert d'une nappe. Mais il lui fallait commencer par le commencement.

« Cette journée a été un véritable cauchemar. J'ai

assisté à la parade des âmes mortes. Mortes dans mes maisons. La vie s'est écoulée d'elles, en un flot intarissable. Mais d'autres montaient du Sud, qui revendiquaient leur parcelle de terre promise. Mes maisons étaient toujours pleines. Mes bénéfices se maintenaient. Ces taudis ont rapporté cent fois leur prix. Mais je ne savais pas que j'avais signé un contrat avec la mort. Je ne méritais pas d'être la femme d'un médecin. Je voulais profiter du statut, mais pas en payer le tribut de solitude. Tu vis pour maintenir en vie. Tu vis au nom d'un amour avec lequel le mien ne pouvait par rivaliser. Aujourd'hui, j'ai entendu ton amour, il pleurait dans une tombe. Aide-moi à trouver la foi qui soulèvera la pierre. Jésus, le Rédempteur, aide-moi. » Elle se mit à gémir, non de souffrance mais de passion, dans les transes d'une ancestrale conversion mystique, d'une reddition convulsive au Christ ; elle était libérée de la retenue épiscopalienne, et son âme nue la jeta à genoux, en prières, pour s'unir à Lui.

Il vit son extase. Il vit son intégrité physique, sa fraîcheur de femme en bonne santé, un spectacle plus rare à ses yeux qu'une perle dans l'océan. Il vit sa chemise de nuit, ornée de rubans et de dentelles, et il vit le lit ouvert, ce lit blanc et propre, qui exhortait un homme à bout de forces à boire au puits d'une femme irréprochable. Il ôta ses vêtements, les déchirant dans sa hâte, les laissant tomber à ses pieds en désordre, lacet cassé, boutons arrachés, haletant comme si toutes les vagues de la mer battaient à ses tempes frémissantes.

Dans sa transe extatique, la révélation s'imposa à elle : le Verbe devenait chair, le Christ venait à elle dans le corps d'un homme. Qu'il la touchât, et elle serait rachetée. Il la renversa sur le lit et se coucha près d'elle, sa bouche contre ses mamelons dorés, ses mains fouaillant en quête de tous les trésors. Puis il s'étendit sur elle, et sa jouissance jaillit comme jamais auparavant, pas même lors de leur première étreinte, pas même lorsque son jeune cœur lui permettait d'escalader le sommet du plaisir et de recommencer à volonté son ascension.

Lorsque ce fut fini, il se laissa rouler sur le lit en poussant un soupir d'épuisement profond comme le souffle du vent dans une bouteille vide. Il ne bougea plus ; on aurait cru qu'il ne respirait plus. Elle essaya de s'allonger sans le déranger, pour le laisser dormir ; pendant les quelques minutes qu'elle mit à tomber elle aussi dans un bienfaisant sommeil, elle réfléchit à la journée qu'elle avait vécue et aux bouleversements qu'elle avait apportés. Elle pensa à ses locataires, si démunis qu'il suffisait de bien peu pour transformer radicalement leur vie.

Ses immeubles deviendraient un lieu d'espoir et d'intégration : des appartements rénovés tout autour d'un centre social ouvert à tous, une clinique au rez-de-chaussée, une garderie d'enfants au premier étage, et des bureaux d'aide, de conseils et de placement. Chaque appartement aurait sa salle de bains, avec toilettes et baignoire. Elle ferait supprimer les cabinets collectifs de l'entrée, à l'air vicié, utilisés par six familles, et dont on laissait toujours la porte ouverte pour indiquer que les lieux étaient libres et à la disposition de tous, y compris des ivrognes de passage qui terrorisaient les petites filles à qui leurs mères interdisaient de pousser le verrou. Les caves seraient débarrassées de leurs déchets accumulés, de leurs nids à vermine. Les fondations pourries seraient consolidées. Les trous qui laissaient passer le vent glacial de l'hiver et les hordes de rats téméraires seraient colmatés. On installerait des fourneaux et des radiateurs pour remplacer les poêles à kérosène malsains qui dispensaient leurs épaisses fumées noires en échange d'une chaleur avare.

On arracherait les plâtres qui s'effritaient, et les peintures pelées, les planchers abîmés seraient refaits. On élargirait les marches des escaliers, pour que les vieux les gravissent plus facilement. On installerait l'électricité partout et, au lieu des lampes à gaz dont la chiche clarté détournait de l'étude les meilleures bonnes volontés, une lumière vive éclairerait les livres et les cahiers. Traîner dans les rues ne serait plus la seule occupation des enfants. Les cuisinières à gaz, en revanche, il faudrait les conserver, les gens y tenaient, car elles représentaient un immense progrès par rapport aux vieux poêles à charbon qui crachotaient de la suie par tous leurs trous.

Tant que ce serait possible, les loyers n'augmenteraient pas, et la hausse ne serait jamais supérieure à leurs moyens. Elle ne ferait pas de bénéfices. Réparations et améliorations se succéderaient... Avec le temps, d'autres propriétaires l'imiteraient peut-être, timidement ; alors d'autres locataires jouiraient peu à peu d'un meilleur niveau de vie et la honte serait effacée. Tel était, dans ses grandes lignes, le projet qu'elle allait soumettre au conseil — un centre social (si les administrateurs y consentaient, il porterait le nom de son mari), flanqué d'appartements rénovés pour les familles à faibles revenus. Le conseil gérerait et elle paierait, sans l'ombre d'un regret pour son ancien et peu glorieux statut de propriétaire.

Sur le moment, elle eut envie de réveiller Isaac, mais il dormait trop bien, d'un sommeil trop longtemps différé. Elle rangea soigneusement tous ces éléments dans le casier mémoire de son cerveau discipliné, où ils se maintiendraient à température constante jusqu'à son prochain rendez-vous avec le conseil d'administration. Elle soupira de satisfaction et s'endormit. La nuit replia ses voiles sur les deux corps fatigués, immobiles et absous.

Ce fut le froid qui l'éveilla. Un froid glacial, à nul autre pareil. Elle avait l'impression d'avoir dormi sur un bloc de glace. La nuit la plus froide dont elle se souvînt, à coup sûr. La température avait dû atteindre des records négatifs inconnus à ce jour. La ville devait être plongée dans la léthargie. Les sonneries des écoles ne retentiraient pas ce matin. Des oiseaux gelés devaient tomber des toits comme des mouches mortes. Pourtant, le soleil brillait joyeusement ; ses rayons l'aveuglèrent même un instant. Malgré son éclat, il ne dissipait pas les inamovibles masses d'air polaire venues de l'Arctique que n'avait pas prévues le bulletin météorologique. Elle était cependant heureuse qu'un ciel maussade n'ajoutât pas à la difficulté de la journée.

Puis quelque chose l'étonna. Elle n'aurait pas dû voir le ciel — les fenêtres auraient dû revêtir leur manteau de givre. Même si le soleil avait réussi à le dissoudre, les vitres seraient mouillées, fumantes, et non pas sèches et limpides. Le froid était-il à l'intérieur ? Aucun froid n'était plus perçant qu'un froid intérieur. La chaudière se serait-elle éteinte ? Cela ne s'était jamais produit, mais tout pouvait arriver un jour. L'employé chargé de son entretien s'était peut-être soûlé, oubliant de l'alimenter pour la nuit.

Elle se tourna en soupirant vers son cactus en fleur. Clark, son plus jeune fils, l'avait rapporté de l'école juste avant les vacances de Noël. La plante n'était pas morte, elle n'avait perdu aucun pétale, ses feuilles n'étaient pas racornies. En fait, elles se tendaient vers le soleil, comme pour s'y réconforter à une chaleur qu'elle ne sentait pas.

Un autre fait curieux la frappa : l'impression de

froid qu'elle éprouvait ne ressemblait à aucune autre qu'elle eût connue, qu'elle qu'eût été l'intensité du froid. Elle ne tremblait pas, ses dents ne s'entrechoquaient pas, son corps ne se raidissait pas, elle n'était pas recroquevillée dans une position fœtale comme pour chercher la chaleur de la matrice. Elle n'était pas engourdie. Cette sensation était indescriptible.

Pourtant ce froid incomparable, inhumain, envahissait peu à peu son corps entier. Ses pieds et ses jambes étaient plus glacés qu'elle ne l'aurait cru possible dans un corps en vie... un corps en vie... elle n'aurait pas plus froid si elle était norte... si elle était morte...

La terreur la submergea. Était-elle gravement malade ? Avait-elle eu une crise cardiaque pendant son sommeil ? Ne s'était-elle éveillée que pour se voir mourir ? Elle avait tant à faire, avant de mourir. Tant à faire. Dieu du ciel. « Isaac », appela-t-elle, mais il ne bougea pas et il n'y avait pas une minute à perdre. Elle se leva et marcha, une jambe puis l'autre, une jambe puis l'autre, pour rester en vie.

Le mouvement lui fit du bien. Elle respirait plus régulièrement, le froid refluait et ses pieds se réchauffèrent rapidement au contact du tapis épais. Les bruits de la ville qui s'éveillait ne semblaient retentir d'aucune protestation. Elle souffla sur la vitre, qui ne s'embua pas.

Sa panique s'apaisa. Elle n'était pas en train de mourir, pas plus qu'elle ne marchait sur la tête. Son cœur battait convenablement ; en fait, elle se sentait merveilleusement bien, comme il se doit après une nuit aussi gratifiante. Elle avait rêvé qu'elle avait froid, rêvé qu'elle appelait Isaac. Elle s'était levée en dormant, et c'était seulement maintenant qu'elle était bien réveillée.

Mais, en un éclair de lancinante lucidité, elle sut.

Elle était assez bien réveillée pour comprendre qu'elle n'avait rien rêvé du tout.

Elle retomba brusquement sur terre. Elle ne cria pas, ne s'évanouit pas, ne pleura pas. L'état irréversible de mort s'envisage peut-être plus sereinement que l'instant fugace où l'on assiste au départ. La mort n'est que le point final d'un processus. Elle se dirigea vers le lit, non pour vérifier le fait, mais pour l'affronter. Lorsqu'elle effleura la main raidie de son mari, elle recula dans un réflexe de sa chair apeurée. Elle savait, ou croyait savoir, que le froid qui l'avait jetée hors de son lit n'était pas dû au contact avec un élément extérieur : une cristallisation de froid, une clameur de froid avait sonné l'alarme sur la rive de son sixième sens. L'intensité de sa plénitude physique avait suscité une communication mystique au cours de laquelle elle avait accueilli l'agonie de son mari dans la chaude litière de son corps, non pour mourir avec lui, non pour mourir tout court, mais pour lutter pour sa vie avec la force surnaturelle que la chair endurante emmagasine afin d'affronter la dernière heure avant l'éternité.

Mais Isaac était mort pendant que sa conscience était désarmée. En reprenant ses esprits, elle avait bondi pour sauver sa vie, fui un sommeil trop profond et un lit déserté. Dans ce bond éperdu, elle avait rejeté les couvertures au pied du lit. Isaac reposait en sa nudité révélée. Elle remonta le drap et le posa doucement sur ses épaules. Elle ne lui couvrit pas le visage. Que les médecins se chargent des linceuls. Elle ne lèverait pas la main sur lui.

Il fallait appeler le médecin. Elle se servirait de l'appareil de la chambre d'Isaac, ce téléphone qui avait si souvent sonné au milieu de la nuit, l'éveillant en sursaut pour une urgence.

Le plus difficile serait de prévenir ses fils. Perdre un

mari, c'est triste, c'est pénible ; mais perdre un père avant d'avoir l'âge de comprendre ce que l'on perd, c'est cruel et injuste. Elle, au moins, pourrait se consoler en évoquant leur dernière nuit de réconciliation, pour éphémère et douce-amère qu'elle eût été. Mais Clark, le plus jeune... Il connaissait à peine son père. Lui pardonnerait-il de l'avoir abandonné ? Comprendrait-il pourquoi Isaac était si rarement là, pourquoi il s'était tué au travail ? Elle s'en assurerait. L'enfant serait élevé dans la mémoire de son père, de ses convictions, de sa foi. Avec l'aide de Dieu, il suivrait ses traces. La maîtresse d'école contempla une dernière fois le corps immobile d'Isaac. Du bout du doigt, elle caressa lentement sa tempe glacée, puis elle se détourna et sortit de la chambre.

12

Clark était assis dans le break de Corinne en attendant que le bateau du matin déversât une nouvelle cargaison de Coles venus assister au rite barbare consistant à sacrifier une vierge sur l'autel du mariage. D'autres insulaires attendaient dans des voitures étincelantes tandis que des petits groupes d'estivants promenaient des chiens de race impatients ou de turbulents enfants à l'insolente bonne santé. Leurs visages tannés par le soleil tournés vers la mer, ils guettaient le ferry qui apparut derrière les falaises, les rayons du soleil se reflétant sur sa coque blanche, sa corne demandant l'autorisation d'accoster, les eaux vertes se séparant pour lui livrer passage et calmant leurs vagues sur son sillage.

Clark, les traits tirés, son bronzage délavé par sa pâleur, le regard dans le vague et les oreilles fermées aux cris de joie qui retentissaient tout autour de lui, était le seul à montrer un visage anxieux, tourmenté.

Dans sa main crispée, la lettre lui brûlait la paume comme une blessure, les mots s'enfonçaient dans sa chair comme s'ils étaient écrits en alphabet Braille. Il avait quitté l'Oval bien trop tôt pour l'arrivée du ferry, en prétextant qu'il devait prendre de l'essence, se procurer le journal du matin, arrivé par le premier avion, et acheter un paquet de lames de rasoir au drugstore. Il désirait aussi réserver une place de ferry pour sa voiture, sitôt que possible après le mariage.

Seule cette dernière course avait un rapport avec la véritable raison de sa hâte à s'échapper de la maison, mais il s'était méthodiquement acquitté de toutes les commissions dont on l'avait chargé, trop mineures pour qu'il cherchât une excuse valable afin de ne pas les accomplir. Il avait gardé pour la fin la plus importante de ses missions, ainsi que sa visite à la poste. Non qu'il eût agi ainsi pour reculer l'échéance, ni pour s'armer de courage, mais parce qu'il serait incapable de se concentrer sur quoi que ce soit d'autre une fois qu'il aurait la lettre de Rachel entre les mains. Il devrait la demander à la préposée, reconnaissant par là même son inaptitude à pianoter trois chiffres sur le cadran de sa boîte postale. Bien que Corinne louât la même depuis des temps immémoriaux, parce qu'elle se trouvait à la bonne hauteur et que son numéro était facile à retenir, Clark n'y recevait que rarement du courrier intéressant, et il ne s'était jamais donné la peine de se souvenir de la combinaison. Si un problème médical requérait sa présence à New York, on le joignait plus rapidement par téléphone.

Rachel connaissait le numéro de téléphone, mais elle ne s'en était jamais servie. Ils procédaient toujours de la même façon. Au début de sa dernière semaine de vacances en famille, Clark dénichait une cabine téléphonique située dans une région de l'île que ne fréquentaient pas les gens qu'il connaissait, et il appelait Rachel, qui savait qu'il téléphonerait à telle ou telle heure tel ou tel jour. En cas d'empêchement imprévu, elle attendait le coup de fil qu'il lui passerait aussi vite que possible, au plus tard le lendemain à la même heure.

Ce rendez-vous téléphonique était destiné à confirmer le lieu et l'heure de leur départ en vacances. Chaque année, ils passaient ensemble deux semaines hors des États-Unis. A l'étranger, grâce à la beauté caramel de Rachel, le personnel redoublait d'égards pour ce médecin, apparemment blanc, et sa ravissante épouse noire. La jeune femme suscitait l'admiration des dîneurs assis aux tables à côté de la leur ou de leurs voisins au théâtre, fascinés par l'harmonie contrastée de leur couple ; une attitude radicalement opposée à celle que provoquait une telle juxtaposition dans leur propre pays, cette Amérique qu'ils aimaient et servaient avec loyauté.

C'était toujours Rachel qui choisissait l'endroit où expatrier leur amour sans risquer d'humiliation ni de scandale. La veille de son départ pour l'île, Clark, rituellement, lui apportait une pile de dépliants touristiques. Leur lecture attentive lui changeait les idées, l'aidait à prendre patience et à ne pas s'appesantir inutilement sur le paradoxe de le voir partir rejoindre Corinne, qui n'était plus sa femme, à aucun sens du mot, depuis bien des années. Ils savaient tous les deux qu'il ne tarderait guère à s'esquiver pour revenir auprès de la patiente Rachel, caché derrière un rideau de petits mensonges que Corinne feignait de croire pour sauver la face devant ses amis.

La veille au soir, il avait enfin parlé à Rachel. Il avait essayé plusieurs fois de l'appeler au début de la semaine, mais il n'avait pas eu un moment de libre. Un mariage organisé par leurs femmes use la patience des maris au-delà des limites raisonnables, surtout dans la frénésie finale. A toute heure du jour, il y avait des courses à faire et les épouses, pénétrées de l'importance de leurs responsabilités, se considéraient comme trop débordées pour s'occuper des opérations mineures qu'un homme moyennement intelligent était capable d'exécuter sans commettre trop d'erreurs de jugement.

Une ou deux fois, il avait failli écrire un mot à Rachel, pour la rassurer. Mais ce geste lui avait semblé inutile et vide de sens. Pourquoi lui confirmer qu'elle n'occupait dans ses pensées que la seconde place, après ses filles ? Elle le savait parfaitement. D'ailleurs, soucieux de ne pas trahir le secret de leur amour, il ne lui avait jamais écrit. Et, jusqu'à ce matin, elle avait suivi son exemple, pour qu'il n'eût pas à détruire la tendresse qui aurait guidé sa plume. Mais il avait maintenant sous les yeux l'écriture de Rachel, si familière sur un bloc, si étrangère sur une enveloppe.

Il était minuit passé lorsqu'il l'avait appelée la veille au soir, très ennuyé de la réveiller aussi tard. Il n'avait pas cherché à dissimuler sa gêne ; s'il téléphonait à une heure aussi indue, c'était évidemment parce que Corinne ne lui avait pas laissé le temps de le faire avant, et Rachel ne pouvait pas l'ignorer.

C'était l'exacte vérité : Corinne avait reçu à dîner ceux de ses amis qui avaient eu un long voyage à faire pour assister au mariage. Tous n'étaient pas venus en voiture, et certains étaient logés trop loin pour se rendre à pied dans l'Oval. Corinne avait chargé son mari de les véhiculer à l'aller et au retour, car il y avait trop peu de taxis dans l'île pour satisfaire la demande estivale.

Au téléphone, la voix de Rachel lui avait semblé blanche et lointaine. La liaison était mauvaise. Il le lui avait fait remarquer, mais elle n'avait pas répondu, comme si cela n'avait aucune importance. Pas plus qu'elle n'avait réagi lorsqu'il lui avait annoncé qu'il réserverait le lendemain matin sa place sur le ferry.

Puis, sans préambule, elle l'avertit qu'elle lui avait écrit.

Cette brèche dans leurs conventions le surprit sans qu'il en laissât rien paraître. Mais elle ne l'alarma pas. Écrire une lettre à un amant peu empressé ne s'écartait pas des voies de l'amour. Rachel savait sans aucun doute que le risque qu'elle fût découverte était minime. Avec le courrier de ministre adressé à la future mariée, et toutes les énergies réquisitionnées pour parer au plus pressé, personne ne s'intéresserait à une lettre destinée à une tierce personne.

Mais il était navré que Rachel se fût sentie obligée de se rappeler à son souvenir ; cette femme serait sienne au vu et au su de tous — sa future femme, en tout cas — sitôt retombée la poussière soulevée par le mariage de Shelby. Il commença par s'excuser en invoquant la terrible semaine qu'il venait de passer. Elle l'interrompit d'une voix aussi sèche que les feuilles de l'automne : « Ne t'excuse pas pour le mariage. Je crois aux mariages. Ils doivent passer avant tout le reste, sinon le reste ne représente rien. Mais il est vraiment trop tard pour philosopher. Je vais raccrocher, maintenant. Bonne nuit, Clark, tu recevras ma lettre demain matin. Au revoir. »

Elle avait raccroché, malgré cette seconde d'hésitation où l'on met dans la balance des éléments qui pèseront sur votre avenir. Cette conversation n'avait rien résolu. Il ne lui avait rien dit de tout ce pour quoi il l'avait appelée. Ne se rendait-elle pas compte qu'elle ne lui avait pas demandé la date de son retour à New York, ni de détails sur leurs courtes vacances ? Sa lettre expliquerait-elle cette omission ? Lui aurait-elle lancé un ultimatum, aurait-elle fixé une limite à sa patience ? Épouse-moi tout de suite ou nous serons ennemis ?

Leur épreuve touchait à sa fin ; une nouvelle vie

pourrait bientôt commencer. Pourquoi Rachel, toujours si raisonnable, aurait-elle éraflé la surface polie de leur parfaite entente pour quelques jours de plus ou de moins ? Où était l'intérêt de le punir en feignant d'ignorer les raisons de son appel ? Traiter leur amour comme s'il ne faisait qu'un avec leurs rapports sexuels, négliger leur rendez-vous annuel comme si c'était le moyen le plus sûr de l'amener, pantelant et suppliant, à la demander en mariage, un genou en terre et une bague toute prête à sortir de sa poche dès qu'elle aurait dit oui, cela revenait à gaspiller leur précieuse confiance mutuelle pour un accès de dépit typiquement féminin.

Pendant un instant, elle avait semblé sur le point de se rétracter, ou de lui donner l'occasion de présenter sa défense. Puis il y avait eu ce refus, ce « non » adressé à elle-même ou à lui, et qui signifiait qu'elle se repliait hors des régions de la sagesse. Par le passé, lorsque cette issue lui avait traversé l'esprit, il s'était empressé d'en écarter l'éventualité. Maintenant, en revanche, après cette conversation téléphonique, un sentiment d'urgence le frappait en plein estomac. Il devait agir, pour mal choisi et cruel que fût le moment. Il demanderait le divorce à Corinne avant de quitter l'île. Le lendemain du mariage, il réclamerait sa liberté, quelles que soient les conditions qu'elle lui imposât pour le punir. Il aurait Rachel et sa clientèle, il ne serait plus contraint à la clandestinité, cela suffirait à satisfaire toutes ses aspirations.

L'été, dans l'Oval, on vivait portes ouvertes, et tout le monde était au courant des faits et gestes de ses voisins. Clark en était désolé, mais Corinne ne pourrait pas échapper à la sollicitude curieuse de tous ceux qu'étonnerait son inévitable changement de comportement. Les gens mariés et les vieilles personnes ne savent jamais quand ce sera leur tour et ils ne peuvent s'empêcher d'espérer que le malheur des autres repoussera d'autant le leur. Ils seraient nombreux à passer au crible les cendres de ce mariage consumé ; une minorité chercherait l'étincelle qui le ferait repartir, la majorité les scruterait pour y trouver l'autre femme.

Il rentra chez lui et se coucha tranquillement dans le lit jumeau en face de celui de Corinne ; il partageait exceptionnellement la chambre de sa femme pour céder la sienne à leurs invités.

Corinne ne bougea pas. La soirée avait été animée et elle dormait aussi profondément que si elle avait pris des somnifères. Il ne l'avait même pas regardée. Elle ne le dégoûtait pas, mais Rachel l'obsédait, et cette hantise était l'émotion la plus violente qu'il eût ressentie depuis l'ouragan qui l'avait jeté entre les bras de son infirmière. Elle lui manqua toute la nuit. Il l'évoqua dans sa nudité. Il perdit conscience quelques instants et rêva d'elle dans la robe que porterait sa fille le lendemain. Une Rachel à l'âge où il l'avait rencontrée pour la première fois : jeune comme le matin, à peine sortie de l'école. Elle n'avait aucune expérience, mais ses yeux l'avaient imploré de lui donner une chance et les réticences de Clark avaient fondu comme neige au soleil ; son doux accent du Sud, si différent de l'accent pointu qu'avait acquis Corinne, finit de le conquérir. Dès lors, Clark était condamné, car la beauté d'une belle femme au teint foncé est incomparable.

Pourtant, Clark n'aurait pas engagé Rachel s'il avait prévu qu'il tomberait amoureux d'elle. Son geste n'était pas calculé. Jeune et remplie d'espoir comme elle l'était, elle avait droit à plus que ce qu'un homme marié pouvait lui offrir. Il se dit qu'il l'engageait pour une période d'essai afin de lui donner l'occasion de prouver ce dont elle était capable. Mais ce qu'il n'osa jamais se dire, c'était à quel point elle lui rappelait Sabina, son doux et tendre amour dont il avait trahi la confiance et l'affection pour les échanger contre les aspirations creuses de Corinne.

Et maintenant, assis dans le break au beau milieu du parc de stationnement de l'embarcadère, il se demandait s'il se libérerait jamais des questions qui léchaient son cerveau comme des flammes. Il contempla une nouvelle fois la lettre, et la reprit en espérant que son contenu avait changé depuis sa première lecture.

Cher Clark,

Pendant ces longues semaines sans toi, j'ai eu le temps de réfléchir au passé, au présent et aux années à venir. Je comprends bien que le mariage de ta fille ait pris la première place dans tes préoccupations ces jours-ci. Pour atteindre le niveau de perfection exigé par les Coles, tous les bras ont dû être mobilisés. J'y ai beaucoup pensé aussi, mais pour d'autres raisons.

J'ai trente-neuf ans ; en décembre, j'en aurai quarante. Si j'avais déjà franchi le pas, et que je me sente la même que douze heures plus tôt, je pourrais peut-être me faire à l'idée que je n'ai qu'un jour de plus, pas un an. Le lien entre nous serait alors aussi solide qu'auparavant.

J'ai essayé de m'accrocher à cet espoir, mais mes doutes le rognent tous les jours. Tu comprends, Clark, une femme panique si elle n'est pas mariée à la veille de ses quarante ans. Elle sait, et je sais, que le temps perdu ne se retrouve jamais ; une décennie de plus et j'aurai cinquante ans ; Dieu seul saura combien d'années il me reste à vivre, et je n'aurai ni enfants ni petits-enfants pour se souvenir de moi quand le compteur aura cessé de tourner.

Mes enfants n'ont jamais été conçus. Ce fut mon

choix, plus encore que le tien. Je ne voulais pas porter un enfant qui n'aurait pas le droit de porter ton nom. Ton amour a tout compensé.

Lorsque j'ai eu trente ans, tu as plaisanté en disant que je prenais de l'âge, et nous avons ri tous les deux. Tu disais que j'étais encore plus jolie qu'avant et que je n'avais pas vieilli. Mon amour pour toi me donnait bonne mine.

On considère qu'un homme de quarante ou cinquante ans est au summum de son potentiel, au travail comme au lit, mais ce jugement ne s'applique pas aux femmes. J'avais vingt ans lorsque nous nous sommes connus. Cela me semble incroyable. Je sortais tout juste de l'âge ingrat et de l'école, où j'avais été la meilleure élève de ma classe ; je n'avais qu'une hâte : me frotter à New York, si différente de la petite ville de mon enfance. Je réalisais enfin mon plus vieux rêve. Et la quarantaine me semblait à des années-lumière.

Puis je t'ai rencontré, et on aurait dit un miracle. Jamais auparavant je n'avais connu d'homme de couleur aussi sûr de lui, d'un aussi bon milieu. Je suis tombée amoureuse de toi en une seconde, mais j'ai essayé de le cacher. Mon bon sens me soufflait qu'un homme aussi beau et qui réussissait aussi bien ne pouvait pas être célibataire. J'ai donc limité mes vœux à l'espoir que parmi tes relations je rencontrerais un jour un jeune médecin nourrissant l'ambition de s'élever jusqu'à ton niveau et qui apprécierait l'aide que lui apporterait une épouse connaissant la profession.

Mais le jour où le hasard m'a jetée à ta porte, il m'a aussi jetée à tes pieds. Je savais que je n'étais qu'une gamine succombant à un coup de foudre et non une femme d'expérience capable d'imposer silence à son cœur. Travailler avec toi, t'aimer, faire l'amour avec toi, cela est devenu mon univers. J'étais désormais, du moins l'ai-je cru, une adulte capable de faire des choix.

Tu disais que tu demanderais le divorce dès que tes filles seraient mariées, et qu'elles n'auraient plus besoin de ta protection. Mais les rêves se transforment trop souvent en cauchemars. Je ne veux pas savoir si tu as changé d'avis au sujet de notre mariage. C'est moi qui ai décidé de changer d'avis.

Demain, quand tu recevras cette lettre, je serai Mme Jim Logan. Pas de cérémonie : juste lui, moi et un juge de paix. Je suis certaine que Jim n'est pas sur ta liste d'invités, ni sur celle de tes amis. Moi non plus d'ailleurs. Le mariage de Shelby n'en sera donc nullement affecté.

Jim a travaillé toute sa vie comme employé municipal. Sa retraite sera confortable. Quant à moi, j'ose espérer que dans un cabinet médical ou un hôpital on considérera que mes années d'expérience valent bien un entretien, et, dans le meilleur des cas, une embauche.

La femme de Jim est morte il y a deux ans. Nous nous sommes rencontrés en jouant au bridge, et nous sommes devenus bons amis. Je t'ai rarement parlé de ces soirées, car elles ne t'intéressaient manifestement pas, ce qui est parfaitement compréhensible. Ses filles me connaissent et m'aiment, car elles savent l'affection que j'éprouvais pour leur mère. Elles sont mariées, elles ont des enfants, leur famille et leur travail leur laissent peu de temps pour voir leur père. Je suppose qu'elles l'ont poussé à me demander en mariage. Si elles étaient au courant à ton sujet, elles savaient aussi que je ne portais pas d'alliance ; elles ont sans doute convaincu leur père que ça valait la peine d'essayer.

Je dormirai dans mon propre lit, mais je ne le

repousserai pas s'il désire m'y rejoindre. Il aimait sa femme ; je ne la remplacerai jamais, pas plus qu'il ne te remplacera. La compagnie d'une épouse lui manque ; j'ai besoin du sentiment de sécurité que donne le mariage.

Je ne regrette pas les années que nous avons passées ensemble, et je ne les oublierai jamais. J'ai écrit cette lettre trois fois, mais elle se termine toujours de la même façon.

Je te souhaite tout le bonheur du monde, Clark, et j'espère que tu me le souhaites aussi.

Rachel

Les mains de Clark tremblaient tandis qu'il finissait sa lecture. Il remarqua soudain la qualité de l'air dans la voiture — à sa gauche, la vitre remontée laissait passer les rayons du soleil, qui miroitaient sous ses yeux. L'oxygène était raréfié, et le sang battait à ses tempes.

Clark secoua violemment la tête en se rappelant tout d'un coup pourquoi il était dans cette voiture. Accueillir les ennuyeux parents de Corinne, bavarder avec eux, les ramener dans l'Oval... Inconcevable, tout cela — il fallait prendre la fuite. Non, décida-t-il. Il affronterait la colère de Corinne. Sa résolution prise, il tourna la clé de contact et prit la direction de la maison.

13

Un vent sale s'engouffrait dans la voiture de Clark dont les deux vitres avant étaient baissées, lui piquait la gorge et éparpillait les papiers posés sur la banquette arrière — factures, reçus et un sac en papier kraft. Il tourna le volant à gauche et le break, source de fierté et premier de son genre au Vineyard, s'engagea sur l'allée de gravier qui se terminait devant la porte de la cuisine. Il prit son virage trop vite et freina brutalement, les mains crispées sur le volant. Des voitures inconnues étaient garées dans l'herbe, de nouveaux hôtes étaient donc arrivés. Qu'ils aillent au diable, se dit Clark en éteignant son moteur et en s'enfonçant dans son siège.

Puis un calme étrange l'envahit et, lorsque ses yeux tombèrent sur la lettre posée sur ses genoux, elle lui sembla lointaine, tels un navire à l'horizon ou une pièce brillant au fond d'un puits. Il respira profondément et fit la seule chose convenable pour un Coles : il se ressaisit. Il était né dans l'une des meilleures familles de Harlem, avait fait ses études dans un excellent lycée de la Nouvelle-Angleterre, il sortait de la faculté de médecine de Harvard. Diagnosticien réputé, propriétaire d'une maison au carrefour de la 7e Avenue et de la 136e Rue que beaucoup lui enviaient, et propriétaire de tout ce que son regard découvrait maintenant, une luxueuse villa avec une verrière, dressée sur une pelouse parfaitement tondue, il n'était pas homme à se remettre en question.

Lorsque Clark avait acheté cette propriété, la plus prisée de l'Oval, il n'avait pas, malgré une clientèle importante, les moyens de se l'offrir. Mais son précédent propriétaire, une vieille demoiselle, était morte subitement et l'avait laissée à un frère qui habitait au loin et n'avait qu'une envie : s'en débarrasser.

Clark n'apprit qu'une fois la vente conclue que la vieille demoiselle en question était Miss Amy Norton Norton. Et Isaac aurait estimé que c'était trop beau pour être vrai, que son propre fils achetât précisément cette maison. Clark était certain que son père n'aurait pas approuvé leur exode estival, qu'il l'aurait sans doute considéré comme une provocation propre à attiser la colère d'un Dieu peu enclin à apprécier qu'on cédât aux charmes de l'oisiveté. Isaac n'aurait jamais remis les pieds sur l'île pour constater de ses propres yeux que sa génération, celle des gens de couleur qui ignoraient le sens des mots vacances ou villégiature, avait engendré des enfants qui se les étaient appropriés. Mais il avait souvent évoqué avec ses fils le souvenir de ses séjours paradisiaques dans l'île de sa jeunesse ; son fils Clark concrétisait le rêve inaccessible : posséder une maison dans l'île. Que, par un heureux hasard, ce fût la maison où Isaac avait passé de si beaux étés ajoutait encore à son bonheur.

Isaac se serait peut-être habitué aux vacances de son fils, mais une chose l'aurait toujours attristé : que personne dans sa famille ne prît le temps de rendre hommage au rôle qu'avait joué dans sa vie Miss Amy Norton Norton. Celui du bras de Dieu, qui l'avait arraché au Sud mortifère pour le projeter dans une nouvelle existence. Tant de Blancs avaient nui si gravement aux Noirs qu'il était facile d'oublier le miracle que représenta la migration vers le Sud de cette bande de maîtresses d'école blanches, pour la plupart des vieilles filles presbytériennes ou unitariennes, qui avaient abandonné tous leurs privilèges pour se consacrer à l'instruction d'une jeune génération de nouveaux émancipés, d'enfants dénués de tout. Cela aurait chagriné Isaac de savoir que personne ne mentionnerait jamais le nom de Miss Amy Norton Norton à ses futurs petits-enfants, dont l'un allait se marier dans la salle de bal où Miss Amy avait dansé lorsqu'elle avait l'âge de convoler mais l'esprit ailleurs, car elle ne trouvait aucun homme dont le nom fût digne de remplacer le sien.

En songeant à la cérémonie qui se déroulerait chez lui le lendemain, Clark fut envahi par une vague d'amertume. Trop préoccupé par ses projets d'avenir avec Rachel, il ne s'était pas senti concerné par le mariage de Shelby. Il s'était contenté de remplir ses obligations de père, qui, depuis quelques semaines, se limitaient à sortir son carnet de chèques... Maintenant, à la place de Rachel, il n'y avait plus qu'un vide, une blessure béante sur son flanc, et qui ne cicatriserait jamais. A la place de ce vide, quelques heures auparavant, il y avait une ligne de vie, un cordon invisible qui le nourrissait, le réconfortait, si loin qu'il fût. Sans lui, il se sentait transparent, insignifiant, l'ombre de lui-même. Il ne lui restait plus que ses filles.

Un vent frais s'engouffra dans la voiture. Une si belle journée, songea Clark tristement, avec le détachement d'un ingénieur observant une colline verdoyante sur le point d'être dynamitée pour faire place à une route, ou à des rails de chemin de fer. L'air sifflait à ses oreilles et, pour la première fois depuis bien des années, il n'accordait aucune importance à son emploi du temps. Clark avait éprouvé une sorte de plaisir pervers à n'avoir pas un instant à lui, à endosser stoïquement le poids de ses responsabilités, le menton fièrement relevé Maintenant, en réfléchissant aux aiguillages et aux carrefours qu'il avait franchis à toute vitesse, tête baissée, il lui fallait bien s'interroger : à quoi rimait cette course effrénée ? Sa vie n'aurait-elle été, en fin de compte, qu'une série d'occasions ratées, une succession de situations où il s'était arrêté trop longtemps avant d'agir ?

D'abord, il y avait eu Sabina ; depuis, d'une certaine façon, il payait le prix de sa lâcheté envers elle : il ne lui avait même pas demandé pardon, il ne lui avait pas donné la moindre explication. Mais qu'y avait-il à expliquer ? Sabina représentait tout ce que l'on peut désirer chez une femme, et Corinne tout ce que l'on peut désirer chez une épouse, l'idéal exigé par son milieu social : elle avait la peau claire, elle lui donnerait des enfants à la peau claire, et son père était presque parvenu au sommet d'une profession honorable. Non, son sang ne bouillait pas à la vue de Corinne ; non, sa peau ne frémissait pas lorsqu'il la touchait ; mais fondait-on une relation durable sur des émotions aussi fugaces ? Peut-être que non, mais, se disait maintenant Clark qui avait eu trente ans pour s'en convaincre, leur absence n'était pas non plus un gage de bonheur.

Et voilà que Rachel le quittait. Clark ne savait plus à quel saint se vouer. Il était le respectable Dr Clark Coles depuis très longtemps, il s'appuyait depuis des lustres au glacial édifice de ses obligations : il s'était imaginé que cela suffirait à éloigner les démons. Stoïquement, il avait endossé le fardeau des aspirations de ses parents, mais à quel prix ! La réussite sociale ne s'acquérait pas sans abnégation, sans sacrifier l'intime, le privé, le passionnel. Mais l'équilibre était nécessaire, la génération de Clark l'avait appris à ses dépens ; les gens de son âge avaient toujours eu un peu peur qu'il n'y eût du vrai dans les insidieux stéréotypes véhiculés par les Blancs, ils avaient grandi dans la haine d'eux-mêmes — le plus monstrueux des crimes fomentés par le racisme, plus mutilant qu'un long catalogue d'infirmités car il équivaut à un viol de l'esprit, à une négation du respect de soi.

D'amertume, Clark grinça des dents. Ne pas avoir eu la possibilité de se défendre... c'était dur, certes, mais ne pas avoir pris congé de Rachel, ne pas conserver le souvenir d'un dernier adieu, même bouleversant, voilà qui était le plus cruel. Des souvenirs, images des moments heureux partagés, dansaient devant ses yeux. Il évoquait de fugaces gestes de tendresse silencieuse, de minuscules instants qui contenaient l'éternité, qu'il n'avait partagés avec personne avant elle et ne partagerait sans aucun doute plus jamais avec quiconque.

Clark ouvrit sa portière et sortit de la voiture. Peut-être était-il trop tard pour lui. Peut-être avait-il dépassé depuis longtemps, et sans même s'en apercevoir, son point personnel de non-retour. Quel était donc le mot préféré de ses prétentieux amis ? Karma ?

Il est sans doute trop tard pour moi, songea-t-il. Mais peut-être n'est-il pas trop tard pour ma fille.

14

Shelby releva la tête et posa son stylo sur son bureau lorsque son père entra dans sa chambre dont il referma la porte. Elle ne lui avait jamais vu une telle expression. « Papa, que se passe-t-il ? »

Clark s'arrêta net devant le bureau, les bras ballants. Il se détourna abruptement et se mit à arpenter la pièce, en pianotant nerveusement du bout des doigts sur son pantalon. Puis il remarqua son geste et croisa les mains derrière le dos. Il s'immobilisa et fit face à Shelby, le regard orageux.

« Shelby, je ne sais comment te dire ceci, ni si j'ai le droit de te le dire, ni si cela changera quoi que ce soit. » Il s'interrompit, le rouge au front. « Je ne prétends pas avoir été le meilleur des pères pour mes filles...

— Mais, papa...

— Laisse-moi terminer, dit Clark brusquement. Je ne prétends pas non plus avoir montré l'exemple en matière de mariage. Je sais que tu dois trouver que Corinne et moi ne sommes pas aussi proches qu'on pourrait le souhaiter. Et je ne suis pas naïf, je sais que les enfants ont des yeux et des oreilles, et un cerveau pour décrypter ce qu'ils voient et ce qu'ils entendent. Donc, tu t'es probablement rendu compte que ta mère et moi... nous... »

Clark était au désespoir. Il méprisait la faiblesse humaine, et n'admettait pas plus de prononcer les mots qui sortaient de sa bouche qu'il n'était capable de les refréner.

« Je ne sais pas ce qui te prend, papa. » Shelby saisit un lourd coquillage et le posa sur la lettre qu'elle était en train d'écrire, puis elle écarta sa chaise du bureau. « Je me marie demain. Et je t'aime, et j'aime maman, et je sais très bien » — elle fronça les sourcils en se souvenant de sa discussion avec Liz — « qu'entre vous deux le feu est éteint depuis quelque temps. Mais que tu choisisses ce moment pour venir te confesser, ça me dépasse, je te l'avoue. »

Clark se redressa, son visage d'ordinaire impassible empreint d'une expression de douleur. Quelques heures plus tôt, l'idée d'avoir une telle conversation avec sa fille lui aurait semblé absurde, mais maintenant il ne savait comment dompter la souffrance qui rugissait en lui pour se faire entendre. « Shelby, Meade est un garçon bien. Il a du talent, il est beau, honnête, et il faudrait être aveugle pour ne pas voir qu'il t'adore. Si j'avais lu autre chose que de l'amour dans le regard dont il te couve, je l'aurais renvoyé dans ses foyers depuis longtemps. Il t'aime, je ne le nie pas. Il t'aime vraiment. »

Clark se dirigea vers le lit de Shelby qui le suivit des yeux en silence ; il releva son pantalon et s'assit. Quelques grains de sable mouillé, vestiges de sa promenade matinale, étaient toujours accrochés à ses jambes ; il les secoua distraitement et les regarda tomber sur le parquet. Incroyablement mal à l'aise, il avait tout l'air de ce qu'il était : un père peu habitué à aborder des questions intimes avec sa fille. Il avait considéré comme acquis qu'il incombait à Corinne d'initier, en temps voulu, ses filles aux mystères de l'âme féminine, et il avançait en terrain miné : « Quand j'avais ton âge, si on m'avait demandé ce que je pensais de l'amour, j'aurais répondu. Parce que je savais. Tout le monde le sait, non ? Aujourd'hui, je ne pourrais peut-être pas te dire exactement ce que j'aurais répondu à l'époque, mais je sais que j'avais beaucoup plus de certitudes que maintenant sur la question. Il m'arrive de penser que l'amour est un de ces fléaux envoyés par Dieu sur la terre, une sorte de modèle idéal, que nul n'atteindra jamais, une simple fiction qui ne s'adapte jamais parfaitement aux deux vies chaotiques qu'elle est censée recouvrir.

— Je m'en voudrais d'interrompre ce beau sermon, mais en quoi tes doutes au sujet de l'amour me concernent-ils ? » L'indignation de Shelby croissait à chaque instant. « Tu reconnais toi-même que tu n'es pas un expert en la matière.

— Et toi, l'es-tu, ma toute petite fille ? » Clark leva les sourcils. « Les jeunes gens noirs qui se sont intéressés à toi, tu n'as même pas condescendu à leur donner l'heure. »

Shelby retint son souffle et s'appuya au rebord de son bureau, la gorge trop serrée par la colère pour répondre à l'accusation que sous-entendaient les paroles de son père.

« Mais, comme par hasard, au premier Blanc qui passe...

— Arrête ! Arrête ! Arrête ! » Shelby martelait de ses poings serrés l'acajou poli de son bureau.

« ... tu sautes sur l'occasion. »

Ivre de rage, Shelby fixa son père d'un regard furieux. « Ce discours de merde — excuse-moi —, je me serais attendue à l'entendre de la part des parents de Meade. Et encore, même eux auraient sans doute hésité à me le tenir la veille de mon mariage. Comment oses-tu ? »

Clark se concentra. « Nous ne nous comprenons pas. Je dois savoir la vérité, c'est tout. Dieu sait ce que veut dire l'amour, mais si ce mariage est un mariage d'amour, je ne dirai plus rien. Seulement, je ne t'ai jamais vue accorder ta confiance à un homme de couleur, et je ne peux m'empêcher de croire que c'est peut-être parce que celui que tu connais le mieux n'est pas fiable. Je ne t'ai jamais vue accorder ton amour à un homme de couleur, et je ne peux m'empêcher de penser que c'est peut-être parce que celui qui aurait dû compter le plus dans ta vie n'a jamais trouvé le temps de te montrer son amour. Je ne t'ai jamais vue accorder ton respect à un homme de couleur, et je ne peux m'empêcher de penser que c'est peut-être une conséquence du snobisme de notre famille. Si tout cela est vrai » — Clark éleva la voix — « je ferai tout ce qui est en mon pouvoir pour m'opposer à ce mariage. »

Le dernier mot mourut sur les lèvres de Clark et ce souffle sembla emporter tout ce qui lui restait de vie. Les épaules affaissées comme un soldat de plomb vaincu, il cacha son visage dans ses mains.

Abasourdie, muette, Shelby ne quittait pas son père des yeux. Elle ne l'avait jamais vu brisé, et une vague de pitié, de dégoût et de haine monta en elle. Elle répondit enfin, et ce fut la haine qui l'emporta. « Je suppose que tu viens juste de découvrir tout cela ? A moins que tu ne te sois imaginé que ce mariage n'était qu'une vaste plaisanterie et que tu aies préféré attendre d'être sûr que nous irions jusqu'au bout ?

— Je t'interdis de me parler sur ce ton, murmura Clark, la tête toujours enfouie entre ses mains.

— Tu quoi ? Et moi, je suis censée te permettre de me parler à cœur ouvert, de mettre mon amour en doute, aujourd'hui ? A la veille de mon mariage ? Je sais ce que je ressens, bon Dieu ! Je suis capable de distinguer les profondes racines de l'amour des égratignures superficielles de la peur. Mon cœur est attiré vers quelque chose de beau ; il ne fuit pas quelque chose de laid, à moins que ce ne soit toi. »

Clark releva la tête, ses yeux étaient injectés de sang. « Tu en es sûre ? Tu en es assez sûre pour jouer ta vie entière ? »

En un éclair, Shelby saisit le coquillage posé sur son bureau et le projeta de toutes ses forces contre le mur, où il se fracassa. « Mon Dieu, qu'est-ce qui cloche, dans cette famille ? hurla-t-elle. Je sais ce que je ressens. Je le sais. »

D'un seul élan, elle se leva de son siège et se dirigea vers la porte. Clark essaya maladroitement de l'intercepter, mais trop tard. La porte lui claqua au nez et il s'abattit contre le panneau de bois, anéanti.

15

Shelby déboula dans le couloir, passa devant la porte ouverte de la chambre à coucher de ses parents et celle toujours fermée de Gram. Devant la chambre de sa sœur, elle ralentit, se glissa furtivement à l'intérieur et poussa un soupir de soulagement en constatant que Liz était encore dehors avec Laurie. Elle se raidit alors, dans la crainte d'entendre le pas de son père. Mais plusieurs minutes passèrent sans un bruit et elle se blottit dans le lit de sa sœur, s'autorisant enfin à laisser couler les larmes brûlantes que son orgueil avait retenues en présence de son père. Vidée, épuisée par la violence des émotions qu'avait déchaînées Clark, elle sombra dans le sommeil.

On essayait d'entrer. Le bruit du bouton de la porte la réveilla sans qu'elle le reconnût immédiatement. Puis, dès qu'elle l'eût identifié, elle tenta de se ressaisir à la perspective d'un nouvel affrontement avec son père.

« Flûte ! marmonnait une voix indiscutablement féminine. Je ne ferme jamais cette porte à clé.

— Liz ? appela doucement Shelby.

— Shelby ? C'est toi ? Ouvre cette satanée porte, petite sœur. »

Soulagée et gênée tout à la fois, Shelby obéit. Liz entra et Shelby referma la porte derrière elle. « Je t'ai cherchée partout ! Et je te trouve en train de bouder dans ma chambre ! Qu'est-ce qui ne va pas ? Je te croyais à la plage. Emmaline m'a dit que maman avait emmené sa flopée de cousins faire le tour de l'île, mais elle est rentrée. »

Emmaline était la cuisinière des Coles, une immense femme noire comme l'ébène et l'une des plus mauvaises langues de l'île. « Ils avaient envie de couleur locale ! Ils n'ont pas dû être déçus du voyage ! Comme si on n'avait pas assez à faire ici sans que maman joue les guides touristiques à l'autre bout du monde... Tu te rends compte ? »

Liz s'interrompit pour reprendre son souffle et regarda par la fenêtre. « Tu entends ce concert d'oiseaux ? »

Shelby jeta un coup d'œil ; d'où elle se tenait, elle n'apercevait que le kiosque du camp méthodiste, l'un des rares vestiges d'une époque où le secteur était réservé à des réunions religieuses d'été. Sur la pelouse, les oiseaux s'en donnaient à cœur joie.

« Liz, papa et moi », commença Shelby.

Liz battit impatiemment des bras. « Non, non. Attends. J'ai une nouvelle incroyable à t'annoncer. Tu ne devineras jamais ce que j'ai dans ma poche droite. » Elle tapota le côté droit de son short d'un air entendu, et leva les sourcils.

L'expression malicieuse de Liz arracha un sourire à Shelby. « Tu as raison, je ne devinerai pas. Alors, qu'est-ce que c'est ? »

Liz secoua lentement la tête et se passa la langue sur ses dents de devant. « Pas avant que tu m'aies pardonné les horreurs que je t'ai dites ce matin. J'ai été injuste avec toi, et ça me tracasse depuis. » Mais son expression espiègle démentait ses paroles.

Shelby, les mains sur les hanches, leva les yeux au ciel. « Tu sais bien que je suis incapable de t'en vouloir, Liz. En plus, je n'ai pas assez d'énergie pour me bagarrer avec deux membres de la famille en même temps ; et pour l'instant, c'est avec papa. Tu sais ce qu'il... »

Liz interrompit à nouveau sa sœur. « Aucune importance, tu me raconteras plus tard. » Mais un coup d'œil rapide à Shelby lui indiqua que l'humeur de la jeune fille avait une cause sérieuse. « Bon, d'accord. Que s'est-il passé ?

— Papa prétend que j'épouse Meade parce que j'ai peur des hommes de couleur. »

Liz rejeta la tête en arrière en éclatant d'un rire heureux.

« Ça, j'aurais pu t'en dire autant depuis longtemps...

— Arrête, Liz. Ce n'est pas drôle. Tu ne vaux pas mieux que lui. »

Liz posa ses mains sur les épaules étroites de sa sœur et se pencha pour la regarder droit dans les yeux. « Maintenant, tu vas m'écouter. Ce vieil idiot est simplement jaloux : tu fais ce qu'il aurait sans doute souhaité faire lui-même. Maman est aussi blanche que possible, mais ce n'est qu'une copie décolorée. »

Shelby repoussa les mains de Liz et se détourna. « Tu es horrible. Tu ne peux pas penser une chose pareille.

— Non, c'est vrai, avoua Liz en fronçant les sourcils. Mais au fond, ça ne m'étonnerait pas. Ça équilibrerait les choses, d'une certaine façon. Tu étais trop enfermée dans ton petit monde personnel pour voir la jalousie de maman quand j'ai épousé Linc.

— Jalousie ? Je ne dirais pas ça. Elle était furieuse.

— En partie, oui. Mais, d'un autre côté, elle ne supportait pas que je suive mes penchants et que j'épouse un Noir, parce qu'elle n'avait pas eu le culot de le faire, et qu'elle ne l'aura jamais. Elle se voit en moi, elle voit la part d'elle-même qu'elle n'a jamais eu l'honnêteté d'affronter. Mais je ne lui reproche rien. Sa mère et Gram veillaient comme des faucons, pour qu'elle n'oublie jamais que la couleur de la peau est le mètre étalon de la vertu. »

Liz et Shelby se faisaient face, deux sœurs enfermées dans une chambre en désordre. Liz se balançait d'une jambe sur l'autre. « Ça suffit, maintenant. Je ne te cherchais pas pour ça. » Agacée par l'indifférence de sa sœur, elle sortit une enveloppe carrée de la poche droite de son short et l'agita sous le nez de Shelby. « GiGi a donné ça à Emmaline. »

Shelby et Liz savaient qu'il n'y avait qu'une seule GiGi sur l'île, la gouvernante de Lute. Emmaline était l'unique domestique de l'Oval à entretenir des relations avec elle : le snobisme du personnel était aussi virulent que celui des propriétaires, sinon plus, et seule la cuisinière des Coles, confortée par sa position dans la plus respectée des familles de l'Oval, pouvait se permettre de fréquenter la domestique d'un étranger à la communauté, d'un parvenu. GiGi avait parlé à Emmaline de la passion de Lute pour Shelby et les deux femmes étaient tombées d'accord sur un point : tout valait mieux qu'un mariage mixte.

Shelby arracha l'enveloppe des mains de sa sœur et la déchira pour dévorer la lettre qu'elle contenait. Elle remarqua avec un petit sourire que Lute avait voulu écrire « impératif », mais que, ne sachant l'orthographier, il avait rayé le mot et l'avait remplacé par « important ». « Regarde, Liz, dit-elle en tendant la lettre à sa sœur. C'est ridicule. »

Lute avait traqué Shelby tout l'été : sur la plage, il

posait sa serviette à côté d'elle et de ses amis ; au supermarché, il suivait les mêmes travées. Jamais elle ne dépassa le stade de la simple politesse, et lorsque ses amis la taquinaient, elle haussait les épaules, flattée certes de ses attentions mais considérant comme parfaitement absurde d'y répondre en aucune façon.

Liz croisa les bras sur sa poitrine. « Je ne sais pas, dit-elle. Il y a des choses bien pires que de recevoir des lettres d'amour d'un homme aussi diablement sexy. »

Shelby ne répondit pas ; elle trouvait parfois intolérable le sens de l'humour très particulier de sa sœur. Lute McNeil, sexy ? Elle n'avait aucun avis sur la question, mais avec son regard direct et les paroles qu'il n'aurait pas dû avoir le droit de lui dire, il la mettait mal à l'aise. Ses amies avaient passé l'été à s'extasier sur son allure, et sa façon de déambuler dans toute l'île comme si elle lui appartenait. Shelby voyait ce qu'elles voulaient dire, mais elle ne le ressentait pas. Elle ne ressentait pas ce genre de choses, qu'il s'agît de Lute ou de n'importe qui d'autre.

A la source des pires craintes de Shelby, de ses doutes les plus profonds, il y avait le sexe. Qu'est-ce qui clochait chez elle, pour qu'elle ne fût jamais emportée par le désir, comme l'étaient toutes les femmes dans les revues sentimentales pleines de sable qui circulaient de main en main sur la plage ? Il lui était arrivé de trouver des hommes gentils et leur compagnie agréable, mais le sang qui battait follement aux tempes, la vague d'aveugle sensualité qui déferlait dans les corps, les éprouverait-elle jamais ? Parfois, terrorisée, elle se disait qu'elle n'était pas assez sensuelle, qu'elle ne se montrerait pas à la hauteur des espérances de Meade. Elle connaissait les idées toutes faites des Blancs sur race et sexualité. Meade s'attendait-il à plus que ce qu'elle se sentait capable d'offrir ?

Son fiancé et elle avaient parlé de tout sauf de cela : ce n'était pas un sujet de conversation. Elle ne l'en avait aimé que davantage, appréciant la tendre compréhension qu'il avait manifestée en accédant à son souhait d'attendre le mariage pour consommer leur union. Mais parfois elle ne pouvait s'empêcher de se demander si elle n'allait pas le décevoir, et si cette déception ne le détournerait pas d'elle. Un homme comme Lute pouvait et voudrait lui apprendre ; mais Meade, qui avait parcouru le monde entier, qui avait rencontré tant de femmes sublimes et expérimentées ? Comment espérer le retenir ?

Liz donna un coup de coude amusé à sa sœur. « Allons, allons ! Qu'est-ce qui te chiffonne ? Ce type t'a poursuivie tout l'été. Ne me dis pas que tu vas craquer la veille de ton mariage ?

— Je suis tellement affolée, pour le moment, que je ne sais plus ce que je pense. Quand j'ai rencontré Meade, c'est de sa musique que je suis d'abord tombée amoureuse. Je n'avais jamais entendu un homme tirer des sons pareils d'un piano, ni connu personne qui attache autant d'importance aux sons qu'il peut tirer d'un instrument. Il jouait de ce truc comme s'il donnait naissance à un enfant, ses doigts couraient si vite sur les notes que je ne pouvais les distinguer les uns des autres. J'ai eu l'impression d'être à l'église. Mais ce n'était peut-être que ça. Peut-être que je me marie avec lui parce que ça me rassure qu'il consacre toute son énergie à la musique, et aussi... » Shelby s'interrompit et se voila le visage pour cacher sa confusion. « ... et aussi parce que c'est un Blanc. »

Shelby bouscula sa sœur et se planta au milieu de la pièce. Elle tournait le dos à Liz, qui voyait des ondes de tension secouer les épaules de Shelby. « Est-ce que ça pourrait être vrai ? murmura la jeune fille, d'une voix si basse qu'on l'entendait à peine.

Est-ce que j'ai vraiment peur de faire l'amour avec un de ces Noirs si virils, à cause des penchants de maman, à cause de l'infidélité de papa ? » Shelby parlait de plus en plus vite, comme si un mur s'était effondré en elle ; elle déversait toutes ses craintes aux pieds de sa sœur, en clignant furieusement les yeux, peu habituée à se mettre ainsi à nu devant Liz. Et, bien que soulagée, elle se sentait vulnérable.

Liz, pour sa part, était enchantée de jouer ce rôle de conseillère dans un domaine où elle s'estimait compétente, car elle avait traversé ces obscures zones de doute avant son propre mariage. Elle passa affectueusement sa main dans les cheveux de sa sœur. « Ce qui compte, Shelby, c'est que tu connaisses bien Meade. Et il n'y a que toi qui puisses répondre aux questions que tu te poses. Et savoir si tu t'arrêtes ou non à la surface des choses, aux stéréotypes que chaque être humain projette comme des étincelles dans un rideau de fumée. Lute égale noir, Meade égale blanc. Mais si tu franchis le rideau d'étincelles, et que tu accèdes à la vraie personne, là tu découvres l'être humain authentique, avec ses goûts, ses dégoûts, ses peurs, ses désirs. Essayer de deviner ce qu'un homme va penser ou faire en te fondant sur la couleur de sa peau t'instruirait autant sur toi que sur lui. Regarde Gram, par exemple. Jusqu'à mon mariage avec Linc et la naissance de ma fille, je ne l'ai jamais considérée comme une Blanche. C'était Gram, juste Gram. Je continue, d'ailleurs, sauf quand l'évidence me saute au visage parce qu'elle rejette ma fille. Les gens que tu connais, tu ne les considères comme Blancs que s'ils t'y obligent, de même que tu ne penses pas à toi comme à une Noire, à moins qu'un Blanc ne te le rappelle.

— Je connais Meade, je le connais assez bien. Évidemment, on a toujours des doutes, mais épouser un homme, ce n'est pas comme faire son procès. Et avant le mariage, il y a des choses qu'on ignore forcément l'un de l'autre.

— Et jusqu'à présent, comment cela s'est-il passé entre vous deux ? Jusqu'où êtes-vous allés ? » Le silence de Shelby était aussi éloquent qu'un dictionnaire. « Pas bien loin, si je comprends bien, poursuivit Liz en secouant la tête, avant de se taire en se grattant pensivement la joue.

— Ne prends pas tes grands airs, dit Shelby avec colère. Les traditions ne sont pas forcément mauvaises. Moi, je pense qu'il faut garder certaines choses pour le moment où on est marié. A quoi ça servirait, autrement, le mariage ? »

Liz riposta, les mains sur les hanches : « Je ne te reproche rien. C'est ton choix, mais ce n'est pas le mien, voilà tout. Le sexe a son importance, et si Linc et moi, nous n'avions pas essayé avant de nous marier » — Liz eut un petit rire insolent — « comment aurais-je su que je voulais l'épouser ?

— Qu'est-ce que tu es en train de me dire ? Que si ça ne t'avait pas plu avec lui, tu aurais rompu ?

— Je te dis simplement que ce qui marche pour moi ne marche pas forcément pour toi. En vingt-deux ans, nous avons tout de même appris ça. »

Shelby soupira. Elle n'avait plus envie de douter d'elle-même. Comme elle aurait voulu que Meade fût là pour la rassurer, l'apaiser d'un regard, d'un geste. Il n'était qu'à quelques kilomètres, dans l'auberge où il habitait avec son témoin, un musicien lui aussi ; mais il aurait aussi bien pu se trouver au Nepal, vu son utilité en cet instant précis. Elle considéra la lettre que sa sœur froissait entre ses doigts. Prises une par une, ses rencontres avec Lute au cours de l'été ne tiraient pas à conséquence ; elle s'était comportée comme lorsqu'on repousse du pied un chien qui quémande des restes ou qu'on écarte un mendiant qui demande l'aumône. Mais aujourd'hui elle les considérait globalement, et, agglomérées, elles formaient une masse inquiétante. Elle avait ri de ses plaisanteries de jeune chiot sur son mariage avec un Blanc, mais maintenant elle avait l'impression que la bile noire qu'il lui avait déversée dans les oreilles s'était répandue jusqu'au plus intime de son être, et l'avait infecté. Shelby connaissait quelques couples mixtes ; ils avaient l'air aussi heureux que les autres. Elle avait toujours cru que, si deux personnes étaient assez fortes pour lutter victorieusement contre tous les obstacles qu'on opposait à leur mariage, elles le seraient aussi pour affronter les réalités quotidiennes. Les paroles de Lute, accumulées de-ci de-là pendant tout l'été, avaient insinué le doute dans son esprit, un doute qu'elle refusait, mais dont elle ne pouvait se débarrasser. Lute était rusé. Il lui avait longuement parlé de ses divorces, les attribuant à l'absurdité des mariages mixtes. Il avait décrit les détails les plus sordides du sort que ses femmes et lui avaient enduré jour après jour, semaine après semaine, jusqu'à ce que le poids cumulé de la désapprobation sociale eût dissous leur amour en une poudre impalpable. « Que se passera-t-il, Liz, si je n'ai pas le courage de lutter contre les préjugés chaque jour de ma vie, pour moi et pour mes enfants ?

— Que se passera-t-il ? Tu veux vraiment que je réponde à ta question ? Si ça t'inquiète tant que ça, fais-toi passer pour une Blanche. »

Shelby bondit comme si on l'avait frappée. « Tu plaisantes, j'espère ?

— Pourquoi ? Tu pourrais, tu sais. Plus facilement que n'importe qui d'entre nous... Ne me dis pas que tu n'y as jamais pensé. Meade aura déjà assez de mal à faire son trou sans que tu lui fasses porter la croix de ta couleur de peau.

— Ne dis pas de bêtises. Et je vivrais ma vie entière dans la honte, et dans la hantise d'être démasquée ? Pas question.

— Allons, Shelby, réfléchis, ne fais pas l'enfant.

— C'est toi qui devrais réfléchir. Jamais je ne ferais une chose pareille à mes enfants. Qu'est-ce que tu me proposes ? Je leur mens, et je prie pour qu'ils ne découvrent jamais la vérité ? Ou je leur dis la vérité, et je les oblige à vivre dans le mensonge, eux aussi, à écouter sans rien dire leurs camarades de classe raconter des blagues sur les Nègres ? Pas question. C'est non, tant qu'il me restera un souffle de vie. Et combien de fois nous verrions-nous, si je décidais de me faire passer pour une Blanche ? »

Liz avoua qu'il était difficile de répondre à cette dernière question. Shelby pourrait venir chez elle aussi souvent qu'elle le voudrait, mais si Liz se rendait chez Shelby sans son mari et sa fille, cela reviendrait à les renier. Elle regarda sa sœur, mi-amusée, mi-inquiète. Elle aimait beaucoup Meade, estimait son courage et son audace, elle appréciait qu'il emmenât Shelby dans des endroits où elle ne serait jamais allée sans lui. Quelques années plus tôt, Liz aurait gloussé d'incrédulité en imaginant sa sœur assise dans une boîte de jazz enfumée, et attendant que son petit ami ait fini son morceau. Que cette inimaginable perspective se fût transformée en une réalité quotidienne tenait du miracle. L'histoire d'amour entre Meade et Shelby cristallisait tout ce que Liz aimait à Manhattan. Mais si Shelby était en proie à des doutes de cette ampleur, elle se devait à elle-même d'y faire face. Liz connaissait beaucoup mieux que sa sœur les hommes du genre de Lute ; elle savait que, vue de près, l'attirance qu'il exerçait sur Shelby éclaterait comme une bulle de savon. Mais si Shelby n'affrontait pas Lute, si elle n'allait pas voir de ses propres yeux à quoi il ressemblait vraiment, il serait trop tard. Elle serait mariée et son nuage de doutes ne se dissiperait plus jamais complètement. Liz regarda par la fenêtre qui donnait à l'ouest. « Le temps passe, sœurette. Ton amoureux t'attend.

— Tu voudrais vraiment que j'aille rejoindre Lute la veille de mon mariage ?

— Pourquoi pas ? Vas-y. Et sors-le-toi de la tête. C'est ta dernière occasion de savoir ce que tu ressens vraiment. Ta dernière chance d'être sûre. »

Shelby se mordit la lèvre inférieure et repoussa une mèche de cheveux qui lui tombait dans l'œil. Son père l'avait ébranlée. Qu'avait-elle à perdre ? Ce serait agréable d'être capable de dire son fait à Lute McNeil, de se montrer forte et de mettre ses idées au clair. « Pourquoi pas ? demanda-t-elle en souriant nerveusement. Pourquoi pas ? »

Liz hocha vigoureusement la tête. « Voilà la bonne attitude. Comme ça, tu prendras ta décision en toute connaissance de cause. » Elle fit un pas de côté et salua Shelby. « Mais arrange-toi pour que le monde entier ne te voie pas.

— Merci du conseil. » Shelby sortit de la chambre de sa sœur d'un pas mal assuré, et se dirigea vers l'escalier. La main sur la balustrade elle marmonna entre ses dents : « Il faut vraiment que je sois cinglée. »

D'un doigt distrait, Corinne Coles remua sa vodka-tonic. La semaine avait été épuisante, et elle contemplait le crépuscule, l'esprit vide. Elle n'avait pas touché à son verre depuis un moment, mais de temps en temps elle léchait pensivement son doigt. Ce n'était plus assez froid, tous les glaçons avaient fondu. Lorsque la porte-écran de la cuisine claqua, elle tourna la tête et vit Shelby qui traversait la pelouse en courant, ses sandales à la main. Où allait-elle donc ? C'était bientôt l'heure de dîner. Heureusement, grâce à l'absence des parents de Meade, elle avait pu se dispenser d'un dîner de cérémonie. Un souci de moins.

Où Clark était-il passé ? Elle lui avait à peine adressé la parole de la journée, débordée par les innombrables détails de dernière minute à régler. Il s'était montré remarquablement docile pendant toute la semaine, servant même de chauffeur à l'occasion, mais il devait être à bout de patience car aujourd'hui, à deux reprises, il lui avait répondu très sèchement. Corinne haussa les épaules. Il devait être impatient de retrouver Rachel. Ça l'amusait beaucoup de voir les numéros d'équilibriste auxquels se livrait son mari chaque été, et les mensonges qu'il inventait au sujet de l'endroit où il passait les deux dernières semaines du mois d'août. A dire vrai, sa solitude lui plaisait, se dit-elle. Qu'il aille donc couvrir cette femelle à sa guise ! La journée finie, il était toujours son mari. A une époque, Corinne avait haï Rachel. Maintenant, elle lui faisait pitié. L'unique chose qu'elle espérait, c'était de s'être montrée plus discrète que son mari lors de ses propres incartades. Elle savait qu'un de ces jours le terrain de la plus haute moralité serait une position stratégique qu'elle aurait tout intérêt à pouvoir occuper. D'ailleurs, depuis quelques années, elle n'avait plus grand-chose à cacher. Elle aimait les hommes jeunes, et plus elle vieillissait plus elle avait de mal à trouver des partenaires à son goût.

Comme pour souligner encore son âge, sa fille se mariait dans moins de vingt-quatre heures. Maintenant qu'elle en avait terminé avec les préparatifs, cette évidence lui sautait aux yeux. Corinne se pencha en avant et saisit le seau à glace posé sur le plateau. Elle jeta quelques glaçons dans son verre et le porta à ses lèvres. A son avis, Clark n'avait jamais cru à la réalité de la cérémonie imminente alors qu'elle-même s'était résignée depuis longtemps au choix de Shelby. Un petit sourire narquois joua sur ses lèvres. Peut-être en était-elle en partie responsable : elle avait si amèrement critiqué les partenaires que se choisissait Liz que le mariage de Shelby avec un Blanc semblait un moindre mal.

En fait, Corinne n'avait rien contre Meade ; elle ne pouvait simplement pas envisager qu'un homme gagnât sa vie en jouant du piano. A maintes reprises, Shelby avait essayé de lui expliquer ce qu'était le jazz, mais elle était incapable de prendre cette musique au sérieux. Pour ce qu'elle en savait, le jazz était l'affaire d'analphabètes qui roulaient les yeux et montraient leurs dents. Si Meade n'exerçait pas une profession digne de ce nom, il n'y avait aucune chance qu'il respectât la dignité du mariage. Le désir de Corinne pour des hommes à la peau foncée, sous couvert de la nuit, reflétait sa répulsion diurne. Le jazz, qui flirtait ouvertement avec l'ombre, qui favorisait l'abandon et soudait le corps et l'esprit dans l'improvisation, symbolisait sans doute l'union des deux éléments que Corinne avait toujours considérés comme séparés par un fossé infranchissable. Peut-être était-elle un pur produit de son éducation, ni plus ni moins. Quoi qu'il en soit, elle refusait de concéder une once de considération au fait de taper sur un piano comme un singe en compagnie d'une bande d'ivrognes ou de drogués transpirant sang et eau les uns sur les autres et hurlant à la lune comme s'ils avaient perdu la raison. Corinne but une longue gorgée de vodka-tonic et se renversa dans son fauteuil. Non, vraiment, elle ne voyait pas l'intérêt.

16

Les ombres s'allongeaient lorsque Shelby arriva sur la plage. Les yeux plissés, elle essaya de voir le dix-neuvième poteau et distingua une forme vague, gisant sur le sable tout au bord de l'eau. Ce devait être Lute. En frissonnant au vent de la mer, elle marcha rapidement vers lui.

Personne ne se souvenait exactement de la raison qui avait poussé les jeunes gens de couleur de la génération de Shelby à élire le dix-neuvième poteau comme lieu de rendez-vous. Shelby et ses amis étaient bénis des dieux. Ils étaient les premiers, depuis l'époque de l'esclavage, à ne pas être obsédés par la couleur de leur peau. Ce problème ne les concernant pas, ils s'agaçaient de voir leurs aînés changer subtilement de comportement devant des gens dont les visages n'étaient souvent guère plus blancs que les leurs, ni les revenus supérieurs, et dont les peurs étaient fondées sur la même insécurité, les mêmes rumeurs de guerre, de mort et d'impôts. Ils furent les premiers à mettre en doute les opinions de leurs parents, à renâcler devant l'obligation de choisir un métier qui permettait de faire précéder son nom d'un titre explicite, comme docteur, et à préférer se rassembler sur une plage pour parler de l'Afrique, ou de leurs futures carrières de diplomates ou d'ingénieurs.

Lute tourna la tête au moment où Shelby posait délibérément le pied sur un morceau de bois flotté noueux. Il était nonchalamment allongé sur une couverture de plage écossaise, mains derrière la tête, chemise ouverte, muscles saillants dans le soleil mourant. « Je suis content que tu sois venue, dit-il doucement, en souriant. Tu ne veux pas t'asseoir ? »

Shelby retroussa les lèvres en un semblant de sourire et rabaissa soigneusement les pans dénoués de sa jupe. « Je ne peux pas rester longtemps. » Lute haussa les épaules et se tourna sur le côté pour lui faire une place sur la couverture. Shelby s'assit le plus loin possible de lui, les bras autour des genoux. Des mouettes affamées dansaient au-dessus de la plage, projetant leurs ombres croisées sur le sable devant les deux personnages assis.

Lute essaya d'abord de l'amadouer en lui tenant des propos anodins — ses affaires, Boston, ses trois filles, des choses bien réelles, sans aucun doute, mais Shelby avait l'impression qu'il ne parlait que pour le plaisir de formuler de jolis sons avec sa bouche, des mots doux et liquides qui coulaient de ses lèvres comme une chanson. A son corps défendant, la jeune fille se laissait emporter par le rythme de ses paroles, apaisée par la façon dont elles s'accordaient au grondement sourd du ressac et aux criaillements des mouettes qui tourbillonnaient au-dessus de leurs têtes. Lute ramassa une poignée de sable qu'il enferma dans sa main, puis, par coulées successives, il en laissa filer de fines rivières entre eux, sur la couverture. Ouvert, fermé, ouvert, fermé, son poing forma finalement un petit tas de sable. A regarder ses longs doigts fins en mouvement, Shelby ressentit un étrange frisson dans la nuque.

Lute et Meade étaient si différents, songeait-elle. Lute était un artisan, un homme qui suivait les exemples du passé, qu'il respectait et reproduisait avec précision, alors que Meade les rejetait. Meade était un artiste, un défricheur. Il rêvait du jour où il n'aurait plus besoin de travailler dans des studios d'enregistrement ou à la télévision pour gagner sa vie, du jour où il pourrait consacrer tout son temps à jouer dans des clubs de jazz comme celui où il avait connu Shelby, qui s'y était laissé entraîner contre son gré par les plus aventureux de ses amis.

Lute parlait toujours, apparemment satisfait d'un vague signe de tête pour toute réponse. Shelby s'était souvent étonnée d'être aussi détendue lorsque Lute était dans les parages ; elle le considérait pourtant comme un importun. Elle attribuait cette sensation aux compliments sucrés qu'il déversait sur elle, et à sa façon presque plaintive de lui parler tout bas. Comme elle considérait qu'il était trop inférieur à elle pour constituer une menace, ou même pour être pris au sérieux, elle jouissait librement de ses attentions qui flattaient sa vanité. Elle se remémora soudain le soir où Meade et Lute s'étaient rencontrés, un mois plus tôt. Meade était venu deux fois au Vineyard pendant l'été : lors de son premier séjour, Shelby l'avait présenté au propriétaire de la boîte de nuit la plus courue de Oak Bluffs, qui lui avait proposé de jouer chez lui lorsqu'il reviendrait. Meade avait accepté avec empressement. Le salaire était symbolique, et Meade et son orchestre étaient habitués à jouer devant des publics plus choisis, mais cela n'avait aucune importance. Il amena un batteur et une basse, heureux tous les deux de changer d'ambiance et de se donner à fond pour des gens moins blasés que ceux qu'ils affrontaient en ville. Ce soir-là, dans ce club qui tenait plutôt du simple bar, Lute s'était approché de Shelby et avait pris place à côté d'elle pendant qu'elle écoutait. Toute à Meade, elle ne l'avait même pas regardé. C'était le début d'un morceau, et la conversation s'engageait doucement entre les trois instruments. Meade commençait toujours par jouer en retrait, car il avait appris à ses dépens que le public mettait du temps à s'habituer à voir un Blanc jouer avec un orchestre composé uniquement de Noirs, mais son jeu était néanmoins enflammé ; enflammé, mais maîtrisé. Il ne savait pas faire autrement. Un spécialiste a dit un jour que le jazz, ça prend à la gorge comme une langue de femme, et Meade jouait comme s'il voulait prouver que l'homme avait dit la vérité.

Aux yeux des amis de Shelby, il n'y avait pas de problème ; pour les Ovaliens plus âgés, le ragtime, même lorsqu'il prit le nom plus reluisant de jazz, était une profession douteuse qui ne rapportait pas de revenu fixe. Pourtant, un revenu fixe ne garantissait rien du tout : l'importance croissante du compte en banque de Lute ne le rendait pas plus populaire auprès des vieux Ovaliens, gardiens du passé et farouches protecteurs du présent. Même le charme de ses enfants ne le rachetait pas aux yeux des estivants, qui le jugeaient à sa réputation de mauvais garçon sans lui accorder le bénéfice du doute. Et lui en faisaient subir les conséquences.

Lute ignorait que l'homme que Shelby ne quittait pas des yeux était son fiancé. En l'apprenant, il comprit sa nervosité et sa répugnance à lui parler. Entre les morceaux, Meade quittait son piano et venait s'asseoir à la table. La présence de Lute l'amusait manifestement, une réaction à laquelle Lute n'était guère habitué, et qu'il finit par trouver énervante, comme s'il jouait un rôle dans une farce dont il était le seul à ne pas comprendre le sel. Ce qui le surprenait également, c'était la façon dont Meade et Shelby discutaient après chaque morceau : ils échangeaient librement des idées, et ce n'était pas le genre de relations que Lute entretenait avec une femme. Au fond, constatait Shelby avec ravissement, Meade ébranlait la confiance en lui de Lute, qui avait mille fois rivalisé avec des hommes pour attirer l'attention d'une femme, mais jamais au niveau intellectuel.

« Hé ! » Lute tendit la main vers Shelby et lui caressa la joue du revers de la main, la tirant de sa rêverie. « Tu ne m'écoutes pas.

— Vous n'êtes sans doute pas assez amusant », répliqua vertement Shelby, agacée par sa prétention.

Lute rejeta la tête en arrière et gloussa. « Vraiment ? Eh bien, si je n'arrive pas à te distraire, je vais au moins te dire la vérité. » Il se mit sur le ventre, soutint sa tête d'une main et fixa Shelby, sérieusement, sans dire un mot. Le silence se poursuivit jusqu'à ce que Shelby se sentît obligée de prendre la parole. Mais il le fit juste avant elle. « Quand je te regarde, je sens un truc bizarre, dans le ventre. Comme une faim de loup. » Il parlait lentement, en pesant ses mots, en les soulignant. « Qu'est-ce que ça veut dire, à ton avis ? »

Shelby regardait droit devant elle. « Comment pourrais-je le savoir ?

— Tu as envie que je t'explique ? »

Shelby se leva et secoua le sable collé à son short. « Assez roucoulé pour aujourd'hui. Vous ne me connaissez pas, vous ne me connaîtrez jamais. » Elle était stupéfiée de l'audace de cet homme, un père de trois enfants, qui aurait dû avoir mieux à faire qu'à murmurer des mots doux à l'oreille d'une femme qui se mariait le lendemain.

« Je te connais mieux que tu ne te connais toi-même, répondit Lute sans se laisser impressionner. Tu t'imagines que tu sais ce que tu veux, mais tu n'en as pas la moindre idée. Tu t'imagines que tu as trouvé ce que tu cherchais, mais en te regardant je vois une femme qui ne sait même pas par où commencer. Tu es sur le point de tourner le dos à ta famille, à ta communauté, à ta race, au nom de foutaises blanches auxquelles tu ne piges rien. Tu es belle, d'accord, fraîche comme un magnifique verre d'eau glacée... et tu vas te renverser au beau milieu d'un désert. »

L'effronterie de Lute arracha un sourire à Shelby. « Et je suppose que vous vous considérez comme une alternative beaucoup plus enviable ?

— Tu pourrais tomber beaucoup plus mal, plaisanta Lute en haussant les épaules. Regarde-moi, maintenant. J'en ai marre de parler à tes cheveux. »

Les yeux de Shelby demeurèrent fixés sur sa taille. Elle refusait de croiser son regard. « Regarde-moi, murmura-t-il doucement. Je ne vais pas te faire de mal. »

Pour la première fois, elle leva les yeux sur son visage. Il les verrouilla d'un regard intense, se leva lentement, d'un seul mouvement sinueux, et se tint debout en face d'elle. Shelby recula d'un pas, sans parvenir à détacher ses yeux de ceux de Lute. « Tu seras malheureuse comme les pierres, dans ce monde de Blancs, tu le sais, n'est-ce pas ? Tu sais à quoi il joue, ton pianiste ? Il s'encanaille, voilà ce qu'il fait. Il se paie une tranche d'exotisme. Oh, pour le moment, tu lui plais, ça oui ! Mais une fois qu'il aura sa dose de ton sang chaud de Noire, ce sera une autre chanson. Tu verras. Le maître blanc se conduit comme ça avec nos femmes depuis l'esclavage. Tu crois que ça a changé ? »

Les yeux étincelants de fureur, Shelby repoussa du doigt le visage de Lute. « Vous êtes un pitoyable spécimen d'humanité, Lute McNeil. Tout le monde ne considère pas les femmes comme des morceaux de viande. Vous avez peur de Meade, avouez-le. C'est un homme meilleur que vous, à tous les sens du terme, et vous le savez bien, donc vous essayez de le rabaisser à votre niveau. Aucun risque. »

Shelby avait beau être en colère, il y avait dans les yeux de Lute quelque chose à quoi elle n'arrivait pas à se soustraire, et dans sa propre peau un frémissement qui démentait ses paroles. Elle avait plusieurs fois ordonné à son corps de s'écarter de Lute mais quelque chose résistait, comme si on la tenait en laisse. Elle se persuada qu'elle ne désirait pas s'en aller avant de lui avoir dit ses quatre vérités, avant de lui avoir prouvé à quel point il se trompait, il s'aveuglait et se détestait lui-même, mais autre chose la retenait aussi, quelque chose de plus sombre. Lute était le premier homme de couleur à la traiter comme un être de chair et de sang et non comme une porcelaine de Chine. C'était un expert, un homme qui avait eu des épouses blanches et des maîtresses de couleur. Il savait de quoi étaient faites les femmes. Il connaissait les règles de base des mariages mixtes et il semait les graines du doute, des graines qui germeraient en de maléfiques fleurs de regret.

Lute s'aperçut des doutes de Shelby et poussa son avantage. Il se rapprocha d'elle, ses lèvres à quelques centimètres de ses sourcils, sa poitrine nue se soulevant imperceptiblement. Il faisait froid, tout d'un coup, Shelby sentit ses bras se couvrir de chair de poule. On aurait dit que, retenant son souffle, l'île s'était mise au point mort : le bruit du ressac s'estompait, le criaillement des mouettes qui glissaient au-dessus de leurs têtes se calmait. Les deux corps — l'un souple, tanné, presque nu ; l'autre clair, élancé, tremblant — s'étaient figés sur place. « Ouvre la bouche », murmura Lute d'une voix rauque. Shelby obéit, contre son gré. Lentement, presque tendrement, Lute posa son index droit sur ses lèvres ouvertes et les dessina du doigt. Shelby, les yeux fermés, désirant s'enfuir plus que tout au monde, était enracinée dans la terre, comme pétrifiée. Lute baissa la tête et embrassa ses lèvres pleines et boudeuses.

En poussant un cri étranglé, faisant appel à une réserve surhumaine de volonté qu'elle ignorait posséder, Shelby s'écarta violemment de Lute et le repoussa de ses mains ouvertes. « Non, marmonna-t-elle, faiblement. Je ne peux pas. Je dois m'en aller. Ma famille m'attend. » Elle se détourna, la tête bourdonnante.

Lute la saisit par le bras, la bascula face à lui. « Attends. Il faut qu'on parle.

— Lâchez-moi ! » hurla Shelby d'une voix qui transperça la nuit. Elle avait perdu tout contrôle d'elle-même et ne désirait que s'enfuir à toutes jambes.

Lute blêmit et laissa tomber sa main. « Dis-moi au moins que tu reviendras... Demain ?

— Je... Peut-être.

— Dis oui. Demain matin, à onze heures. Ici. Tu me le dois. Il faut que tu me parles.

— Je ne sais pas... On verra. » Avec un vague signe de tête, Shelby ramassa ses sandales et recula, lentement d'abord, puis plus vite. Elle se retourna enfin. se mit à courir et parvint jusqu'à la route sans avoir jeté un seul coup d'œil derrière elle.

« C'est d'accord, hein ? Ici, demain ! » La voix de Lute rattrapa la silhouette en fuite. Elle ne répondit pas ; il frappa dans ses mains et rit ; le vent ramassa les échos de sa joie et les emporta, au gré des vagues de l'océan.

Della Connell (et non McNeil, car d'un commun accord Lute et Della avaient choisi de ne pas vivre ouvertement ensemble avant la mort de sa mère, sachant que si cette dernière était au courant de leur mariage elle en mourrait sans doute, mais déshériterait Della avant) s'étira nerveusement sur un fauteuil en chintz, dans l'élégant salon de la belle maison de sa mère, à Back Bay. Elle était fatiguée. Il était tard, et la pièce, éclairée par une seule petite lampe en porcelaine posée sur un guéridon, était plongée dans la pénombre. Malgré l'obscurité ambiante, on éprouvait ici un sentiment léger, éthéré, grâce, en partie, aux plafonds voûtés et aux murs satinés où s'harmonisaient trois tons de vert très pâle, adoucis par des beiges et des blancs marbrés. Della ne quittait pas des yeux le téléphone posé par terre, à ses pieds ; il lui faisait signe, la défiait, l'accusait.

Elle était stupéfaite que les choses en fussent arrivées à ce stade. Quelques mois plus tôt, cependant, elle pensait que jamais Lute et elle ne s'étaient mieux entendus. Puis il était parti pour Martha's Vineyard avec Tina, Barby et Muffin, en lui promettant de l'inviter à les rejoindre dès qu'ils seraient installés. Le débit de ses appels, impétueux au début des vacances, s'était peu à peu calmé, puis tari. Elle ne s'attendait évidemment pas qu'il répondît à ses lettres (il savait à peine écrire), mais lorsqu'il accueillit ses propres appels avec impatience, puis avec irritation, et enfin avec une indifférence polie, elle envisagea le pire. Deux semaines auparavant, elle avait vu ses craintes se confirmer. Il lui avait téléphoné en pleine nuit, soûl, grossier, et l'avait sommée de lui accorder immédiatement le divorce. Elle pleura, pria, supplia qu'il lui dît pourquoi, il refusa : il ne l'aimait plus, un point c'est tout, et il voulait une rupture claire et définitive. Mais sa voix démentait ses paroles, et elle décida de savoir la vérité. La semaine passée, Lute avait appelé à nouveau, plus furieux que jamais, exigeant de savoir pourquoi il n'avait pas encore reçu les papiers de divorce. Il n'avait pas mâché ses mots, et lui avait ordonné de prendre avec lui l'avion pour Mexico, où leur divorce serait prononcé rapidement et pour pas cher. Il menaça de prévenir ses parents de leur mariage si elle n'obéissait pas, et ce n'étaient pas des paroles en l'air. Elle comprit que sa décision était irrévocable, car s'il agissait ainsi elle serait à la fois déshonorée et déshéritée — deux conséquences inéluctables si ses parents apprenaient sa mésalliance ; il renonçait donc à tout espoir de mettre un jour la main sur la fortune de sa famille.

Della était acculée. Il l'avait presque brisée, mais elle ne le lui montrerait pas, elle lutterait. Elle ignorait pourquoi il voulait divorcer aussi rapidement, mais, au fond d'elle-même, elle le devinait. Il avait rencontré une femme, elle en était convaincue, et il avait dû lui dire qu'il était divorcé. Qui que fût cette femme, elle ne tarderait pas à apprendre la vérité. L'heure n'était plus à l'orgueil ; Della avait déjà sacrifié toute once de dignité sur l'autel de cet homme qui, sans lui accorder une seule pensée, changeait son amour en cendres. Elle préférait rôtir en enfer plutôt que de laisser une putain de Négresse la supplanter ; mais pour l'instant, c'était sur terre qu'elle allait se damner : elle prendrait l'avion pour Martha's Vineyard et reprendrait Lute à la femme qui l'avait ensorcelé car si elle le perdait, lui, le seul homme qui l'eût fait penser à autre chose qu'à elle-même, elle n'était plus rien. Elle l'affronterait, elle lui rappellerait le pouvoir qu'elle exerçait sur lui... Jusqu'à présent, elle avait constaté qu'elle pouvait en imposer à Lute en pressant son visage contre la vitre qui séparait leurs deux mondes, et en faisant miroiter à ses yeux éblouis les fastes de l'univers de la femme qu'il avait épousée, un univers auquel il aurait lui-même droit... en temps voulu.

Elle avait réservé une place dans un petit avion qui décollait de Boston à sept heures le lendemain matin. Elle connaissait son adresse. A huit heures, elle sonnerait à sa porte. Le billet qu'elle avait en poche était la preuve la plus évidente de son besoin de Lute : Della avait une peur bleue de l'avion, qu'elle considérait comme un cercueil volant, et ne l'avait jamais pris de sa vie. L'avion pour Mexico ! songea-t-elle. Lute essayait depuis toujours de la convaincre de voler ; il avait finalement réussi ; mais ce n'était pas à Mexico qu'elle allait.

Della saisit le téléphone et le garda quelques instants en main. Puis elle raccrocha doucement, comme de nombreuses fois auparavant. Ça suffit, se morigéna-t-elle. Appelle-le. Elle se pencha en avant, décrocha et composa le numéro.

Elle s'efforça de se calmer, tout en priant pour que ce ne fût pas l'une des filles qui répondît. A cette heure tardive, il y avait cependant peu de risques. Elle entendit décrocher, puis une voix au bout du fil ; la voix de Lute, manifestement de bonne humeur : son « allô » retentissait d'une joie enfantine.

« Lute, c'est moi. » Le silence se fit sur la ligne puis la voix de Lute résonna de nouveau, mais tout autre, avec une sécheresse de poussière ; on aurait pu croire qu'il avait passé l'appareil à un étranger. Della frémit intérieurement devant ce changement de ton, mais elle banda ses forces pour affronter le déluge. « Lute, je voulais simplement te prévenir que j'ai décidé de... de t'étonner. Je prends l'avion pour l'île demain matin. Je suis navrée de cette précipitation, mais j'ai besoin de changer d'air. On étouffe dans cette sale ville. »

L'ouragan d'insultes qui déferla dans son oreille la fit physiquement vaciller. Il rugissait littéralement de fureur. Elle ne l'avait jamais vu ni entendu aussi enragé, aussi menaçant. « Je... je suis désolée que tu le prennes comme ça..., articula-t-elle machinalement. Mais je suis ta femme, et j'ai le droit de te voir. Tu ne peux pas m'empêcher de venir et je... » Une nouvelle vague de bile l'interrompit. Elle éloigna le combiné de son oreille et le laissa déverser sa rage. Il s'arrêta enfin, à bout d'injures et de souffle. « Je ne sais pas pourquoi tu me détestes tant, Lute, ni ce que j'ai pu te faire. Je n'ai jamais agi que pour ton bien. Mais si tu veux le divorce, il faudra que ce soit à mes conditions. » Della frotta les profonds cernes qui creusaient ses yeux. « Je viendrai te voir demain, tu me regarderas en face et tu m'expliqueras ce qui a changé ton cœur en pierre. Ensuite, je m'en irai sans me retourner. »

La voix de Lute s'adoucit, baissa d'un ton. Il discuta, la cajola, la supplia avec toute la ferveur dont il était capable d'attendre une semaine, pour qu'il ait le temps de la recevoir avec tous les égards qu'elle méritait.

Mais la subite douceur de Lute, qui lui rappelait l'époque où elle avait tous pouvoirs sur lui, ne fit que renforcer sa détermination. Elle déclara abruptement : « A demain matin, Lute. Point final. »

Bien résolue, elle l'entendit se lancer dans un nouvel assaut verbal ; mais, sans lui laisser le temps de poursuivre davantage, elle fit quelque chose qu'elle n'avait jamais fait auparavant. Elle lui raccrocha au nez.

17

Le jour du mariage se leva, clair et frais. Le soleil était encore trop bas pour sécher la nuée de rosée posée sur la pelouse entourant la villa d'Addie Bannister. Seuls rompaient l'immobilité de l'air les voix excitées de Barby et Muffin, qui préparaient leurs affaires pour passer la journée sur la plage avec leurs nouveaux amis de l'Oval, et les reniflements de Jezebel, qui explorait le trésor d'odeurs nichées sous la véranda.

Le soleil montait lentement, effleurant le sommet des majestueux arbres du jardin, émaillant l'herbe de taches pâles qui éclairaient le vert plus sombre des zones encore à l'ombre.

Les Ovaliens s'éveillaient. Des baignoires se remplissaient pour les gens raffinés qui prenaient un bain sitôt levés, des odeurs complices de bacon et de café montaient, les enfants commençaient à exprimer leurs exigences, certains d'une voix joyeuse, d'autres en pleurnichant, et les femmes, avec le mariage qui les attendait quelques heures plus tard, grognaient en essayant gaines et talons hauts, et répondaient d'un mot agacé à toute question n'ayant pas trait à leur toilette.

La rumeur de l'Oval s'insinua par la fenêtre jusque dans le lit de la fille de Lute, et Tina se réveilla en sursaut, subitement inquiète d'être seule dans sa chambre. En reprenant peu à peu conscience, elle se rappela la sortie projetée la veille par ses sœurs. Barby et Muffin adoraient la plage, mais Tina ne partageait pas leur enthousiasme ; elle préférait passer ses journées dans l'orbite de la mère d'à côté, même si cela impliquait d'avoir à supporter ses deux fils, Drew et Jaimie. Drew, qui avait douze ans et la peau foncée, remarquait à peine sa présence ; et Jaimie, âgé de neuf ans et dont le teint était plus clair, ne s'intéressait à elle que pour la taquiner ou la tourmenter. C'était le diable de la famille. Il s'efforçait d'être sage, pour atteindre l'âge de dix ans, mais il était si espiègle que sa mère craignait parfois qu'il n'y arrivât pas. La mère d'à côté semblait préférer Drew, mais Barby avait expliqué à Tina que c'était parce qu'elle avait peur que Jaimie ne *passât* du côté des Blancs et ne lui brisât le cœur.

Tina rejeta ses draps et allongea ses jambes brunes. La lumière du soleil était plus vive qu'à l'heure où elle se levait d'habitude. Elle se demanda pourquoi, et s'étonna que son père ne fût pas venu la chercher pour le petit déjeuner, comme il le faisait chaque matin. Barby et Muffin n'auraient-elles pas déjà dû être de retour ? En se frottant les yeux, elle roula hors de son lit et se dirigea vers le haut de l'escalier où elle s'arrêta.

Par les intervalles entre les balustres, elle voyait le living-room. Son père, assis sur le bord d'un canapé, les bras croisés, se balançait d'avant en arrière, une drôle d'expression sur le visage. « Papa ? » appela-t-elle d'un ton plaintif.

Lute leva les yeux, un sourire forcé sur les lèvres. « Bonjour, ma dormeuse. Ne t'inquiète pas, surtout. Tout ira très bien. » Il reprit son balancement.

Tina ressentit un pincement dans l'estomac. Les paroles de son père lui signifiaient qu'elle était censée être inquiète. Le visage pressé entre deux balustres de bois, elle le contempla solennellement. « Je ne comprends pas, papa. »

Cette fois-ci, Lute ne leva pas les yeux. « Rien n'empêchera cette famille d'avoir ce qu'elle mérite, dit-il. Tu auras bientôt une nouvelle maman pour s'occuper de toi, pour t'élever comme il faut. »

Le visage de Tina s'illumina et ses yeux s'agrandirent. Elle sauta de joie sur ses petites fesses rebondies. « C'est vrai, papa ? C'est vrai ? Qui est-ce ? Oh, dis-moi que c'est la maman d'à côté ! » Tina retint son souffle en attendant la réponse de son père.

Lute se frotta le nez pensivement. « Mais non, voyons, tu sais aussi bien que moi que Mrs. Goodwin a sa propre famille. Mais pas Shelby Coles, et elle sera la meilleure maman du monde entier. »

Tina se mordit la langue pour ne pas pleurer. Elle ne connaissait pas le nom que venait de prononcer son père, mais elle savait que ce n'était pas le bon. La mère d'à côté lui avait offert tous ses bonheurs de l'été, et, jusqu'aux derniers mots de son père, elle symbolisait tous ses espoirs. Lorsque la mère d'à côté la regardait, son sourire était sincère, large, pas comme celui d'autres mères, qui ne souriaient jamais avec leurs yeux mais seulement avec la bouche.

Lute se tourna soudain vers la porte ; on entendait une voiture rouler sur l'allée de gravier. Lute bondit sur ses pieds et s'arrêta devant la porte. Il crispait et relâchait ses poings, légèrement penché en avant, en prenant appui sur le bout de ses pieds chaussés de sandales ; le corps tendu comme un ressort, il semblait se tenir prêt à affronter la charge d'un animal sauvage. Une portière s'ouvrit et se referma, des talons hauts martelèrent le sol, de plus en plus fort.

« Va dans ta chambre, Tina. Immédiatement. » Lute ne quittait pas la porte des yeux Le ton de son père ne souffrait pas de discussion. Tina décampa et se réfugia dans sa chambre, dont elle referma la porte sur elle la porte de sa chambre avant de coller son oreille au panneau de bois peint.

Della était arrivée. Le simple fait de venir signifiait qu'elle avait tout sacrifié, et qu'elle avait retourné contre Lute les menaces qu'il brandissait. Ils étaient tous les deux engagés dans un combat perdu d'avance, mais ne voulaient l'admettre ni l'un ni l'autre. Pour Lute, Shelby n'était encore la femme de personne. Pour Della, Lute était encore son mari légitime.

Dès qu'elle franchit la porte, Lute la mitrailla d'un regard farouche qui ne présageait rien de bon. Le doigt tendu, il dit : « Tu aurais dû demander au taxi de t'attendre et de laisser tourner son compteur, parce que tu vas faire demi-tour immédiatement, et reprendre le premier avion pour Boston.

— Certainement pas, rétorqua Della d'un ton arrogant en déposant son sac par terre. J'ai risqué ma vie pour atteindre ce maudit bout de sable, il n'est pas question que je m'en aille. Je passerai au moins une nuit ici. »

Lute leva les bras au ciel puis se couvrit les yeux de ses mains. Entrouvrant ses doigts pour la voir, il grogna : « Pourquoi es-tu là, Della ? N'as-tu aucune dignité ? Crois-tu que tu puisses supplier un homme d'être amoureux de toi ? Le forcer à t'aimer en le menaçant ? Tu devrais t'en aller, maintenant, au lieu de te rendre encore plus ridicule. »

Le visage de Della se décomposa, il devint laid, de

la laideur d'une femme qui a tout perdu, d'une femme qui a donné tout ce qu'elle avait et n'a rien reçu en échange. Elle gronda, comme un chien acculé, qu'on a frappé une fois de trop. « Pendant tout le voyage en avion, j'ai repensé à ton premier coup de fil, le jour de ton arrivée ici. Tu te rappelles ? Je t'ai cru, salaud. Je t'ai attendu. Et je ne quitterai pas cette foutue île avant d'avoir vu de mes yeux ce qui a empoisonné ton esprit, et glacé ton cœur. »

Lute regarda sa montre. Il était dix heures dix. Il lui restait cinquante minutes pour expédier Della à l'aéroport s'il ne voulait pas que tous les mensonges qu'il avait racontés au sujet de son divorce ne reviennent s'échouer sur le sable comme des cadavres de noyés. Della lui avait peut-être donné un aperçu du mode de la vie enviable que menaient les classes supérieures blanches, mais avec Shelby il pourrait jouir des mêmes privilèges, ouvertement, et avec ses filles. Cette femme n'avait pas le droit d'anéantir les efforts qu'il avait faits tout l'été, pour lui et sa petite famille. « Je t'en prie, Della, tu n'aurais pas dû venir. Il n'y a rien à voir, ici. Ne rends pas les choses plus difficiles encore.

— Que se passe-t-il ? le railla-t-elle, le regard étincelant. On dirait que tu as honte de moi. Tu ne t'es pas vanté, peut-être ? Tu n'as pas parlé de moi à tout le monde ? Ça les surprendrait peut-être d'apprendre que tu es toujours marié ? C'est ça ? » Della ramassa son sac de voyage et se dirigea vers l'escalier.

En rugissant comme une bête aux abois, Lute se jeta sur elle. Elle lâcha ses bagages et l'attaqua au visage, toutes griffes dehors, creusant de profonds sillons rouges le long de ses joues, mais il parvint à lui saisir le bras et lui donna un coup de tête dans la mâchoire. Des gouttes de sueur dégoulinaient le long de son nez. « Si tu ne files pas immédiatement, je vais te tuer, tu m'entends ? Je ne plaisante pas, femme, siffla-t-il, les veines du cou palpitantes. Je te tuerai et je te donnerai à bouffer aux corbeaux. »

Della fit une boule de salive et lui cracha au visage. Le jet l'atteignit en plein menton et coula lentement sur le sol. « Tant que je serai ta femme, tu n'auras aucun ordre à me donner. Je m'en irai quand j'en aurai envie. » Pendant qu'elle parlait, Lute lui avait crocheté les bras dans le dos et il serrait. La douleur qu'elle ressentait dans les épaules était intolérable. Elle haletait, les yeux plissés pour lutter contre la souffrance. « Lâche-moi, sale Nègre », siffla-t-elle entre ses dents serrées.

Lute libéra l'une des mains de Della, recula et la gifla violemment. Elle esquiva en partie, mais le coup l'étourdit et l'envoya rouler sur le sol. Au prix d'un effort surhumain, elle releva la tête. Du sang perlait aux commissures de ses lèvres. « Tu me le paieras, menuisier, je t'enverrai croupir en prison ! » jeta Della haineusement, d'une voix coupante comme l'acier.

Blottie derrière la porte de sa chambre, Tina se bouchait les oreilles de ses deux mains, l'esprit paralysé par la peur. Barby l'avait prévenue : c'était comme ça que ça finissait toujours entre son père et les mères, mais elle ne l'avait pas crue. En bas, la dispute s'envenimait. Tina, impuissante et totalement désemparée, n'avait qu'une idée en tête : sortir de la maison le plus vite possible. Elle avait fait un dessin pour la mère d'à côté ; c'était le moment ou jamais de le lui apporter. Elle la prendrait gentiment dans ses bras, l'embrasserait, lui caresserait les cheveux, et son petit cœur emballé se calmerait. Elle ouvrit la porte de sa chambre, dévala l'escalier, poussa la porte-écran de la cuisine et traversa la pelouse en courant. Ni Della ni Lute ne la virent passer.

Un instinct aveugle guidait Tina vers la sécurité que représentait la mère des voisins. Elle ne voulait pas d'une mère appelée Shelby Coles, elle ne voulait pas d'une mère appelée Della. Elle voulait un bon visage noir et souriant, comme celui de la femme de la maison à côté. Elle gravit en trombe les marches du porche, trébucha sur les deux dernières et se cogna violemment le tibia gauche. Gémissant de douleur, elle fut projetée en avant, et s'égratigna sur de fines échardes de bois en essayant de se rétablir. Tina éclata en de longs sanglots irrépressibles. Tant d'angoisse et tant de douleur physique à la fois, c'en était trop pour une petite fille de six ans. Elle se releva et courut dans la maison en essuyant du revers de la main les larmes brûlantes qui ruisselaient sur ses joues.

Lute se tenait au-dessus de Della, bras levé. « Ne m'oblige pas à te frapper une seconde fois », cria-t-il. Elle n'insista pas. Un coup avait suffi à la plonger dans une soumission hébétée. Il l'empoigna par le devant de son chemisier et la releva d'une secousse, saisit ses sacs d'une main et la poussa vers la porte. Maussade, sans trouver d'argument à lui opposer, elle se laissa conduire jusqu'à sa voiture, une DeSoto 1949 bleu nuit. Il jeta ses bagages dans le coffre tandis qu'elle attendait, très mal à l'aise, devant la portière du passager. Il referma le coffre et la regarda. « Entre, lui jeta-t-il impatiemment, c'est ouvert. » Elle obéit, et s'effondra sur le siège en cuir.

Lute s'était si peu servi de sa voiture, pendant l'été, qu'il craignait qu'elle ne démarrât pas. Mais le moteur répondit à sa première sollicitation. Le pied enfoncé sur l'accélérateur, il fit marche arrière dans l'allée, ses pneus grinçant sur le gravier, puis passa en marche avant et s'élança sur le chemin de terre.

Il était trop tôt, et c'était le grand jour. La mère des voisins n'était disponible pour rien ni personne. Elle venait d'essayer la robe qu'elle avait achetée pour le mariage plusieurs mois auparavant car un sixième sens lui avait soufflé qu'elle avait trop grossi pour y entrer. Ses pires craintes étaient fondées. Au fin fond du désespoir, elle n'avait pas de temps à perdre avec une gamine incapable de comprendre l'immensité du malheur qui la frappait.

Pour la première fois depuis qu'elles se connaissaient et entretenaient des rapports affectueux, elle ne lui sourit pas, et lui parla d'une voix impatiente. « Je suis très occupée, Tina. Va jouer avec tes sœurs, elles ne doivent pas être loin. »

Tina ne dit rien mais lui tendit son dessin d'une femme au visage noir et souriant, puis elle sortit. Sans savoir pourquoi — peut-être parce que la chienne avait assisté à sa déroute, peut-être pour extérioriser le chagrin insupportable qu'elle ressentait —, elle ramassa une pierre de bonne taille et la jeta sur Jezebel. Peut-être pour que celle-ci jappe comme elle-même avait jappé intérieurement devant la rebuffade de la mère.

Elle regretta instantanément son geste et courut après la chienne sur le chemin, du côté que Lute ne pouvait pas voir. En revanche il vit Jezebel, qui avait déjà traversé. Il donna un brusque coup de volant pour l'éviter, et entendit simultanément le hurlement de terreur de Tina. Un hurlement qu'il entendrait à jamais.

Il freina des deux pieds, les lèvres ouvertes en un gémissement de détresse impuissante. Les roues se bloquèrent. La voiture ralentit, mais pas assez. Le corps gracile de Tina s'envola, la tête en arrière, les bras tendus. Elle semblait flotter dans les airs, l'arc de son corps à jamais inscrit dans la douce lumière estivale qui clignotait entre les arbres. Puis, comme un pantin dont on coupe les ficelles, elle s'affaissa sur le sol.

Tina mourut dans le nid des bras de la mère d'à côté, trop commotionnée pour sentir la douleur ou comprendre qu'elle agonisait, car elle ignorait que les enfants pussent mourir avant de devenir des grandes personnes. La femme la serrait contre sa poitrine en sanglotant doucement, une main crispée sur la feuille de papier à dessin froissée.

Barby et Muffin entendirent crier leur sœur et se précipitèrent sur la route ; leur père était là, debout, mâchoires serrées, bras le long du corps. Elles l'entourèrent, et virent Tina. Muffin était à l'âge où l'on comprend encore ce qu'est la vie, mais elle était trop jeune pour concevoir la mort, elle regardait sans se rendre compte ; mais Barby, elle, comprit. Tina voulait une maman noire, comme la dame d'à côté. Une maman noire, qui vous prend dans ses bras, qui vous embrasse tout le temps et qui vous fait rire tout le temps. Les mères blanches ne servaient qu'à vous rendre triste. Barby se mit à pleurer. « Tu sais comment l'empêcher de mourir. Empêche-la de mourir. Empêche-la de mourir. Tu ne l'aimes pas ? Tu ne l'aimes pas ? C'est ma sœur. Je sais que ça lui fait peur de mourir. Mais je ne sais pas comment l'en empêcher. Oh, papa, je t'en supplie. » Elle lança un regard farouche à son père. « Tu n'aimes pas les mamans. Tu les fais mourir. Tout ce que voulait Tina, c'était une maman, et tu l'as fait mourir pour qu'elle arrête de t'en demander une. » Elle martelait les jambes de Lute de ses poings.

Lute se mit à pleurer. Ça ne lui était plus arrivé depuis l'enfance. Il pleura d'abord pour ses enfants, puis il pleura pour lui.

Un rassemblement se forma autour de la voiture. Presque toutes les familles de l'Oval étaient là. Une femme se fraya soudain un passage parmi les gens agglutinés sur la route. C'était Shelby. Elle saisit l'intégralité de la scène d'un seul regard — la femme blanche de Lute assise dans la voiture, Lute avec ses filles, deux vivantes et une morte. Le chagrin et la fureur montèrent en elle comme une boule de feu, et elle s'abattit à genoux, cachant involontairement sa bouche de ses deux mains. Ses œilllères étaient tombées. Toutes les belles paroles de Lute sur la fidélité à sa race, ses subtiles insultes, ses tentatives sournoises n'étaient que des mensonges, des prétextes. Sa concupiscence, sa fausseté n'avaient mené qu'à cela : la mort d'une innocente, d'une petite fille qui voulait une mère plus que toute autre chose au monde. Shelby ne pouvait que remercier le ciel qu'il ne fût pas trop tard pour Meade et elle. La couleur était un leurre. Pas l'amour.

Sur la véranda de leur maison, Gram, Liz et Laurie regardaient la foule qui se dispersait lentement. Laurie se mit à pleurer doucement, puis de plus en plus fort. Sa mère essaya de la calmer, mais elle continua de hurler. Gram leva la tête et observa attentivement la fillette. Puis, sans dire un seul mot, elle se tourna vers son arrière-petite-fille et tendit les mains.

Liz déposa Laurie entre les bras fripés de Gram avec un sourire triste. Gram roucoula doucement en berçant le bébé, et chatouilla du doigt son menton noir. Elle sentit l'enfant s'apaiser progressivement dans ses bras et pensa à Josephine, qu'elle avait tenue ainsi tant d'années auparavant. Elle ne pouvait pas remonter la grande horloge du temps. Elle ne pouvait pas transformer le passé, ni agir sur le présent. Mais elle pouvait consacrer le peu de temps qui lui restait sur cette terre à rendre meilleur le monde de demain. Liz posa sa main sur l'épaule de Gram, elles firent demi-tour et rentrèrent du même pas dans la maison.

Achevé d'imprimer en juillet 1996
sur presse CAMERON
par Bussière Camedan Imprimeries
à Saint-Amand (Cher)

N° d'Édit. : 3310/03. — N° d'Imp. : 1/1666.
Dépôt légal : janvier 1996.

Imprimé en France